Sanctuary

庇护所

［美］威廉·福克纳 著

［加］斯钦 译

目录

一	001
二	009
三	019
四	024
五	035

六

039

七

047

八

057

九

070

十

073

十一

076

十二

083

十三

087

十四

091

十五	093
十六	101
十七	112
十八	122
十九	144
二十	161
二十一	169
二十二	180
二十三	186

二十四
202

二十五
218

二十六
234

二十七
240

二十八
255

二十九
262

三十
267

三十一
272

一

　　透过屏障似的灌木，一个长着一双金鱼眼睛的男人看着对面正在喝水的男人——喝水的男人身材削瘦，头上没戴帽子，下身穿一件法兰绒质地的灰色裤子，胳膊上搭着一件粗花呢外套——他蹲在泉眼边儿上，把水捧到嘴边一口一口地喝着。在他旁边，一条若隐若现的小路把大路和泉眼连起来。

　　泉眼位于一棵山毛榉树的根部，四周长满了藤条、荆棘、柏树和橡胶树，水流从树下流出来，把水底下的沙子冲成漩涡状或者波纹状。从被阳光照耀的树丛里传来三声鸟叫。

　　喝水的男人一直低着头，水里映出他的脸的模糊映像，很快又被搅散。喝完了他刚要起身，突然看见水里晃动着一个戴草帽的人的脸，忽隐忽现看不清楚。他抬起头朝对面看去：那是一个穿黑色西服的矮个子男人，眼睛鼓鼓的似金鱼，双手插在大衣外套的口袋里，大衣紧紧箍在身上，挽起的裤腿和腿上满是泥点，脚上的鞋也是。那人嘴里斜叼着一根香烟，脸色苍白得像是电灯下的一张脸，没有血色，让人感到诡异，虽然他站在阳光里，周围也很安静，但他头上的草帽和两手揣在大衣口袋里的姿势让人想到印在罐头盒上的暗藏心机的警察。

空气里又传来三声鸟叫，叫声是从那人身后传来的。这地方听到鸟叫本没什么出奇，但因为叫声过后，周围重新归于寂静，反倒衬托出那三声鸟叫似乎有什么深意，把这块地方和它周围隔绝开来。从公路那边传来汽车驶过的声音，很快又消失了。

喝水的男人没有站起来，蹲着说："我猜你口袋里有枪。"

长着金鱼眼睛的男人说："你呢？口袋里装的什么？"他说话的时候一直用像两团软塌塌的黑色橡胶的眼睛盯着喝水的男人。

喝水的男人一只大衣口袋里装着一个被揉扁的礼帽，另外一只口袋里装着一本书。他抬起一只手，往搭在胳膊上的大衣口袋摸去。"你说哪个口袋？"他问。

"别动！直接告诉我！"

男人不动了，说："是书。"

"什么书？"

"书就是书！随便拿的一本，我喜欢看书。"

"你看书？"金鱼眼睛的男人说。

男人的手再一次僵在大衣外面。两个人隔着泉水盯着对方，一缕香烟从金鱼眼睛的男人嘴里滑出，从他的脸前飘过，他的一只眼眯缝着，那张脸像是一张被雕刻成左右脸庞挂着两种不同表情的面具。

金鱼眼睛的男人从裤子后面的口袋里掏出一块脏手帕，扔在自己的脚底下，然后慢慢蹲下坐在上面，他的眼睛始终盯着对面的男人。现在是5月，下午4点钟左右，两个人隔着泉水耗着，两个小时过去了，空气里每隔一段时间就传来一声鸟叫，好像时钟到点打鸣似的；至少两次，从公路那边传来汽车穿过的声音，每次汽车驶过后都会传来一声鸟叫。

"你知道刚才那是什么鸟叫吗？"蹲在水边的男人说，"不过我猜你只关心那些关在酒店大堂笼子里的鸟和花四块钱买来的放在盘子里已经煮熟的鸟。"金鱼眼睛的男人没有回答，他脸色乌青，没有血色，鹰钩鼻子，下巴几乎没有轮廓。这样的一张脸让人想到被人遗忘在里面烧得很旺的火炉边上的蜡像娃娃，说消失就消失，没人会记起。他胸前挂着一个蜘蛛网似的白金链子。喝水的男人说："我叫霍拉斯·班鲍，是个律师，我在杰弗生镇长大，现在住在金斯顿，你可以去杰弗生镇打听一下，认识我的人都知道我不喜欢害人，如果你是酿私酒的①，那不关我的事，我更不关心你靠酿私酒挣多少钱。我只是路过这里，口渴，喝点水，喝完水继续走我的路，去杰弗生镇。"

金鱼眼看着霍拉斯，不说话。那两只金鱼眼睛让人想到被人用拇指摁了一下的橡胶，形状虽然很快复原，但指纹还是留在了上面。

"我必须天黑前到达杰弗生镇！你不能把我扣在这儿，不让我走。"霍拉斯说。

金鱼眼抬嘴把叼着的香烟吐进水里，还是不说话。

"你不能这样做，难道你非得逼着我和你打一架才放我走？"霍

---

① 1919年至1932年美国政府通过法案，禁止在美国本土及其管辖下的一切领土内酿造、出售和运送作为饮料的致醉酒类，也就是所谓的"禁酒令"。"禁酒令"并没有达到预期的在道德上净化美国人的效果，反而衍生出一个新行当：私酒贩子。酿造并倒卖私酒成为很多私酒贩子的谋生之道和收入来源。本书中的金鱼眼和李·古德温就是私酒贩子，金鱼眼是孟菲斯倒卖私酒的一个团伙的头儿，而李·古德温主要是酿造私酒。霍拉斯说这话的意思是告诉金鱼眼他不会举报他们酿私酒的地方。——译者注，下同。

拉斯说。

金鱼眼瞪起眼睛:"你想跑?"

"不想!"

金鱼眼把眼睛从霍拉斯身上移开,说:"很好,那就别跑。"

鸟又叫了几声,霍拉斯在脑子里想着鸟的名字。从公路那里又传来汽车驶过的声音。太阳越来越往下掉,四周的光线越来越黯淡,金鱼眼从裤兜里掏出一块廉价怀表,看了一眼,然后重新把那块比硬币大不了多少的怀表放进口袋里。

天黑时分,金鱼眼和霍拉斯离开了泉眼。两个人沿着从泉眼附近延伸出来的一条小路一直往前,最后来到一条沙子路上,刚上沙子路不久,就看见前面横着一棵大树,似乎是不久前被人故意砍倒放在路上,他们跨过树继续往前走,这条沙子路的路面只有汽车轮胎的印记,没有任何拉车的牲口的蹄印。金鱼眼一直走在霍拉斯前面,从后面看,紧巴巴的衣服和支棱着的帽子让他看上去像是一个现代派设计师设计的灯座。

走了一段距离后,沙土路消失了,取而代之的是一条弯弯曲曲的盘山路。天马上就要黑了,走在前面的金鱼眼扭头对霍拉斯说:"跟上!"

霍拉斯说:"刚才我们翻山过来多好!"

"翻山?那么些树!你试试!"金鱼眼看着脚下他们刚走出来的那片树林说。夜色中只有他头上的帽子是白的,闪着幽暗的邪恶的微光。往下看去,脚下一片树林,黑黢黢的像一圈儿墨黑的湖水。

天越来越黑。金鱼眼不再走在前面,而是挨着霍拉斯,一边走一边看着四下，很警惕的样子，他的帽子一直在霍拉斯眼睛斜下方晃来晃去。

　　一只黑色的影子突然从空中俯冲下来，唰地从他们眼前掠过后往斜上方飞去，金鱼眼一惊，身体往后一退，手一把抓住霍拉斯的衣服。"一只猫头鹰也把你吓成这样？！"霍拉斯说，"这里的人把卡罗来纳鹟鹩叫作鱼鸟，对了，鱼鸟，刚才在泉水边我怎么想不起来呢？！"金鱼眼还是紧紧抓住他不放，嘴里发出嘶嘶的声音去赶鸟，让人想到猫受惊后的举动。"这人有点邪乎，身上有种黑色的味道。"霍拉斯想，"像是包法利夫人临死前嘴角流出的黑血，当人们抬起她的脑袋时，那黑色的血流到她的面纱上……"

　　两个人继续往前走，很快，他们的前方出现了一座四四方方的大屋子，矗立在低垂的天空底下。①

　　那是一座建在坡上的荒屋，屋子有些年头了，屋子下方是一片由雪松组成的树林。屋子在当地很出名，被叫作老法国人宅子。屋子建于内战之前，位于一座曾经是原始丛林，后来被开发成棉田、花园和草坪的种植园的中心。五十个年头过去了，如今这座屋子被拆得七零八碎，拆下来的东西大部分被人拿去当柴火烧了。传说内战时格兰特将军②攻打维克斯堡经过这里，屋子的主人在老屋附近埋了金子，所以常常有一些住在附近的人揣着发财梦偷偷跑来，想

---

① 这座大屋子在福克纳的多部小说中都有出现，比如《押沙龙，押沙龙！》《村子》等。
② 格兰特将军（Ulysses Simpson Grant，1822—1885），是美国南北战争爆发时北军司令。

神不知鬼不觉挖出点金子。

他们走到老屋跟前：阳台角落里坐着三个男人，从屋子走廊（走廊前后相通，是开放式的）里泻出来一点微弱的灯光。金鱼眼对着那三个人手往身后一指："来了个教授！"说完上台阶径直往屋子里走去。他沿着那条前后打通的过道儿① 走到最里头靠边儿的房间门口站下，房间里亮着灯，一个穿棉布花裙的女人正在炉火旁忙着，她穿了一双男人穿的短靴，鞋子很旧，没有鞋带，鞋一看就不跟脚，一走动就啪嗒啪嗒地响。听到门口有动静，她扭头看了金鱼眼一眼，然后扭过头继续照看炉子上嗞嗞作响的烤肉。

金鱼眼没有进去，站在门口看着女人的背影，斜扣在脑袋上的帽子几乎遮住了他半边脸。他把手伸进口袋，从烟盒里摸出一根烟，揉揉后放进嘴里，又掏出火柴在大拇指甲盖上擦着，点着烟后对女人说："我给你领了个人。"

女人翻着炉子上嗞嗞作响的肉，头也不抬地说："别和我说这些！我不伺候生人！"

"他是个教授！"金鱼眼说。

女人转过身来，手里举着翻肉的夹子说："是个什么？"在炉子后面光线阴暗的角落里放着一只木头箱子。

"教授！口袋里带着书的教授！"金鱼眼说。

"教授跑到这里来做什么？"

"不知道，我没问，兴许跑到这里来看书。"

"只有他一个人？"

---

① 在福克纳另一部小说《村子》里也有对这种房屋的描写。这是当地农村典型的一种民宅，很简陋，走廊就是一个前后打通的通道，通道两边有房间。

"我在泉眼那儿看见他的。"

"他来找我们买酒?!"

"不知道!我没问。"看到女人不解地看着自己,金鱼眼说,"我会给他找辆卡车把他送到杰弗生镇去。他说他要去杰弗生镇。"

"你告诉我这些干吗?"女人说。

"因为你是这里的厨子,我想让你把他的饭也做上。"

"把他的饭也做上?!"女人背转身,对着炉子说:"我现在还能干什么?每天待在这里,给一帮流氓无赖做饭吃!"

金鱼眼还是站在门口,两手插在兜里,嘴里叼着烟看着女人的背影说:"如果你不想在这儿做饭的话,你可以离开,我带你去孟菲斯,这样你就可以出去卖了。"女人没有理他,金鱼眼又说:"我看你在这儿长胖了,乡下生活让人变懒,我替你保密,不告诉曼纽尔街上的人。"

女人手里抓着翻肉的夹子猛地转过身骂道:"王八蛋!"

"骂得好!我不会和街上的人说鲁比·拉马尔①跑到乡下,穿着李·古德温②的鞋子,给他砍柴烧火做饭。不,我只会告诉他们李·古德温是个有钱的主儿。"

"王八蛋!混账王八蛋!"女人骂道。

"骂得好。"金鱼眼说。这时从阳台传来一阵噌噌的脚步声,金鱼眼扭头看去,一个穿工装裤的小个子男人朝厨房走来,那噌噌的声音是他的两只光脚摩擦地面发出的,他的头发又脏又乱,被太阳

---

① 以后的章节里大部分时候称呼她为鲁比。
② 小说里的这个人物叫李·古德温,鲁比叫他"李",其他人多数时候称呼他的姓:古德温。

晒得焦黄，脸上的胡子短而软，颜色像是弄脏的金子的颜色，两只浅色的眼睛像是和人生气似的瞪着。

那人一进来就对女人说："他又来找你的事儿了？"

女人没有理他，反问道："你进来干什么？"进来的人没搭腔，径直往最里面走去，经过金鱼眼时似笑非笑地瞟了一眼，好像他是来听金鱼眼讲笑话，而他自己随时可以哈哈大笑似的。他走起路来步子很沉，像一头步履迟缓的狗熊，脸上始终带着一股似有若无的兴奋劲儿[①]。当着金鱼眼和女人的面，他从厨房地板上取下一块早已松动的木板，从里面取出一个一加仑的酒瓶，金鱼眼双手拇指钩在马甲口袋里不友好地看着进来的人，嘴里虽然叼着香烟，但不抽（他的嘴里一直叼着那根烟，好像从来没取下来过）。拿到酒后男人转身向门口走去，经过金鱼眼时他又瞟了他一眼，脸上的表情既警觉又好像随时可以乐呵一下。很快，从阳台传来下台阶的脚步声。

金鱼眼说："对了，我不会告诉曼纽尔街上的人，说鲁比·拉马尔现在给一帮流氓无赖做饭吃。"

"流氓！无赖！"女人说。

---

① 汤米在智力上有缺陷。

二

女人手里托着一盘子肉走进房间。房间里摆着一张两条桌腿的简易餐桌,餐桌桌面由三块木板拼凑而成。桌子旁边坐着金鱼眼、霍拉斯还有刚才去厨房里拿酒的男人。女人把手里的托盘放在桌子上,油灯的光映出一张还算年轻但耷拉着的脸,女人把肉放在桌子上后退到一边,扫了一眼桌子,好像在看还缺什么,随后走到屋子不远的角落里,从一个敞开盖的箱子里拿出一只盘子和一对刀叉,然后走回到桌子旁,把盘子刀叉放在霍拉斯面前,女人的一举一动虽然不慌不忙,但并不轻柔,袖子不时在霍拉斯肩头拂来拂去,霍拉斯抬头看着女人,女人自始至终没有看他。

刀叉摆好后,一个黑人壮年男子扶着一个长胡子的老头儿走进来,在霍拉斯对面坐下。霍拉斯已经知道这人是这里的主人,叫李·古德温。[①] 古德温长了一张饱经风霜的脸,额头两侧的头发已经有些灰白,人比较瘦,下巴上的黑色胡须刚刚遮住皮肤,衣服上沾满了泥点子。他手里扶着的老头儿佝偻着身子,头已经完全秃

[①] "霍拉斯已经知道这人是这里的主人,叫李·古德温"这两句为译者所加,原文没有,这么做是为了让读者不觉突兀。如果照原文直译的话,读者会有点摸不着头脑。

了，松弛的微微泛红的脸上，一双白内障眼睛像是两块浓痰。老头儿胡子全白了，嘴角四周的胡子沾染了一些脏东西，从始至终老头儿都很安静，脸上挂着小心翼翼讨人怜悯的神色，显然，这是一个生活中已经没有多少欢乐的又瞎又聋的老头儿。老头儿从口袋里掏出一块脏兮兮的手帕，把嘴里的已经被咀嚼得失去了颜色的烟草吐在手帕里，然后重新叠好手帕，放进口袋里。女人把盛着食物的盘子放在老头儿面前，老头儿低下头，花白胡子颤抖着，一只手颤巍巍地伸到盘子上小心翼翼地摸索着，摸到一块肉后他把它放到嘴里，咂着肉汁，女人看见了，打了一下老头儿的手，老头儿把肉放回到盘子里，安静地等着女人给他把盘子里的肉、面包等切成小块，然后又往上面浇了一勺高粱糖汁后慢慢吃了起来。其他人开始大口大口地吃着盘子里的食物，谁也不说话，霍拉斯也把注意力放在自己面前的食物上……老头儿吃完后，古德温问他要不要离开，老头儿点了点头。古德温站起来，搀着老头儿出了房间。

　　吃完饭后男人们去阳台上聊天。屋子里只留下女人一个人，她收拾好桌子上的碗盘，走到厨房炉灶后面的一个木头箱子前看了一眼，然后坐到桌子旁开始吃东西，吃完后她抽了根烟，抽完烟后清洗剩下的盘子刀叉，再把洗好的盘子刀叉放进柜子里……收拾停当后她沿着过道儿走到门口，站在靠门里的一侧，听着阳台上的动静。从阳台上传来金鱼眼带来的陌生人的说话声。女人心里嘀咕道："这个傻子，他来这儿干啥……"那声音很容易分辨，叽里咕噜没完没了。女人站在门口里侧想："他为什么还不走呢？难道他没有女人等着他回家吗？"

　　"从我房间的窗户里可以看到院子里的葡萄架子，葡萄架子底下有张吊床,冬天的时候,葡萄叶子都掉光了,只剩下吊床孤零零地挂在那里。知道为什么人们用'她'称呼大自然吗？因为大自然的季节更替就和女人的身体一样。葡萄树一到春天就变得生机勃勃,叶子多得遮住了整个吊床,但绿色里隐藏着躁动不安,到了5月,葡萄叶子把吊床遮得严严实实,从散发着蜡状光泽的花骨朵上开出碎碎密密的小花来。小贝的声音就像黄昏中的野葡萄在低语,我看见她和一个年轻人躲在葡萄树下,我走过去,听见她对那个年轻人说:'这是霍拉斯。'然后就不说话了,甚至连那个年轻人的名字都没有提①,比如说:'霍拉斯,这是路易斯或者保罗或者什么的。'而仅仅说了句'这是霍拉斯'就完事儿了。她穿了一件白色的连衣裙,两个人看上去有点拘谨,似乎等不及要走。

"所以今天早晨,不对,应该是四天以前！因为今天已经星期二②了,她从学校回来那天是星期四,我和她重新提起那个年轻人,我对她说:'孩子,你说你是在火车上认识的他③,那这么说他是在铁路工作了。可是他放下工作和你跑到咱们家里来是违法的呀！这和扒掉电线杆上的绝缘线一样,是在做违法的事。'

"她说:'他和你一样,也是读书人,他在图兰大学念书。'

"我说:'孩子,可是你们是在火车上认识的啊！'

"她说:'不是火车,是在比火车还不怎么样的地方碰到的！'

---

① 通常西方人介绍自己的朋友给其他人认识的时候,会分别介绍两个人给对方,比如说小贝给自己的男朋友介绍完霍拉斯后,按照常理应该再给霍拉斯介绍一下自己男朋友的名字,但她没有。
② 根据对福克纳著作的研究,很多美国评论家认为这一天是1929年的5月7日,星期二。
③ 小贝把刚认识的男朋友带到家中。

"我说:'我知道。我也去过那种不怎么样的地方。如果是在那种地方认识的人,你怎么可以把他带回家来呢?你们俩只是路人,碰见后你继续走你的路,怎么能和这样的人搅在一起呢①?'

"贝尔②那天去镇子上了,所以吃晚饭的时候只有我和小贝,我又和她提到了这件事。

"她说:'你管我这些事情做啥③?你又不是我父亲。你是——你是——'

"我说:'是什么?'

"她说:'你去告诉妈妈吧,告诉她,你就会告状,那去告诉她好了!'

"我说:'可是孩子,这个人是你刚刚在火车上认识的,你并不了解他,万一他带你去酒店,然后在酒店里把你……噢,如果他那么做,我会杀了他。我接受不了自己的孩子在火车上刚认识一个人就把他带回家里!你让他走!'

"'您可真会想象,说得像真事儿似的,火车上认识的人就一定是坏人吗?一天到晚就知道管闲事?!'"

女人站在门口听着,心里说:"这人是疯子!"夜色里继续传来霍拉斯嘟嘟囔囔的说话声。

"……然后她说:'我不应该那么说你,霍拉斯!'她抱住我给我道歉。我闻到了她身上的香味,她像刚刚被掐下来的花朵,无

---

① 原文是"soil your slippers",这里做了意译。
② 贝尔是霍拉斯的现任妻子,小贝的母亲。
③ 作为继父,霍拉斯担心小贝会被男人欺骗,但小贝不愿意霍拉斯管她。故事发生在20世纪20年代末民风相当保守的美国南方。

力地倒在我怀里，脸上都是泪水，可是她不知道她的身后有一面镜子，我的身后也有一面镜子，我从对面的镜子里能够看到她的脸，我看到了她脸上的表情，一种很假的表情。这就是为什么刚才我说人类说到自然时用的是'她'这个字眼，说到'生长'却多用'他'这个字眼，原因就在这里：女性好比葡萄，而男性好比镜子。"

"这人是疯子。"女人站在门口靠里的地方，一边听一边心里嘀咕。

"……我不知道是因为春天到了的缘故，还是因为我是一个43岁的男人，所以才这么郁闷。也许到山坡上躺一会儿烦恼可能就没了——人只有躺在大地上才能放松，平坦而丰饶的大地，刮阵风都能生钱的大地，就好像树上的叶子都可以拿到银行换现钱一样！这片三角洲，整整5000平方英里的土地，被密西西比河淹过后，一马平川，最高的地方也不过是过去印第安人为了发号施令垒起来的几个土堆。

"所以我离开家只是想找个能站在上面发号施令的土堆，而不是因为小贝。你们知道我离开家时带了什么吗？"

"这人是傻子。"女人心里嘀咕道，"古德温不应该留他吃饭。"

"……瞧这个，这手绢是我特意去贝尔房间拿的，上面还沾着她的胭脂。她打扮的时候用它擦掉多余的脂粉，她通常把它放在壁炉台子上的镜子后面。离开时我找到这条手绢，把它塞进行李箱里，然后拿上帽子离开了家。我先搭了一辆卡车，上车后就发现自己一分钱都没带。一路上没有碰到银行，我又不想下车回去带上钱出来，所以这几天我基本上一直是步行，碰到车就央求人家搭我一程，第一天晚上我是在锯木厂的木头堆里睡的，第二天晚上在一个黑人的家里凑合了一晚上，我还在铁路上的火车车厢里睡了一个晚上，我就想找到一个能让我自己说了算的地方待着，仅此而已。如果你娶的是一个姑娘，你和她结婚，然后过日子，可是如果你娶的是一个曾经当过别人老婆的女人①，说明你对人生通常已经比别人晚了10年，那些早你结婚的人10年前就已经开始过日子。我现在只想找座山坡，在上面躺一会儿……"

"傻子，可怜的傻子！"女人嘀咕出声来。

过了一会儿，从阳台上传来金鱼眼的声音："喝好了就走！我们得去装货！"等金鱼眼带着那三个人走远后，陌生人跟跟跄跄地站起来，穿过阳台，向门口走来，女人没有走开，身体靠在墙上等着那人走到自己跟前：一个身材削瘦的男人，头发稀疏且不整齐，走起路来带着醉态。女人心说："他们肯定灌他酒了。"

女人倚着墙站着。霍拉斯说："你喜欢这儿？为什么要住在这儿呢？你还年轻，你可以回城里住，好好地过你的日子。"

女人靠在墙上，两只胳膊抱在胸前说："我刚才一直在听，你可真是个可怜人！胆子小，人也傻。"

"嗯，我缺乏勇气，我没有一点勇气，我有男人那东西，可就是……"霍拉斯抬起手，用手背轻轻蹭着女人的面颊，"你还年轻。"女人没有动，霍拉斯的手指划过女人的脸颊，好像在探寻女人的骨头的形状和肌肉的纹理，他喃喃地说："你的人生还长着

---

① 小说里贝尔在之前的那次婚姻中生下了小贝，所以小贝是霍拉斯的继女。现实生活中和福克纳一起生活了33年的妻子埃丝特尔·奥尔德姆之前也有过一次婚姻，并育有一子一女。

呢……你今年多大？不到30？"声音很小，像是在咬耳朵。

"你为什么要离开你老婆？"女人没有躲，胳膊抱在胸前说。

"因为她吃虾。上个星期五我去车站帮她拿虾，虾很重，走在路上，我来回换着手，然后——"

"你每天都要去拿虾吗？"

"不是，只是星期五。但是我这样做已经10年了，从我们结婚起我就每个星期五去车站提虾，然后拿到家里，这个活儿我一做就是10年，可我从来没有喜欢过虾散发出的味道，还有，我可以忍受箱子的沉，但是我忍受不了从箱子里滴滴答答地流出的水，走一路淌一路，我感觉自己好像看着这一路的足迹，从家里出来一直走到车站，然后在铁道旁接过从火车上卸下来的装虾的箱子，再往家走，走上一百步左右就得换换手，我就这样看着自己，脑子里想，也许走在路上我就躺倒了呢？身上散发着虾臭味躺在密西西比州的一条小路上。"

女人"哦"了一声掉过头往屋里走去，她的胳膊一直抱在胸前，霍拉斯跟上去，两个人走进厨房。"你能接受我的处境吗？"进入厨房后女人说，然后她直接走到炉子后面，从里面拉出来一个箱子，两手抱在胸前看着霍拉斯说："怕老鼠咬，我把他放在这个箱子里。"

"什么？"霍拉斯说，"里面是什么？"霍拉斯说着走过去，看到里面躺着一个婴儿，那婴儿睡着了，看上去也就几个月大，看那孩子的脸色似乎生着病。

"哦，你的儿子？"霍拉斯看着孩子说，女人没说话，看着孩子。从后阳台传来一阵脚步声，女人紧张地用膝盖把箱子顶回到角落里，很快，古德温走了进来，一进来就对霍拉斯说："安排好了，一会儿汤米会带你去卡车停的地方，然后带你搭车回杰弗生镇。"

等古德温走后，霍拉斯看着女人说："谢谢你做饭给我吃，也许……"女人的脸色舒缓了许多，但手还是裹在衣襟里，看着霍拉斯。

"也许我可以给你买点什么，让人从杰弗生镇捎过来……"

女人把手从衣襟里抽出来，似乎要给霍拉斯看什么，但很快又缩回去，藏到衣襟后面，说："我的手……老是泡在洗碗水里……也许你可以给我买根修指甲棍捎过来。"

汤米和霍拉斯从老屋里出来，两个人一前一后沿着那条鲜有人走的小路往山下走去。霍拉斯回头看了一眼他们刚刚出来的那座老屋，它矗立在山坡上，脚下是一大片雪松林，空旷的天空衬托出屋子的年代久远和荒凉。

走到半道儿霍拉斯说："我们就是在这儿看见那只猫头鹰的。"

"那鸟是不是把他吓得不轻？"走在前面的汤米调侃似的说。

"是的。"

"那家伙是我见过的胆子最小的白人，这个我敢和你打赌，我要撒谎我就是狗！"

"谁的狗？"

"我的！而且是一条老狗，即使想咬人也力不从心。"汤米笑着说。

他们从下坡路来到平地上，霍拉斯穿着鞋的双脚陷进沙子里，发出沙沙的声音。汤米光着脚走在前面，每走一步都有沙子从他的脚趾缝漏下来。他走起路像骡子，拖着脚，但很轻松。

路前方出现一道阴影，霍拉斯走到跟前看清就是来时那棵横在路上的大树，树干上的青绿色树叶还没有掉落。汤米翻过树干，问霍拉斯："你行吗？"

"没问题。"霍拉斯小心翼翼地翻过树干。

汤米继续走在前面，一边走一边说："把这棵树撂倒拦在这儿是金鱼眼的主意。他说这么做可以防止外人进来，可是这么做除了让我们几个去卡车那里多走一英里的路外啥用都没有！我和古德温说，这附近的人4年了一直都在他这里买私酒，从来没有人告发过他。不过金鱼眼撂倒这棵树的时候，古德温没有阻止他。金鱼眼那家伙连自己的影子都怕，他要不是那样的人我就是小狗！"

"如果我是他的话，我也会怕自己的影子。"

汤米压低声音笑了起来。夜色里那条沙子路面越来越黑。霍拉斯觉得那条去泉眼的路好像就在附近，他开始注意四周，看有没有一条小路分出去。

"运酒的卡车谁开？孟菲斯来的人开？"

"嗯，卡车是金鱼眼的。"

"你们为什么要和金鱼眼那伙人打交道呢？他们是孟菲斯人，出现在这里不是很容易引起警察注意？"

"还不是因为和他们打交道能赚到钱！"汤米说，"咱们这里的人都是买散酒，仨瓜俩枣挣不了几个钱，古德温卖给他们酒纯粹是为了看在乡里乡亲的面子上，但他和金鱼眼这样的家伙打交道挣的是大钱！而且酿好一批酒后能马上脱手，来钱也快。"

"哦，换了是我，宁愿饿死也不和金鱼眼那样的人做生意。"

汤米撇撇嘴说:"他也没什么大毛病,除了有点疑神疑鬼。不过,看他那样要是有一天不惹点大事出来,我就不是人。"

"我看也是。"霍拉斯说。

两个人的影子和路边灌木丛的影子融合在了一起,前方出现了一辆卡车,卡车停在路边,沙子路到这儿就没了,往前是一段黏土路,这条路通向公路。卡车后面站着两个抽烟的男人,看到他们来,其中一个人说:"你们可真够磨蹭的!不等你们的话我们现在至少都走到一半了,说不定已经快到镇子了!我家里有女人等着呢!"

"可不是嘛,等着是等着,只是给你个后背看!"他的同伴说。第一个男人回骂了一句。

"我们没有耽误时间。你们怎么还抽上烟了?干脆点个灯笼得了!一旦警察带着我们找你们,多容易发现你们两个。"汤米说。

"哼!换了你是不是得坐到树上躲着?!"第一个男人说,汤米压低声音笑了。那两个人掐灭香烟,上了卡车。霍拉斯转过身,向汤米伸出手说:"再见了,很高兴认识了你,请问大名——"

"叫我汤米就行。"汤米脸上的表情突然严肃起来,他伸出手,狠狠地似乎很正式地握了一下霍拉斯的手,然后抽出手。

"上车吧,伙计!"驾驶室里人吆喝霍拉斯上车,霍拉斯往车里坐的时候,看见卡车后排座位上放着一把长枪。车沿着崎岖不平的石子路向孟菲斯和杰弗生的方向开去……

三

第二天下午[1]霍拉斯去了妹妹家，妹妹10年前死了丈夫，带着一个10岁的男孩[2]和丈夫的姐姐詹尼小姐住在离杰弗生镇4英里远的乡下，那是一座豪宅，是妹妹夫家人的财产。妹妹的大姑姐詹尼小姐已经90岁了，常年坐在轮椅上。霍拉斯看着窗外，花园里妹妹正在和一个男人散步。他对旁边的詹尼小姐说："她为什么不肯再嫁人呢？"

"这得问你！"詹尼小姐说，"她还年轻，确实需要个男人！"

"即便找的话也不应该是这个人。"霍拉斯指的是和妹妹一起散步的穿一身法兰绒质地西服、外面套了一件蓝色外套的男人，那人身材圆墩墩的，走起路来身子晃来晃去，带着明显的学生气。

"她好像不讨厌生小孩，不过她不结婚也许是已经生过孩子了，不想再生。那人是谁？还是去年秋天来过的那个吗？"霍拉斯问詹尼小姐。

---

[1] 1929年5月8日星期三下午。
[2] 这个10岁的男孩是班鲍·萨托里斯，在福克纳的小说《萨托里斯》中曾经提到过纳西莎于1920年生下班鲍·萨托里斯这一情节，所以《庇护所》的故事应该发生在1930年，但大部分评论家从福克纳创作《庇护所》的时间推断福克纳把《庇护所》中故事的时间定于1929年。

"他叫格温·斯蒂文斯，你不记得他了吗？"

"噢！想起来了，去年10月他来过这里，是吗？"去年10月霍拉斯来过一次妹妹家。当时他也是站在这扇窗户前，和坐在轮椅上的詹尼小姐一起，看着妹妹和一个男人在花园里散步，那时候花园里有一些花正在盛开，都是晚一点的季节开的花，花朵鲜艳，但不香，带着股泥土的味道。那次这个男人穿了一身棕色的衣服。

"那个不是他，他今年春天才从弗吉尼亚州回来。"詹尼小姐说，"你去年10月看到的那个是琼斯家的，好像叫赫谢儿什么的，对！是叫赫谢儿！"

"噢，这么说这个叫格温·斯蒂文斯的年轻人混成了弗吉尼亚州的名门望族，所以回来风光一阵？还是没有撞大运，走了一趟又灰溜溜地回来了。"

"他去弗吉尼亚是上大学，你不记得他也很正常，你离开杰弗生时他还小，还穿着开裆裤呢！"

"别让贝尔听见你这么说！"霍拉斯说。

花园里，纳西莎和格温·斯蒂文斯准备往回走，两个人从霍拉斯的视线里消失了，过了一会儿后，从门口走进来一男一女，正是纳西莎和那个年轻人。詹尼小姐朝年轻人伸出手，对方弯下腰，亲了亲詹尼小姐的手说："您越来越年轻漂亮了！我刚才还和纳西莎说呢！如果您能脱离轮椅，做我的女朋友，那我就不会找她散步了！"

"明天我就扔掉这轮椅！"詹尼小姐看着纳西莎说，"只要纳西莎——"

个头高大的纳西莎穿了一件白色连衣裙，她的头发是黑色的，脸盘很大，人看去有点闷。她向霍拉斯介绍和她一起散步的男士："霍拉斯！这是格温·斯蒂文斯。"然后又对格温说："这是我哥哥霍拉斯。"

格温立刻朝霍拉斯热情地伸出手："你好，霍拉斯先生，久仰大名。"霍拉斯也伸出手，两个人正握手寒暄时，纳西莎的儿子班鲍·萨托里斯从外面跑进来嚷道："格温去过弗吉尼亚州！"

"噢，了不起。"霍拉斯抽回手说。

"谢谢！不过比您的哈佛大学可差远了。不是每个人都可以上哈佛的。"

"过奖了，我上的是牛津，不是哈佛。"

詹尼小姐插了一句："霍拉斯总是和人说他上的是牛津大学[①]，结果所有的人都以为他上的是咱们这个州的牛津大学，名字相同，但差别可大了。"

纳西莎的儿子插嘴道："格温总去牛津镇。他的女朋友在那儿上学，他常常带她去跳舞，我说得对吗，格温？"

"说得对，小伙子，她是个红头发姑娘。"格温说。

"小孩子少说话！"纳西莎对儿子说。然后看着霍拉斯说："贝尔和她女儿还好吧？"她似乎还想说什么，但打住了。她总是显得很严肃。

"如果你总想着让你哥哥离开贝尔，他会的，总有一天会的，但是到那时候你又该不满意了，"詹尼小姐说，"你就是不希望你哥哥和一个曾经结过婚的女人结婚，但是如果他现在离开她，你也不

[①] 指霍拉斯上的是英国的牛津大学。

会高兴。"

"您少说两句不行吗？"纳西莎说。

"好吧，少说就少说！"詹尼小姐说，"霍拉斯已经有点不想被拴着了，你现在劝他就是火上浇油，霍拉斯，你还得想，不光是你一个人想离家出走，没准儿人家贝尔也想离开你呢！"

门廊对面的铃铛响了一声，格温和霍拉斯同时伸手去抓詹尼小姐的椅子的推手。霍拉斯对格温说："还是我来吧，因为我似乎是客人。"

"你们两个为推个轮椅还要争吗？那不如让纳西莎现在去一趟阁楼，那儿的五斗橱抽屉里有一把手枪，然后你们两个决斗好了。"詹尼小姐开玩笑地说，又对纳西莎的儿子说："你去告诉仆人，让他们放音乐，再准备好两朵玫瑰放在桌子上。"

"放哪首音乐？"纳西莎的儿子问。

纳西莎说："桌子上已经有玫瑰了，是格温带来的。走吧，我们去吃晚饭。"

吃过晚饭后纳西莎和格温出去了，霍拉斯站在窗前看着两个人穿过花园的背影，对詹尼小姐说："这就是从弗吉尼亚州回来的少爷？吃饭的时候只听他没完没了地说弗吉尼亚人教他怎么像个爷们儿似的喝酒！哼，甲虫钻进酒里，就成了圣甲虫①！密西西比人喝起了酒，那可就——"

"你少说两句！"詹尼小姐说。霍拉斯不说了，和詹尼小姐默默

---

① 古埃及人奉为神圣的一种甲虫，这里霍拉斯讽刺格温是不学无术在大学里混文凭的混子。

地看着纳西莎和格温的背影。又过了一会儿，从门口传来脚步声。等到来人走进房间，霍拉斯看到那是纳西莎和她的儿子而不是格温·斯蒂文斯。

纳西莎解释说："我让格温住一晚上再走，他说不行，说他要参加这个星期五晚上在牛津大学举办的舞会，还说他提前和一个女孩儿约好的。"

"要我看他是惦记着和一帮男人喝大酒吧！或者一起干点别的事情，所以等不及要走。"霍拉斯说。

纳西莎的儿子抢话道："他说他认识那位小姐。还说星期六他要带她去斯塔克维尔镇看棒球比赛，他还说可以带我去，可是你们不同意！"

四

大学里从来不缺心事重重对任何事物视而不见的人和急匆匆赶路准备去图书馆攻读硕士学位的人群。在这所大学里,谭波儿给人的印象常常是胳膊里搭着一件外套,迈着修长的双腿从灯火通明的女生宿舍里出来,急匆匆地消失在图书馆的拐角;要么就是在某个夜晚,穿一件又短又小几乎能看到打底裤的连衣裙钻进一辆尚未熄火的小车里。来接谭波儿的人通常都不是住在大学里的学生,因为学校是不允许学生有车的,来接她的人通常是住在周围小镇的年轻人,这些年轻人身上裹着大衣外套,腿上的裤子肥肥大大,抹着发蜡的头上总是戴着帽子,当他们开车出现在校园里,时不时要迎接从那些常年不戴帽子,总是一身简单打扮(上身是一件套头衫,下身穿一条短裤)的大学生眼里射出来的鄙夷而敌视的目光。

谭波儿坐这些人的车出去往往是在工作日的傍晚。到了周末,她的身影一定会出现在学校里每两周一次举行的星期六舞会上,再不就是字母俱乐部举行的舞会或者在每年三次举行的正式舞会上。她挎着男舞伴的胳膊走进举办舞会的礼堂(通常是学校的体操馆),那高高扬起的精致的脸庞、猩红的嘴唇、柔和的下巴轮廓线,一进舞厅就吸引了很多人的视线。她打量着四周,眼神既酷又冷,像是捕猎者机警的眼神。那些住在周围小镇的年轻人因为不是学校的学生，往往只能在礼堂外边站着，听着让人心痒的舞曲，看着谭波儿的身影消失在礼堂的门口。

这个星期五①晚上照例从礼堂里传来舞曲声，从镇上来的年轻人因为不能进去，只能透过玻璃看着舞池里的谭波儿的身影，她的腰肢是那么纤细，舞姿利落，脚步伶俐，从一个舞伴转到另一个舞伴手中。他们一边看着舞池里的动静，一边低下身子，从口袋里摸出小酒瓶偷偷喝几口，或者直起身子，给自己点根烟。在灯光的衬托下，几个年轻人的身影像是从罐头盒上剪下来的钉在窗户木板上的一排压低帽檐、领口向上遮住脖子的黑色剪影。

舞厅里响起《家，甜蜜的家》的曲子，年轻人知道，舞会快要结束了。音乐终于停止了，跳舞的人三三两两从舞厅里出来，而等在外面的年轻人现在只剩下了三个，他们在舞厅出口附近站着，冷冷地打量着从舞厅里往外走的人群，因为一晚上没有睡觉，三个年轻人看上去有点蔫儿。谭波儿和格温挽着手从舞厅里出来，朝一辆加长敞篷汽车走去，谭波儿那张扑了粉的脸在午夜清冷的空气里显得特别苍白，卷曲的红头发丢失了光泽，往车里坐时谭波儿面无表情地朝那三个年轻人这边看了一眼，似乎还抬起手朝这边摆了摆，由于不确定那是不是在和他们打招呼，三个年轻人没有任何表示，只是瞪眼看着谭波儿往车里钻时露出的大腿和腰上的肉。

"和她跳舞的王八蛋是谁？"一个人说。

"我父亲是法官！"另外一个人模仿谭波儿的声音尖声细气

---

① 指5月10日星期五。

地说。

"走吧,我们去镇子上。"

三个年轻人往镇子方向走去,一辆车经过,三个人冲着车喊,车没停,走到桥上时,一个年轻人喝完酒瓶里的酒,作势要把手里的酒瓶往河里扔,另外一个年轻人抓住他的胳膊,从他手里夺过酒瓶,打碎了,伸出腿用脚把酒瓶碎片仔细地铺在路上。

给他酒瓶的年轻人说:"你这家伙不配去参加学校舞会,人家不和你跳舞你就……你也太坏了!"

打碎酒瓶子的年轻人叫道客,他拣出几个玻璃碴,把锋利的一头朝上立着放在路上,嘴里模仿谭波儿的口吻尖声尖气地说:"我父亲是法官!"

"来车了!"另外一个年轻人说。

来车只亮着三盏雪亮的车灯。三个年轻人靠在大桥栏杆上,把帽子拉下来以躲避车灯的光,车开得很慢,他们看到车里的那个女孩儿是谭波儿,谭波儿的头低着,车过去后,那三个年轻人当中的一个对道客说:"吃醋了吧!"

"才不会!"道客从口袋里掏出一块薄薄的像是内裤的布头,在另外两个年轻人眼前晃了晃说,"才不会!才不会!"

"嘴硬吧你就!"

"你手里的东西是从孟菲斯哪个妓女身上扒下来的吧?"第三个人说。

"才不是呢!"道客挥舞着那件像是女孩儿内裤的布料说。

刚才那辆车往学校方向驶去,离他们越来越远,夜色里红色的尾灯也变得越来越小,车最后停在了女生宿舍门口。车灯熄灭后传来关车门的声音。接着，车灯又亮了，汽车这一次往桥这边驶来。三个年轻人靠在桥上，拉低帽檐，避开明晃晃的车灯。车灯把路面上的玻璃碴子照得闪光，最后车停在了桥上，车门打开了，格温从里面探出脑袋说："要搭车吗？"

三个年轻人似乎没反应过来，过了片刻其中一个说道："不胜感谢。"随后三个人钻进格温车里，一个人坐在格温边儿上的副驾驶座上，道客和另外一个人年轻人坐到了后排。

汽车发动后，坐在副驾驶座上的年轻人对格温说："从这边走，那边路面上有碎酒瓶碴子。"

"谢谢！"

汽车往前开去，格温问："你们去看明天在斯塔克维尔举行的比赛吗？"

坐在后座上的两个人没有说话。前排的人对格温说："还没定！应该不会去。"

"我对这一带不熟悉。我车上没酒了，明天早晨还得过来接个姑娘。你们知道这儿哪里卖酒？"格温又问。

"现在买酒有点晚了，"前排的人转过头看着后座的两个同伴说，"你们知道哪里卖酒吗？道客，你知道吗？"

"卢克那里也许还开门。"道客说。

"你说的这个卢克住在哪里？"格温说。

"往前开，我知道怎么走。"前排的人说。车穿过广场，驶出了镇子。走了半英里后格温问："这是去泰勒镇的路，是吗？"

"是。"第一个人说。

"我明天一早去看比赛，"格温说，"在赛前表演前就得到，一起去吗?"

"不去了。"车开了一会儿后,前面出现了一个大坡,坡上种着几棵矮小的栎树,坐在副驾驶座的人说:"停!你们在这儿等我一下!"格温停了车,坐在副驾驶座的年轻人下车往坡上走去。

"这家的酒质量怎么样?"格温问后排的两个人。

"挺好的。我觉得不比别的地方的酒差。"其中一个人说。

"如果你不喜欢的话,可以不买。"道客顶了格温一句,格温扭头看了他一眼。

另外一个人说:"反正不比舞会上提供的酒差。"

"走到哪儿喝到哪儿。"道客小声嘀咕道。

"我过去学校里的酒不错,不知道这边能不能比得上我们学校的酒。"格温说。

"你的学校?"

"我在弗吉尼亚读的大学,但我是杰弗生镇人。在大学里我学会了喝酒。"

另外两个人不说话了。出去买酒的人回来了,把手里的广口瓶(那种瓶子一般用来装水果)递给格温。格温接过来,把瓶子举起,对着天空看了看,像是在检查酒的颜色,确定颜色正常后他拔掉广口瓶的盖子,递给买酒的那个人,说:"来,喝一口!"

买酒的人接过酒瓶,喝了一口,然后递给后座的两个人。其中一个人喝了一口,道客不肯喝。酒瓶到了格温手里,他喝了一大口说:"天哪!这玩意还能喝得下口?"

道客顶撞他:"弗吉尼亚的酒喝了只会让人胃疼。"

格温看了他一眼,不说话。

"你少说两句,道客。"坐在道客旁边的年轻人说,又对格温说:"不用理他,他今天晚上肚子疼,身体不舒服。"

"王八蛋!"道客说。

"你骂我什么?"格温说。

"他不是骂你。你少说几句,道客,来来来,喝酒。"坐在副驾驶座的人打圆场道。

"喝就喝!给我!"道客说。

格温发动着车,车子向镇子驶去,其中一个人说:"我知道车站旁有个小店开门很早。我们去那儿坐一会儿。"

几个人驱车来到那间卖早餐的小店,一个胸前挂着围裙的男人在里面忙乎。进店后他们直接往后面的一间小屋走去,屋子里摆着一张桌子,四把椅子,挂着围裙的男人给他们拿来四个玻璃杯和四罐可乐。格温对挂着围裙的男人说:"老板,可以给点糖、水、柠檬吗?"男人出去拿了糖、水和柠檬进来,格温开始做酸性威士忌,其他人看着。格温说:"这是别人教我的。"做好后他给自己倒了一小口,喝下去说:"劲儿还是不够大!"然后抬起罐子,给自己的杯子里倒满,端起来一口气喝了下去。

"你可真敢喝!"其中一个人说。

"我是在大学里学的这招,再来!"格温给自己的杯子里重新斟满酒。另外几个人也喝,但不像格温喝得那么快。"我们在学校都是一口干,从不小口小口磨磨唧唧地喝。"格温说完又是一口喝下,其他人注意到格温的鼻孔里突然有汗珠子滴答下来。从屋子的小窗户里看去,天空已经有些发白。

"你也就这么点的酒量。"道客说。

"谁说的?"格温又往杯子里倒了点酒,"给我点质量好的酒我还能喝,我们那里有个特别会酿酒的家伙,叫古德温,他酿的酒……"

"你这种喝法在我们学校里叫一口闷。"道客说。

格温看着他说:"是吗?看着哈!"他又往杯子里倒满酒,一饮而尽。

"啧啧!悠着点喝,朋友。"第三个人说。格温重新倒满酒,举起杯子仰头缓缓喝掉……之后发生的事格温就记不大清了。他只记得自己迷迷糊糊把杯子放到桌子上,和那三个人从早餐店出来,天色已经微微发白,清晨的冷空气让他的头脑清醒了一些,他看见自己的车停在一长串车辆前面,还没有熄火,他似乎还和其他几个人嚷嚷了几句,说自己以后要像个绅士那样喝酒,黑暗中他嘟嘟囔囔地来到一个充斥着尿味儿和木焦油味道的似乎是厕所的地方①,吐了起来。他一边往便池里吐一边嘟囔,说自己得在6点半前赶到泰勒镇,吐完后他感到浑身乏力,只想躺一会儿,他控制住自己,靠墙站了一会儿,划着一根火柴,火柴的光里,墙上出现了一个名字,格温凑上去,身子摇晃着,眯起一只眼看了一会儿,念出那个名字,然后看着那上面的字,摇着头含混不清地说:"这……名字……我认识,我认识……这女孩儿……一个好女孩儿,还有球赛……我要带她去看球赛,斯塔克维尔的球赛……"格温嘴里嘟囔着,瘫软地靠在墙上,涎水从他嘴角流出来,一直到睡着。

后来他醒了,似乎一眨眼的工夫他就醒了,但他心里又隐隐约

---

① 牛津车站附近的厕所,参见第十九章的描写。

约知道，这可不是一眨眼的工夫，大半天已经过去了，时间叫醒了他，不然的话就耽误事了。他睁着眼睛，大脑一片空白，过了很长一段时间头脑才清醒了些，眼睛也能看见周围的东西了，但心里还是一片茫然，不知道该干什么。

他一动不动地躺了一会儿，感觉自己醒了，但这种醒是他强迫自己的。醒来后他发现自己待在车里，脑袋上方是低低的车顶，前方是一座大楼，被霞光染成玫瑰色的云从这座建筑物上方飘过，他感觉大脑空空，丧失了知觉，连失去知觉前胃里的恶心也没有了。他想坐起来，但身子一软从座位上滑了下去，头砰的一声碰到车门。这一碰彻底撞醒了他，他打开车门，人立刻掉到地上，他强撑着站起来，跟跟跄跄向车站走去，路上还摔倒了，坐在地上，两只手撑着身体，带着难以置信和绝望的眼神看着已经大亮的天空。终于，他站了起来，跟跟跄跄地向车站走去，他身上的夹克衫白一块黑一块，领子扯掉了一块儿，蓬头垢面。我喝大了，他心说，同时有点生自己的气，怎么能喝大呢？这下喝断片了吧！

站台上除了一个正在扫地的黑人外空空荡荡。黑人看见格温，嘴里嘟囔道："上帝！管管这些白人吧！"

格温说："火车呢？那辆专车，刚才还在这儿停着呢。"

黑人手里拿着扫帚说："已经开走了，5分钟前开走的。"格温转身往车那边跑去，黑人站在月台上看着格温一头钻进车里才把目光挪开。

格温坐进车里后，把脚边的酒罐踢在一旁，发动着汽车。他想下车找个地方吃点东西，可又怕耽误时间，他低头看着酒罐，感觉自己胃里翻江倒海般地难受，却又一次举起酒罐，往嘴里灌了第一口,然后点了根烟放在嘴里抽了几口,烟草的味道压住了他胃里涌上来的恶心。他感觉稍稍好了些。

他开车穿过镇子广场,车速达到了 40 英里,那时候还是早晨 6 点 15 分,开到去泰勒的那条道路上后他开始加速,一边开一边喝酒,往嘴里倒酒的时候也不踩刹车减速,当他到达泰勒镇时,去斯塔克维尔的火车正要出发,他刚把车停在最后一节车厢旁边,车厢的车门打开了,谭波儿从车上跳下来,从火车上探出一个列车员的半个身子,对站在月台上的谭波儿抗议似的挥了挥拳头。

格温从车里出来,谭波儿向他这边快走过来。当她快要走到格温跟前的时候犹豫了一下,然后走过来嚷道:"你喝酒了?瞧你!身上脏得像猪!你为什么非要把自己搞得像头猪!"

衣衫不整,头发乱糟糟的格温瞪着茫然的双眼说:"昨天晚上忙乎了一晚上,你不懂。"

谭波儿看了一眼四周,刷着黄色油漆的站台显得十分空荡,几个穿着工作服的男人嘴里嚼着口香糖往她这边瞅着,从列车开车的方向传来鸣笛声,列车喷出的蒸汽已经消散。"喝得像头猪!你这副样子怎么出门?连件衣服也不换!"谭波儿一边埋怨一边打开车门,看到座位上有个东西,问格温:"那是什么?"

"是水壶。上车吧!"格温对她说。

谭波儿噘着猩红的嘴唇,用不信任的眼神看着格温,一绺红色的头发从她的帽子底下掉出来,挂在额前。她看了一眼在晨光里显得异常荒凉简陋的车站,坐进车里。格温发动着车,谭波儿说:"我们回牛津镇!"格温没说话,看了一眼车站,一大片云飘了过来,车站被笼罩在云的阴影里。谭波儿说:"你带我回牛津镇!"

下午两点钟的时候他们的车在一处松林中穿梭——几分钟前格温把车开下大路，拐上一条狭窄的小路，朝坡下的一处林子驶去。格温身上还是穿着那件廉价的蓝色工作衬衫，外面套了一件无尾礼服，胡子拉碴的脸上一双眼睛又红又肿。车子在破旧的坑坑洼洼的小路上颠簸，谭波儿随着车子的颠簸身体一会儿往上一会儿往前，她想，这才离开邓弗里斯镇[①]，他这张脸已经变得胡子拉碴，也许他喝的不是酒，是促进胡子生长的油，他在邓弗里斯镇买的那瓶东西可能不是酒，是生发油。

格温看了一眼谭波儿，也许是看到了谭波儿眼里的恼怒，他换了一副哄人的语气："别生气了好吗？不就是绕个路，去李·古德温那里买瓶酒，要不了多少时间，我刚才说了，我会带你去斯塔克维尔的！肯定不会耽误你坐火车，相信我。"

谭波儿没有说话，脑子里闪过一幅画面：停在斯塔克维尔车站的插着三角旗的小火车，还有坐满了人群的看台。来看比赛的人穿着五颜六色的衣服，在乐队的鼓声和从闪着光的低音喇叭口里发出的声音里，那几个穿着绿色亮片衣服的表演者像是被鳄鱼吓到的红松鸡，呆呆地站在原地，嘴里发出可怜巴巴的惊慌的叫声，似乎在用叫声彼此安慰，共同抵抗那不知将来自何处的危险。

"别用可怜巴巴的眼神看着我行吗？我昨天晚上跟那几个小混混喝酒可不是为了打发时间，我给他们买酒也不是为了显示自己大方。再说了，你自己不是也挺会玩吗？平时让那些梳着獾子头的乡巴佬开着福特车带着你到处兜风，星期六又让我来接你到处玩，别

[①] 位于美国弗吉尼亚州的一个小镇。

以为我什么也不知道！你的名字可是在厕所墙上写着呢！都是些下流话，我不是开玩笑！"

谭波儿一言不发，车开得太快了，地面高低不平，车身忽上忽下，她努力保持着身体的平衡。格温不时看一眼谭波儿，手里任由车直直地往前冲，并不去躲闪路上的坑坑洼洼。

"上帝！我只是想看一下你的——"路面突然变成了沙地——车子驶进了一条两边是荆棘灌木的沙土小路，地面上的车辙印看上去很零乱，车开始七扭八歪地在沙地上行进。

一棵躺倒的大树突然出现在前方，格温来不及踩下刹车，车身几乎是以20英里每小时的速度撞向树身，车身被撞得往后弹了一下，又往前撞了一下，车头一转，停在大树旁边。

谭波儿感觉自己的肩膀似乎被什么东西撞了一下，随后整个人就飞了起来，落地之前她似乎看到路边甘蔗地里蹲着两个人，正透过甘蔗秆子之间的缝隙看着这边，不等她在震惊中回过神来，从马路边儿蹿出来两个人，一个人穿一身黑衣服，头上戴着一顶礼帽，嘴里叼着烟，另外一个人光着脚，穿着工装服，手里拿着一把短枪，没刮胡子的脸上露出惊诧的表情。谭波儿想跑，却感觉身体瘫软，骨头像水一样软绵绵的，人几乎动弹不得……

终于，她从地上坐起来，嘴巴张着，想叫，却叫不出声，不仅叫不出声，似乎连气都喘不上来。穿工装服的那个男人站在她眼前，嘴巴张着，一脸惊愕地瞪眼看着她，他唇边的胡须短而柔软。另一个男人低下身子看着翻倒在地的汽车，衣服紧得可以分辨出他肩胛骨的形状，汽车马达已经停止了，只有一只悬在空中的前轮还在转着……

五

穿工装服的男人手里拎着短枪,光着脚迈着外八字走在谭波儿和格温前面。他走得很快,似乎这点沙路对他来说不在话下。穿着高跟儿鞋的谭波儿走得七歪八扭,每走一步都陷进去好深,沙子几乎没到了她的脚踝处。格温走在谭波儿前面,他的衣服上、脸上沾了不少血迹。穿工装服的男人走一会儿回头看他们一眼,看见谭波儿走得一瘸一拐,对谭波儿说:"不好走吗?如果你肯脱下鞋就没问题了。"

"可以吗?"谭波儿停下脚步,一只手扶着格温,两只脚倒换着脱下高跟鞋。男人眼睛眨也不眨地看着谭波儿的动作,最后目光落在谭波儿手里的鞋子上,说:"这鞋子连我的两根手指头都搁不下!能看一下吗?"

谭波儿递给他一只,男人抓在手里,掉过来倒过去地看,一边看一边说:"真他妈小!"他用无神的眼睛瞟了谭波儿一眼说:"个子倒不低!可两条腿怎么那么细!身子骨得多轻才能穿这样的鞋?"谭波儿伸出手要鞋,男人递给她鞋子时动作很慢,眼睛扫来扫去,最后落到她的肚子和腰处,对格温说:"你还没有给她种下吧,伙计?"

"别开玩笑!"格温说,"帮我们找辆车咋样?天黑前我们得赶到杰弗生镇。"

过了沙子路后,谭波儿立刻找个地方坐下来,重新穿上鞋,发现那男人正盯着自己的大腿看,她赶紧往下拉了拉裙子,站起来说:"我穿好了,走吧,你认识路吧!"

三个人沿着山坡走出那片树林,眼前出现一座屋子,早先走在林子的时候透过树的缝隙可以看到更远的地方有一座苹果园,沐浴在午后的太阳光里。那屋子前有一个大草坪,草坪一看就是没人打理,草坪周围散落着几个东倒西歪的小棚子,四周看不出有人打理的痕迹——看不到犁铧和农具;周围也没有耕地——看来这只是一座坐落在荒废果园里的破屋,谭波儿似乎预感到了什么,不往前走了,她对带他们过来的那个人说:"我不想进去,你过去,把车开过来!我们在这儿等你。"

"他说了,你们得自己过去和他说!"男人说。

"这是他的原话吗?那个黑家伙以为他可以命令我吗?"谭波儿说。

"好了,别争了!去就去,不就是借辆车吗?天快黑了,古德温太太也在屋里不是吗?"格温说。

"应该在。"男人说。

"那走吧!"格温说,他们向房子走去,上了阳台后带路的男人把那把短枪放在门口。

"古德温太太应该就在附近,"领他们来的那个男人虽然是和格温说话,眼睛却一直盯着谭波儿,"告诉你老婆,这儿没什么可担心的,古德温会想办法让你们回到城里的。"

谭波儿看着对方,两个人瞪眼看着对方,谁也不说话,像一对儿打架的孩子或要开咬的狗。

"你叫什么名字?"谭波儿说。

"汤米!"男人说。"我可不想为了你和他打一架。"

那座屋子有一个前后相通的走廊①。谭波儿从屋子前面的过道入口走了进去。

格温看见了,喊:"你要去哪儿?你在这里等一会儿不行吗?!"谭波儿没有回转身,而是沿着过道儿往后阳台走去,一开始她只能看见门口的一束亮光,再往前走,视野开阔起来,可以看见远处的山坡,山坡上长满了荒草,万籁俱寂,一座破败的摇摇欲坠的谷仓立在山坡上,四周出奇地安静,虽然阳光强烈,万物被笼罩在阳光里,但给人的感觉却荒凉死寂。等到她快靠近门边的时候,她看见外面右侧有一间屋子,像是这座屋子的一间侧屋。周围非常安静,只能听见身后断断续续传来的格温和带他们来的那个男人的说话声……

谭波儿又慢慢往前走了几步,突然,她站住了,因为她看到门框外的地板上有一个男人上半身的影子,她想转身回去,但好奇心驱使她又重新转过身,踮着脚尖蹑手蹑脚走到门边,探出脑袋往旁边看了一眼:一个老人挂着拐杖坐在椅子上,阳光照在他身上和只剩了一圈白发的秃脑袋上。谭波儿松了口气,从过道里出来,和对方打招呼道:"下午好!"

老人没有动,谭波儿迅速地打量了一眼周围:从离着阳台拐弯

---

① 是当时的美国南方农村常见的一种户型,屋子有一个前后打通的过道儿,分别通向前后阳台。

五

不远的地方加盖出来的那座屋子里飘出来一缕淡淡的青烟。阳台下面的空地上支着一个晾衣架,绳子上挂着三块湿答答的布子和一条已经洗得褪了颜色的粉色的女人内裤,那内衣已经很旧了,蕾丝花边都被洗得卷了起来,像是一块破布边缘磨损的部分,内裤上还缝了一块浅色花布补丁,能看出针脚很仔细。等到谭波儿把眼睛转到阳台上的那个老人身上时,顿时吓了一跳。

一开始她以为那老人闭着眼睛,这时候才发现那人似乎没有眼珠,在上下眼皮中间的那两个东西更像两个黄色黏土做的一动不动的小球。谭波儿被吓得立刻转过身往屋子里面跑去,同时尖着嗓子喊道:"格温!格温!"这时从侧屋方向传来一声:"他听不到!你想找什么?"

谭波儿又吓得重新一个转身去看那老人,不料一脚迈空跌下阳台,倒在一堆由灰烬、空罐头盒子和发白的骨头组成的垃圾中间,惊慌之余她正要坐起来,却用余光瞥到一个眼睛鼓鼓的人手插在兜里,嘴里斜叼着一根香烟站在屋角看着自己,她一下子从地上弹起来,连滚带爬跳上阳台,跑进那条前后打通的过道儿,拐进旁边的一间屋子。屋子里,一个手里拿着香烟的女人坐在桌子旁边,脸朝着门口,看着她……

六

金鱼眼从屋子后面绕到前面。格温站在阳台边儿上，用手捏着鼻子，血不停地从他鼻子里流出来。汤米光着脚蹲在阳台的墙根处。

金鱼眼把手里的烟头在草丛里捻灭，背对着两个人坐到门前的台阶上，对汤米说："他娘的！怎么不把这家伙带到后面的阳台上给他洗洗鼻子？！你想让这家伙像个被割断喉咙的野猪在这儿坐一天？！"他取下表链上的白金袖珍折刀，开始刮鞋上的泥。

汤米从墙根站起来。格温正要说话，汤米皱着眉头冲他眨了一下眼睛，又冲着金鱼眼坐的方向晃了下脑袋，示意他不要说话。

金鱼眼背对着两个人说："汤米，领这家伙洗完鼻子你就赶紧去卡车那儿装车，听见了吗？"

"不是让你在卡车守着吗？"汤米说。

"想都别想！"金鱼眼用刀子刮着裤管上的泥巴，说，"你活了40年没动脑子不也活过来了？照我说的去做！"

汤米领着格温向后阳台走去。他小声对格温说："他和谁都处不来——早晚他得整出事儿来，除了古德温他不敢管，其他人他都要管，他自己不喝酒也不让我们喝，有时候我抿口酒都像要了他的命似的！"

"听他刚才讲，你40岁了？"格温说。

"没他说的那么老！"

"那你多大？30？"

"不知道！反正没他说的那么老！"两个人来到后阳台上。瞎眼老头儿还坐在后阳台的椅子上晒着太阳。树林遮挡了夕阳的光芒，老人从膝盖到脚的部分落在阴影里，老人把手往膝盖以下的腿上摸了一会儿，然后站起来，用拐杖探路，把椅子拖到有阳光的地方，格温和汤米赶紧往旁边闪开。老人重新坐下，把两只手拄在拐杖上，仰起脸朝着太阳的方向晒着。汤米说："人老了就这样！看不见也听不见，还吃不好！人活成这样真没什么意思，又瞎又聋，连吃东西都没滋没味！"

阳台上的柱子之间搭了张镀锌的板子，板子上放着一个脸盆和一个碎了口的碗，碗里放了一块肥皂。格温说："我不想洗脸！不如我们找点酒喝，怎么样？"

"还没喝够？已经喝得开车撞到树上了还没喝够？！"

"别瞒我，我不信你没酒喝，你把酒藏哪儿了？"

"藏在谷仓里。嘘！小声点！别让金鱼眼听见了，那家伙知道一定会去找，然后再给你倒掉！"汤米走到过道儿后门门口，往里看了一眼，确信没人后，他领着格温穿过后面的那一片空地——这一片空地应该是后花园，但是因为无人打理长满了雪松和橡树树苗——往后面的谷仓走去，这时谭波儿站在过道儿的厨房门口喊格温，汤米往后看了一眼，对格温说："你老婆喊你呢！你赶快挥挥手，让她知道你听到了，不然给金鱼眼听见就麻烦了。"

格温朝谭波儿摆了下手,继续跟着汤米往谷仓走去。谷仓门口放着一个梯子,汤米说:"你在底下等着,等我上去你再上,这梯子不结实,有的地方的木头快烂了,承受不了两个人的重量。"

"你们怎么不修修呢?既然天天得用!"

"还能凑合着用,所以一直没修。"汤米边说边踩着梯子往上爬去,格温跟在他后面,上去后汤米对格温说:"你跟着我走,有些地方的板子已经烂了,别踩空掉下去。"

夕阳顺着破损的阁楼墙壁和房顶照射进来。汤米走到谷仓阁楼的一个角落里,从一堆乱草里翻出一个装酒的泥罐,说:"那家伙不会找到这里,因为他怕脏。"

两个人你一口我一口地喝起来,边喝边聊。

汤米问格温:"我以前见你来这里买过酒,忘了你叫什么名字了。"

"格温·斯蒂文斯。我在你们这里已经买了三年的酒。他什么时候回来?我们还得赶回城里去。"

"快了。我以前见过你,三天前这里也来过一个人,说要去杰弗生镇,忘了他的名字了,那人能说,一直在说他和他老婆的事,好像是他不想和老婆过了什么的。给!再喝点!"汤米正要把酒罐递给格温,突然不动了,慢慢蹲下来,侧过脑袋好像在听动静。从下面的谷仓过道里传来喊声:"杰克!"

汤米朝格温咧嘴笑了一下,露出一排脏兮兮七拐八弯的牙齿,样子有点蠢。

"叫你呢!杰克,你给我下来!"喊人的是金鱼眼。

"听到了吗?那家伙老是'杰克!杰克!'地叫我,可是我叫汤米。"汤米压低声音对格温说。

"别装了,我知道你在上面。"金鱼眼继续喊着。

"我们还是下去吧!那家伙不定就会朝上放一枪,打穿阁楼的地板,射到我们。"汤米说。

"耶稣基督!你怎么不早说——"格温立刻朝下面喊道:"我们这就下来!"

两个人从梯子上爬下来,看见金鱼眼手揣在马甲兜里站在谷仓门口。太阳已经落山了,谭波儿出现在那座屋子的后阳台上,看见格温后她跳下阳台,沿着山坡向谷仓跑过来。

"我刚才和你说什么?我说让你带这个人赶紧离开这里。"金鱼眼冲着汤米喊道。

"我们只是来这里歇一会儿。"汤米说。

"我说的话你听见没有?"金鱼眼说。

"听见了。"汤米答道。金鱼眼没有看格温,转身往来路走去,汤米去追金鱼眼。谭波儿朝三个人迎面跑来,风把她的上衣吹得直往后飘,经过金鱼眼时,她咧开嘴,很僵硬地讨好似的笑了一下,金鱼眼没有理她,照直朝前走去。谭波儿闪过汤米,来到格温跟前,一把抓着格温的胳膊说:

"我害怕,格温。那女人和我说不要在这里过夜,她说——你又喝酒了?瞧你身上的血!"谭波儿瞪着乌黑的眼睛说,夜色里她那张脸出奇地娇小苍白。格温没说话,谭波儿转过头朝屋子的方向看了一眼,确定金鱼眼已经消失在屋子的拐角处,才压低声音对格温说:"她说让我们抓紧时间离开这里。她还说附近有口泉眼,我看见炉子后面的箱子里放着一个婴儿。格温,她和我说不要在这地方过夜,她还说让我们去问那个人借车,她还说——"

"问谁借?"格温说。夜色里谭波儿的脸甚至有点惨白。汤米停下来,转过头看着他们,格温不敢再问,往前走去。

"问那个穿黑衣服的人①借!她说他很可能不会借给咱们,不过也不一定。咱们去借吧!"两个人往房子那里走。走到连接树林和屋子的那条小路后,谭波儿看到路旁边的草地上停着一辆汽车,就走过去,抓着车门把手小声对格温说:"这车开起来很快,到杰弗生镇用不了多长时间。我认识一个男孩儿,他就有一辆这样的车,可以开到80英里一小时。只要他肯答应开车送我们回去就行,那女人说如果我们是夫妇也许他会借,所以你就说我是你老婆。只要我们到了车站,一切就好说了,也许这附近有比杰弗生镇还近的车站。"

"问那个猴子借车?!你以为他肯借给我们吗?傻瓜!他不会带我们回镇子的!再说我宁愿在这里待一个星期也不愿意让他开车拉我去什么地方!"

"可是那个女人说我不能在这儿过夜。"

"你现在头脑不清楚,等一会儿再说这件事。"

"你去借车!去借车!"

"不借,我们等古德温回来,古德温肯定会借给我们一辆车的。"

他们往那间阳台木板已经破破烂烂的屋子走去,刚上台阶,就看见金鱼眼倚在阳台的柱子上正在点烟,谭波儿刹住脚步,看着金

---

① 指金鱼眼。

鱼眼,脸上露出讨好的笑容说:"喂!和你商量个事儿!开车送我们到镇子上可以吗?"

金鱼眼捧着火歪着脑袋正准备点烟,听到谭波儿的话,把嘴里的烟往上一咬说:"不送!"

"求你了!送送我们吧!就当活动筋骨了,这种帕克德牌汽车开起来很快,去镇子用不了多长时间,我们付你钱,走吧!"

金鱼眼"噗"的一声吹灭火柴,扔进草丛里,冷冷地对格温说:"告诉你的小婊子别缠着我。"

格温像一匹笨拙、脾气好的马突然被激怒了似的,猛地往金鱼眼跟前走了几步,说:"你说话注意点!"金鱼眼没有理他,鼻孔里冒出两股青烟,格温见状不依不饶地说:"少用那种语气和我说话!你以为你在和谁说话?"金鱼眼还是没有理他,格温突然有点不知所措,强撑着说:"我不喜欢你用这样的语气和我们说话!"金鱼眼还是不说话,盯着格温看了一会儿,然后把头转向一边。一旁的谭波儿冲着金鱼眼嚷道:"你身上的衣服是怎么湿的?你每天晚上都要把衣服上的脏东西刮掉吗?"① 格温赶紧把她往屋里推,谭波儿扭着身子不肯进屋,鞋跟撞击地板发出脆声。金鱼眼还是靠在柱子上,扭过头看着别处。

"你想找打?"格温压低声音警告谭波儿说。

"他那么老,他敢打我?"谭波儿嚷道。

格温把谭波儿往屋子里推去:"他能把你脑袋拧下来!"

"胆小鬼!就你害怕他!"谭波儿嚷。

---

① 谭波儿威胁金鱼眼,想告诉金鱼眼她知道金鱼眼是卖私酒的贩子。

"闭嘴!"格温摇晃谭波儿,试图让她闭上嘴。谭波儿反抗着,两个人看上去像是两个配合笨拙的舞伴在跳舞,空气中响着鞋在地板上摩擦发出的嚓嚓的声音。格温说:"听着!再找事儿我把你——!"不等他说完谭波儿已经挣脱他的双手,沿着过道儿往后门跑去。格温扭头看着谭波儿奔跑的背影。

谭波儿从厨房门口折进去。里面很黑,只有从炉口散发出一道亮光。谭波儿一个转身又跑了出来,在过道儿站住,她扭过头,往后阳台的出口看去:格温已经往山坡下的谷仓走去。谭波儿想:他又要去喝酒了,他醉了,这已经是他今天第三次喝酒了。过道里的光线很暗,谭波儿踮起脚尖听了一会儿外面的动静,突然感到肚子很饿,她想起学校,亮着灯的教室,光从窗户里透出来,想起在食堂吃饭的铃声里去吃饭的伙伴们,还有父亲坐在家里阳台上,脚搁在栏杆上,草坪上,一个黑人仆人正在修剪草坪……她踮起脚尖来到走廊门口。紧挨着门口放着一把猎枪。谭波儿出了门,躲到一边哭了起来。

突然,她感觉有什么东西走了过来,窸窸窣窣的声音从房间里传来,中间还夹杂着敲击地板的声音,之后声音从屋里又到了前后相通的过道儿上,谭波儿探出脑袋往里看去:一个佝偻着身子拄着拐杖的身影出现在过道里,一晃一晃地往门口走来,谭波儿尖叫一声——这一声出去后,她感觉肺似乎被倒空了,横膈膜像被撑开了似的——往院子跑去,刚冲到台阶就发现阳台边儿上站着一个人[①],她顾不得看那人是谁,冲下台阶,绕过屋子,从后阳台跑进厨房,

---

① 这人应该是李·古德温。作者对这段的描写并不清晰。

在炉子后面的角落里蹲下来,轻轻挪动炉子旁边的箱子,想把箱子挡在自己前面,她的两手紧紧抓着箱子边缘(手触到了那个小婴儿的脸),眼睛看着门口,她想祈祷。但是她想不出天父的任何一个名字,最后竟变成了:"我父亲是法官!我父亲是法官!"直到古德温走进来,划着一根火柴,自上而下地看着她。

"哈!你躲在我的厨房里干什么?"他说。谭波儿还没来得及站起来,就被古德温揪着脖领子拎了出来。

七

从灯光明亮的大厅里传来说话声,中间夹杂着一个年轻男人放肆的笑声,笑声淹没了炉子上肉片被炙烤发出的嗞嗞声。谭波儿竖起耳朵,想听听他们在说什么,但除了偶尔一两个字清晰外,其他都是断断续续的声音、勺子撞击桶壁的咔嗒声和大笑、咒骂的声音,有人从房间里出来,谭波儿立刻裹紧外套像胆小的小女孩儿那样好奇地向门口张望。她看见格温和一个穿着卡其色马裤的男人从房间里出来,往阳台走去。她想,格温又喝醉了!自从我们离开泰勒以来,这已经是他第四次喝醉了。

"刚才我看见格温和一个人出去了,那人是你弟弟吗?"谭波儿问女人。

"哪个人?"女人翻着手里的肉。

"就是后面进来的那个人[①]。"

"上帝保佑,我可不想要那样一个弟弟!"女人翻着炉子上的肉说。

谭波儿说:"你有兄弟姊妹吗?我有四个哥哥。两个是律师,

---

① 指凡。

一个在报社工作。还有一个在耶鲁大学上学。我父亲德雷克是杰克逊市法院的大法官。"她的眼睛还是看着门口，脑子里却想着父亲穿着亚麻西服坐在阳台上，手里拿着扇子一边扇一边看着黑人工人忙着修整草坪的样子。

女人揭开炉盖说："不是我们请你来的，我也没有让你在这儿过夜，白天的时候我就告诉过你，让你赶紧离开这里。"

"可是我一个人怎么离开？我一直让格温带我走，可是他不肯走，我一个人又走不了。"

女人把炉盖挪回原处，转过身看着谭波儿说："怎么离开？你知道我每天怎么打水吗？走路去！要走一英里的路，一天光是打水就得来回走六趟。还有其他的活儿要做。但是我心甘情愿！"女人走到桌子跟前，拿起一盒香烟，抖了抖烟盒，从里面拿出一根。

"可以给我一根吗？"谭波儿问。女人把香烟推给谭波儿，然后移开灯罩，凑近灯花儿点着自己手里的香烟。从走廊里传来脚步声，似乎是格温和汤米回来了，谭波儿拿起桌上的香烟，抽出一根用指头夹住，小声说道："这里人很杂……"女人似乎没听见，去了炉子跟前，继续照看炉子上的肉，"不过人多也有人多的好……格温喝个没完，今天一天就喝了三回酒，喝得醉醺醺的，他在泰勒车站接上我，我一上车说得很清楚，我说我要回牛津镇，让他带我回牛津镇，还告诉他我是请假出来的，如果不按时回学校会受处罚，路上他在一个小店跟前停下，进去买了件衬衫，那时候他还在喝，我让他把酒罐扔掉，可是他不听，后来他把车停在邓弗里斯的一家餐馆前，拉着我进去，说是吃点饭再走，可是我一点都吃不下，饭吃到一半他又出去了，我等了半天也没等到他，就出去找他，看见他从另一条街走了过来,我觉得有点不对劲,就走过去掏他的口袋,发现里面有一瓶酒,我想扔掉,可是他不让,一路上他不停地说我拿了他的打火机,后来我要抽烟,他又说他这辈子从来没有抽过烟。可见他醉得不轻,根本不知道自己在说些什么。"

谭波儿手里夹着香烟背靠着桌子站着,炉子上的肉发出嗞嗞的声音。"他喝醉了三次。一天喝醉了三次。以前他和我说,如果我要是和一个酒鬼好的话,他就打死我。可是他,一天喝醉了三次!"说完她顿了一下,没话找话似的说:"很可笑,不是吗?"然后又意识到什么似的闭上了嘴,桌子上的油灯的火苗摇曳不定,房间里传来烤肉的嗞嗞声、炉子上水开后发出的噗噗声,另外从大厅里传来男人们粗鲁的笑声和说话声。谭波儿对女人说:"你每天晚上都要给他们做饭?一到晚上这房子里突然来了这么多人……"看见女人不理他,她扔掉手里的香烟:"我可以抱抱你的小孩吗?我会抱孩子。不会摔着他的。"不等女人说话她已经走到箱子跟前,弯下腰把孩子抱了出来。孩子醒了,哼哼唧唧地哭了起来。"乖,乖,让我抱抱你。"谭波儿把孩子抱在怀里,轻轻摇着,动作笨拙,女人一直背对着她,谭波儿看着女人的背影说:"你能帮我求一下你丈夫吗?他有车,让他带我离开这里,好吗?可以吗?"孩子不哭了,灰突突的眼皮半闭着,露出一条窄缝儿。"我并不是害怕才这么着急离开的,我知道你们是好人,不会伤害我的,咱们都是女人,你还有这么可爱的一个孩子。我父亲是法官,总督去我们家吃过饭呢……"谭波儿把孩子抱到脸跟前哄着,连头上的帽子快要掉了都顾不上扶,嘴里自言自语地对孩子说着:"宝贝儿乖,如果有个坏男人要伤害谭波儿,你会替谭波儿告诉警察,是吗?"

"你胡说什么？你以为古德温成天没什么事，见了你们这样的小婊子——"女人放下手里的夹子，打开炉门，把手里的香烟往里一扔，关上炉门，转身问谭波儿："你们为什么要来这里？"

谭波儿的帽子几乎要掉下来，她顾不得整理，抱着孩子说："是因为格温要来这里买酒，我们本来是去斯塔克维尔镇看球的，可是格温非要来这里买酒！时间耽误了，球赛也看不成了，但是我们还是得去斯塔克维尔镇，虽然球赛没看成，但我可以和同学们一起坐路过斯塔克维尔的火车回牛津镇，这样学校也不会知道我没有和其他同学一起观看比赛，别人也不会说什么。可是格温不听我的！坚持中途要来你们这里买酒，他说这话的时候都是醉的，他在泰勒镇接到我时我就看出他喝醉了，我对他说如果我这次被学校记过就麻烦大了，因为我现在还在留校察看期，如果这事儿让我爸爸知道的话，他会气死的。可是格温不听，他开一路喝一路，后来我甚至求他随便把我放在什么地方，只要是个镇子，我自己坐火车回去。"

"留校察看？"

"我因为有几次没有在学校过夜被学校给了留校察看的处分。我有一些学校外的朋友，他们有车，可以周末带着我四处兜风，学校里的男孩儿没车，学校也不让学生在校外过夜，所以我通常是坐镇子上男孩儿的车悄悄溜出来，可是有一次我被一个女同学告发了，系里给了我留校察看的处分，其实那个女同学告我是因为我曾经和她喜欢的一个男生约会过，然后那个男生就不理她了，她嫉恨我就跑去向学校告了状。"

"这么说你常常从学校跑出来和男人坐着车四处兜风，是吗？"

女人说，"所以你这次遇到麻烦也不奇怪！你也不用大惊小怪地嚷嚷。"

"格温和那些人不一样，他是杰弗生镇的人，还在弗吉尼亚上过大学，他路上一个劲儿地对我说他是在弗吉尼亚大学学会了喝酒的，我甚至和他说随便把我放在一个车站，借我点买车票的钱我自己坐火车回去，我身上只带了两块钱，可是他……"

"哦，你不用再解释了，我已经知道了，你是正经人家的姑娘，和我们这些穷人家的姑娘不一样！即便晚上和男人坐车兜风也不会做不正经的事。"女人把肉翻了个个儿继续说："男人是为你们服务的，你们对男人常说的话是'我是个纯洁的姑娘，我才不做那样的事儿呢！'可是却从来没放过任何一个和男人溜出来的机会，坐着他们的车四处兜风，反正自己又不掏汽油钱，吃饭也是他们请客，但是如果有其他男人多看你一眼，那可不得了，因为你父亲是法官，你的兄弟们也不喜欢你让男人们多看一眼。可是一旦你流落到哪个地方，你哭着求人帮忙时，找到的就是我们这样的女人——而我们给法官系鞋带都不配！"谭波儿一声不吭，扬起脸看着女人的背影，她头上的帽子看着岌岌可危，似乎马上就要掉下来。

"我也有过一个黑人男朋友，叫弗兰克，可是我哥哥说如果他看见他来找我，就要杀了他！听明白了吗？他说的是要直接杀了他，而不是用鞭子抽我一顿，他还说不等弗兰克下车，他就冲过去给他一枪，我爸爸听我哥哥这么说，说他还活着呢，这事儿用不着儿子动手，后来我哥哥把我锁在屋子里，然后自己去了桥那里，等着弗兰克，为了救弗兰克，我不顾危险，沿着我家的排水管道从三楼溜下来，在半路上截住弗兰克，告诉他我爸爸要杀他，让他赶紧离开杰弗生镇,可是他不肯,说要带上我一起走。后来我们回到马车上,我知道事情紧急,有可能他要没命,就一再央求他赶快离开那里,但是他坚持要去我家,带上我的行李,然后像个男子汉那样告诉我父亲他要带我走,我拗不过他,就和他一起回到我家。我父亲坐在阳台上,向我吼:'从马车上下来!'于是我从马车里出来,下车时我央求弗兰克快点走,可是他不听,从马车上下来,拉着我往屋子走去,我父亲见状直接从屋子里拿出一把手枪冲出来,瞄准弗兰克,我挡在弗兰克面前,我父亲喊:'你也想挨枪子儿吗?'弗兰克一把把我拽到他身后,枪响了,打中了弗兰克,他倒下后我父亲对我说:'去给他收尸吧,婊子!'"①

"他们也这样叫我:'婊子'。"谭波儿胳膊里抱着孩子,看着女人的背影小声说。

女人手里抓着烤肉夹子说:"你们这些好人家的姑娘,就为了看场球赛,贪便宜坐上别人的车,现在遇到了麻烦……你知道这是什么地方吗?你以为这些男人是只会哄你开心的小伙子?!你知道这是谁的地盘吗?没人请你来这儿!是你自己闯进来的,你现在想让别人放下手里的活儿,把你送到车站或者什么可以让你离开的地方,想得倒美?!我男人在菲律宾当兵时就杀过人,他为一个被人欺负的黑人妇女打抱不平,最后杀了欺负她的人,后来他被送了回来,他们把他关在莱文沃思②,再后来战争爆发,他们把他放出来,条件是他参军打仗,他在战场上立了功,可是战争结束后他们还是

---

① 这一段的加入很牵强,福克纳常常把自己曾经写过的一些短篇或者片段加入长篇中,这一段即是如此,读来很生硬牵强。
② 美国堪萨斯州的一个县。

把他送回莱文沃思监狱，让他继续服刑，后来是我找到一个律师，他帮我找到一位议员，由那位议员出面和监狱说话，他们才把他放出来，他回来后我的苦才结束——"

"苦？"谭波儿小声说。她手里没有放下孩子，帽子还是斜斜地扣在脑袋上，身上的衣服让她看上去瘦瘦的，活像一个长胳膊长腿的孩子。

"是的，苦！"女人说，"不然我怎么给律师钱？你以为律师都是白干活吗？"女人手里拿着叉子在谭波儿眼前晃了晃，"你这种娃娃脸懂什么？虽说你也是个婊子，可你不会认为自己如果走进男人房间，男人一定是为你服务的，是吗？你……"女人激动起来，身体微微摇晃，两只手插在腰上，用冷冷的眼神地看着谭波儿说，"男人？我看你从来没有睡过一个真正的男人！根本不知道被一个真正的男人要是什么滋味！你命好，从来没有遇到过那样的男人，如果真遇到了，你也许会知道你这张小脸蛋还挺有价值。如果你遇到了真正的男人，你会嫉妒和那个男人好的所有女人，害怕他离开你，如果他叫你婊子，你会忙不迭地答应'我是，我是'，会光着身子在地上爬，就是为了让他婊子婊子地叫你……把孩子给我！"谭波儿没有松手，眼睛看着妇人，嘴里嚅动着，好像在说："我是……我是……"妇人把手里的叉子往桌上一丢，说："松手！"从谭波儿怀里把孩子抢了过去，孩子醒了，睁开眼睛，哼哼唧唧地哭了起来。女人拖过来一把椅子坐下，把孩子抱在怀里，对谭波儿说："去外面帮我拿块尿布回来！"谭波儿站在屋子当间，嘴唇开始哆嗦。看谭波儿没动，女人抱着孩子站起来，说："你害怕，所以你不敢出去，是吗？"

"不害怕。"谭波儿说,"我去……"

"不用了,我自己去!"女人踢踏着那双不合脚的鞋出去了,很快拿着尿布和晾好的内衣回到屋里,她把另一张椅子拖到炉子跟前,把拿回来的尿布和内衣搭在椅子背上,然后重新抱着孩子在椅子上坐下,孩子哭了起来,女人哄着孩子:"别哭,别哭。"油灯底下女人的脸换了一副安详的神色。给孩子换好尿布后她把孩子放回箱子里,然后走到那扇挂着两块黄色粗布门帘的碗橱跟前,从里面拿出来一个大盘子,又拿起她刚才扔到桌子上的叉子,走到谭波儿跟前说:"听着!如果我给你找辆车,你会开吗?"谭波儿嘴唇动了动,似乎在找合适的词汇。"你从后门走,然后开车离开,再也别回来,能做到吗?"女人继续问道。

"可以。"谭波儿小声说,"怎么都可以。"

女人虽然还是刚才那副姿势,但是眼神却让人感觉她在上下打量谭波儿,冷冷的目光让谭波儿感觉全身肌肉都缩了起来,像是被砍下来在太阳下暴晒的葡萄藤。女人冷冷地说:"胆小鬼!说得像那么回事!"

"我能做到的!能做到的!"

"你回去后,不会告诉别人这个地方吗?别骗我!"两个女人脸对着脸,像是两堵挨得很近的白墙,声音在白墙之间回旋。

"只要能让我离开这儿,我可以答应你任何事,只要离开这儿,去哪儿都行。"

"我不怕古德温知道我放你走,虽然他不是那种随便一个女的来这里他都要干的那种人,可是遇见你这样的女人我怕他——"

"只要能让我离开,去哪儿都行!"

"我太了解你这样的好人家的闺女了,我又不是没见过你们这样的女人!你们把男人看成玩物,所以当一个好男人站在你们面前时,你们也分辨不出来,你有真心爱过一个男人吗?"

"我爱格温。"谭波儿小声说。

"我对李才是真正的爱!我像个奴隶一样伺候他!为了星期天可以去看他,我找了一份夜班的工作,在饭馆里做女招待。我一个人孤零零地住了两年,没找任何男人,因为我答应等他。为了把他从监狱里赎出来,我瞒着他出去卖,用挣来的钱把他从监狱里赎出来,后来我告诉了他,他却打了我一顿。现在你跑来了,虽然你是不情愿的,可是也没有人要求你来呀!没人会管你害不害怕。再说了,你有害怕的胆量吗?有爱一个人的胆量吗?"女人说话声音很小,连嘴唇都没有动,就好像在背诵一个做面包的方子。

"我给你钱!"谭波儿小声说,"多少都行!我爸爸会给我的!"女人面无表情地看着谭波儿。谭波儿继续说:"我可以送你一件毛皮大衣,圣诞节才买的,和新的一样。"

女人无声地笑了,脸上还是没什么表情。"给我衣服?我有三件皮毛大衣!我甚至给过一个站街的一件皮毛大衣!你说你要给我衣服?!上帝!"女人猛地转过身,看着谭波儿说,"我给你找辆汽车,你自己开车走,再也别回来!听见了吗?!"

"听见了。"谭波儿脸色苍白。女人把烤好的肉盛到盘子里,浇上肉汁,然后走到烤箱前,从里面取出一盘早就烤好的饼子,把它们放在盘子上。谭波儿小声问:"要我帮忙端过去吗?"女人并不理她,端起盘子出去了。谭波儿看了一眼房间:熏得黝黑的烟囱上面有一处银白色的细缝,锡做的油灯底座蒙了一层油垢。她走到桌子跟前,拿起香烟盒,抽出一根,愣怔一会儿后把烟凑近油灯点着,却不抽,看着忽闪不定的火苗,似乎在想什么。女人返回来了,抓着裙角垫在咖啡壶把儿上把热壶从炉子上拎下来。

"我帮你拿吧!"谭波儿问。

"不用,你去厅里吃饭吧!"女人又出去了。

谭波儿手里夹着香烟站在桌子跟前站了一会儿,然后朝放孩子的箱子走过去(箱子罩在炉子的阴影里,从远处看只能看到模模糊糊的一团浅色的东西),她站在箱子旁边,低头看着躺在里面的婴儿:婴儿的脸色白得有点发灰,眼睑下方有一块蓝色的阴影,头上盖着一块布子,一只手手掌向上手指向里弯着放在耳朵旁边。谭波儿弯下腰小声说:"这孩子快死了。"她的影子落在墙上,黑黑的一团,帽子歪扣在头发上,墙上的影子像是鬼影。她喃喃地说:"可怜的小宝贝,可怜的小宝贝。"男人们的声音越来越大,从大厅里传来脚步声,椅子的咔嗒声,中间夹着一个人的大笑声。女人走了进来,谭波儿听到动静转过身看着门口,女人对她说:"你去吃饭吧!"

"我不吃了,你刚才说要给我找辆车,可以吗?我想现在就走。"

"你先去吃饭吧,他们不会把你怎么着的。"

"我不饿。我一天都没吃饭,但我不饿。"

"去厅里吃饭吧!"女人还是说。

"我和你一起去!"

"你先去吧,我还没干完活儿呢!"

八

谭波儿犹犹豫豫地走进饭厅，脸上带着一种畏缩的表情，外套紧紧地裹在身上，帽子随随便便卡在脑袋上。当她看到汤米时，立刻像找到目标似的朝汤米走过去，突然，一条胳膊伸过来拦住了她，谭波儿下意识地往旁边一闪，眼睛可怜巴巴地看着汤米。

格温见状站起来，把旁边的椅子往后一拉，对谭波儿说，"你坐这里！"

"别找事儿！你喝醉了，哥儿们！"拦谭波儿的人①对格温说，然后又对谭波儿说："你来跟我坐！小妞。"谭波儿听出眼前这个人就是刚才在客厅里放肆大笑的那个人，那人伸着胳膊继续朝谭波儿胸前横过来，谭波儿赶紧腾出胳膊挡在自己身体前面，脸上勉强挤出一丝笑容看着汤米。伸手拦她的男人注意到谭波儿一直在往汤米那个方向看，骂汤米道："去那边儿坐着去！汤米！你个狗娘养的！你不知道这里的规矩吗？！"汤米尴尬地笑着往旁边移了移椅子，椅子和地面摩擦，发出一股刺耳的声音。那人趁机抓住谭波儿的手腕，往自己身边拉，桌子对面的格温站起来，往前探着身子，谭波

---

① 后面提到的那个叫"凡"，替金鱼眼工作、运送私酒的白人。

儿用力掰开那人拽她的手,眼睛还是看着汤米的方向,脸上勉强地笑着。

"规矩点,凡!"古德温对拽谭波儿的那个人说。

那个叫凡的家伙没有理古德温,继续拽着谭波儿的手不放,嘴里一个劲儿地说:"来,坐我腿上!"

"放开她!"古德温说。

"放开她?!凭什么?凭你是老大?!"凡说。

"我让你放开她!"古德温说。凡松开了谭波儿,谭波儿往门口退去。做饭的妇人手里端着盘子走了进来,看见谭波儿,闪到一边,谭波儿小心翼翼地赔着笑退出房间,然后猛地一个转身,跑出屋子,跑下阳台,穿过草地,在黑漆漆的夜色里气喘吁吁地往大路方向跑去,上大路后她往前跑了50码远,突然又转过身往回跑,跳上阳台,蹲在门口听着里面的动静。过了一会儿,从屋子里出来一个人,谭波儿认出是汤米。

汤米笨拙地把一个东西递到谭波儿跟前,说:"给!"

"什么?"谭波儿小声问道。

"吃的!我猜你从早晨到现在还没吃过东西。"

"没有,从昨天起就没吃东西。"

"赶紧吃点,别饿着自己,"汤米把盘子递过去,"你就坐在这儿吃,这儿没人拽你,那几个家伙不是人!"

谭波儿没有接盘子,她往门口走了走,从屋里泻出来的灯光照在她脸上,惨白得像个幽灵。"她呢?那个叫什么的妇女?她在哪儿?"她小声说。

"在厨房里,你想让我陪你去找她?"从厨房里传来一声拖拉椅子的声音，不等汤米回过神，谭波儿已经往屋子拐角冲去，途中有那么一分钟的工夫，她不动了，好像在等后面的人跟上来，汤米站在门口，手里拿着盘子，看着谭波儿像个影子似的消失在屋子拐角。汤米手里抓着盘子站在通道门口，扭头往里看去：谭波儿的身影从通道后门上来消失在厨房门口。

很快，凡和几个人出现在阳台上。看见汤米，凡说："你们瞧这家伙手里的盘子！他给自己端了一盘子熏肉跑到这儿来偷吃！"

"我偷什么了？"汤米说。

"我看看！"格温说。

凡一伸手，打掉汤米手里的盘子，转过身问格温："你喜欢他这种做法吗？"

"不喜欢。"格温说。

"那你要怎么做？"凡说。

"凡！"古德温喊道。

"你觉得你有资格说不喜欢吗？"凡对格温说。

"我有资格。"古德温说。

凡去了厨房，汤米也跟了过去，他没进去，只是俯下身子在门口听着里面的动静。从里面传出来凡的声音："出来和我走走！小妞！"

"出去！"是鲁比的声音。

"出来走走，小妞，我不是坏人，不信你问鲁比！"凡继续纠缠谭波儿。

"出去！"妇人说，"你想让我把古德温叫进来赶你出去吗？"

汤米偷偷往里看去：灯光照出凡的身影，他穿着卡其布衬衫和马裤,金发梳得一丝不苟,耳朵后别着根香烟。妇人坐在桌子旁边的一张椅子上,谭波儿站在椅子后面,嘴巴微微张开,夜色里看不清那女孩儿的眼睛。

汤米拿着酒罐重新回到阳台上,古德温也在,他对古德温说:"为什么那家伙不能让那妞一个人待着?一个劲儿地骚扰她!"

"谁?"

"凡呗!那小妞很怕他。他让那小妞一个人待着不好吗?"

"这事儿跟你没关系!你离他们远点!听见没?"

"他不应该去招惹那小妞!"汤米走到墙根底下蹲下来。两个人用一个杯子喝起了酒,一边喝一边说着话。汤米一直竖起耳朵听着屋子里的动静,不一会儿从客厅里传来凡的声音,好像在和格温说他在城里的事情。过了一会儿,他对坐在椅子上的古德温小声说:"听见没?两个家伙好像打起来了!"古德温听罢立刻站起来往屋里走去,汤米跟在后面。屋子里,凡站在中央,格温抓着椅子背。

"我没想揍他——"凡说。

"那就别大呼小叫地说要揍他!"古德温说。

格温不说话,汤米想,这个傻瓜醉得连话都说不出来了。

古德温对凡说:"你闭上嘴。"

"他说话——"格温嘟嘟囔囔扶着椅子站起来,没扶稳,椅子倒了,格温一下子撞到墙上。

"上帝,我把你个——"凡说。

"——先生们,我不怕他——"格温醉得几乎说不出完整的一句话来,古德温一伸胳膊,把格温推到一边,格温立刻瘫软在墙上,不说话。古德温上前抓住凡。

"你们两个都给我坐下!"

劝完架后古德温和汤米返回阳台坐下,两个人继续你一口我一口地喝着酒,汤米很少说话,他心里惦记着谭波儿,两只脚在地上蹭来蹭去,似乎很烦躁。"为什么凡总是拿那个妞说事儿?为什么他不能别去管人家!?"他压低声音对古德温说。

"这和你没关系!你少掺和!听到了没?"

"凡招惹那妞儿不对,他不应该那么做。"

金鱼眼从屋子里出来,站在阳台上,从口袋里掏出一根香烟,点着抽了起来。火光中金鱼眼那张脸颊嘬进去一块的脸一闪,随后一根火柴划着弧线掉进草丛里。他心说,这家伙也算上!他和凡都在打那妞儿的主意!想到这儿,他不由得身体往里缩了缩,对自己说,那妞儿要倒霉了,我先到谷仓待一会儿!想到这儿他从墙根底下站起来,下了台阶,绕过屋角,贴着墙根儿往屋子后面走去,经过一个亮灯的房间时他立刻想到那是谭波儿的房间,房间窗户的窗框已经没了,一块相当于玻璃的锡板横着钉在窗户上。汤米贴着墙根走到窗户跟前,往里看去……

屋子里,谭波儿坐在床上,头上的帽子斜扣在脑袋上,两只手放在腿上规规矩矩地坐着,她看上去那么瘦,瘦弱得不像十七岁,倒像个八九岁的小姑娘,她的胳膊紧贴着身体,脸朝着门口,一把椅子顶在门板上,房间里空空荡荡,除了一面褪了色的拼布被子和一把椅子,什么也没有。灰泥刮过的墙壁有的地方墙皮已经剥落,露出里面的板条和填充时和泥和在一起的碎布。墙上挂着一件雨衣和一个行军水壶。

突然,好像意识到窗户外面有人似的,谭波儿慢慢地转过脑袋看着窗户的方向,她转动脖子的动作僵硬,似乎只有脖子在动,身体其他部分的肌肉则一动不动,像是在忍受某种折磨似的,像是用纸板做的复活节装糖果的玩具被扭过来。停了一会儿她又转过头去,停顿一会儿后又转过来,好像在寻找墙这边的人的动静,最后她走到顶在门后的那张椅子跟前坐下,从袜子里拿出一块怀表,看了一眼,然后抬起头,睁着黑洞般的两只眼睛直盯盯地看着窗户,又低下头,看了一眼怀表,重新把表放回袜筒里。

她从床上站起来,脱掉大衣,露出里面的连衣裙,紧裹在身上的裙子让她看起来像是一根箭,她低着头,两只手掌合在一起放在胸前站了一会儿,然后重新在床上坐下,两条腿拢得紧紧的,头依然低着,过了一会儿她抬起头看着周围。从后阳台传来人声,声音一开始挺高,不过后来越来越小,汤米听着。

谭波儿似乎也听到了声音,她猛地从床上跳起来,开始解衣服上的带子,她的胳膊又瘦又细,影子随着胳膊的动作晃来晃去,很快她脱得只剩下内衣,身体略微缩了起来,整个人瘦得像根火柴。她的脑袋看着门的方向,衣服已经被她扔在一旁,她用手去够那件大衣,够到后她急忙往身上穿,手忙脚乱地找着袖子,穿好后她转过身看着窗户的方向,然后又转身倒在椅子上。"这帮家伙一定不干好事!"汤米嘴里无声地嘟囔道,"这帮家伙一定不干好事!"声音又从前阳台那里传过来,汤米的身体缩了起来,他嘟囔出声来:"这帮家伙!"

当他再一次从窗户往屋里看时,发现谭波儿裹着大衣站在挂着雨衣的那面墙前,从钉子上取下雨衣,穿在身上,系紧扣子,然后把水壶也取下来,回到床边,把水壶放在床上,从地上拎起自己刚刚脱下的连衣裙,用手掸了掸,小心地放在床上,然后把床单掀起来,床单下面直接是草垫子,床上也没有枕头,床垫里的秸秆随着谭波儿手的动作发出一阵窸窸窣窣的声音。

谭波儿脱下高跟凉鞋,放在床脚,自己钻进被子里。汤米又一次听见咔啦咔啦的声音。谭波儿没有平躺,而是半躺在床上,头上的帽子几乎挪到了后脑勺。她把那把水壶、连衣裙和高跟凉鞋放在自己脑袋旁边的地方,又把雨衣盖住自己的腿,然后才躺下,可是刚躺下又马上坐起来,摘掉头上的帽子,她的头发披散开来,她把帽子和刚才那些东西放在一起,然后身体往后倒,准备躺下,可是又停住了,她打开雨衣,从里面摸出一个粉盒,打开,对着粉盒里的镜子,用手指扒拉了几下头发,用粉扑扑了扑脸,然后关上粉盒,放回原处,又看了一下怀表,把雨衣扣子扣上。她用被子遮着自己脱了内衣,然后躺下,把被子拉到下巴处。然后屋里的声音消失了,房间里安静了不少,但汤米还是能听到谭波儿躺着的地方不停传来窸窸窣窣的声音。谭波儿的两只手交叉着放在胸前,两条腿紧紧挨着,伸得直直的,像是古代墓地前的人像。

阳台上的声音似乎也消失了,突然,夜色里传来古德温的喊声:"住手!住手!"随后是椅子吱吱嘎嘎的声音和古德温的脚步声,听上去椅子似乎被人扔到阳台上,又被其他人踢在一旁。汤米立刻警觉地蹲下,像一只伏在地上的熊。从阳台又传来一阵乒乒乓乓台球撞击似的打斗声。随后是古德温喊他的声音:"汤米!"

汤米猛地站起身(虽然他平时走路笨重得像獾或浣熊,但关键时刻行动起来并不慢),三步并作两步绕过屋角来到阳台上,正好看到被凡扔到墙上的格温身体一斜,掉进阳台下的草丛里。金鱼眼站在门口，探出脑袋看着。"抓住他！"古德温喊道。汤米立刻向金鱼眼冲去，一下子跳到对方身上。

"抓住你了——嗨！"他不顾金鱼眼挥手给了他一巴掌，嘴里嚷着："别动！"

金鱼眼不打了，说："上帝！我告诉过你，别让这两个人在这儿坐着喝酒，上帝！"

这时候古德温已经和凡扭打起来。两个人喘着粗气缠斗在一起。"放开我！"凡吼道，"让我杀了这个——"汤米跑过去，帮助古德温把凡压在墙上，不让他动。

"按住他！"古德温说。

"按住了！看来这小子被你揍得够呛。"汤米说。

"要不是看在上帝的分儿上，我早就——"古德温说。

"好了，好了，你杀了他有什么好处？他又不能吃，再说你不想让金鱼眼用他那把自动手枪一起扫了我们吧？"

汤米的话让众人平静下来，所有的人都松了手。这场打斗就像是一股黑色的旋风，风过后的地方留下一片空白，几个人把格温从草丛里拎出来，扶着他进了屋子，女人在过道里紧挨着谭波儿房间的门口的地方站着，看着几个人搀着格温走到谭波儿房间门口。

凡推了推门，说："门被她从里面锁上了！"然后开始哐哐砸门，一边砸一边喊："开门，我们给你带客人来了！"

"别嚷！"古德温说，"门上没锁！你使劲推一下就开了！"

"那我就推了！"凡说完就是一脚，门开了，抵在门里的椅子被凡踢得飞了起来，落在屋子中间。凡把门敞开，几个人抬着格温一拥而入。进屋后凡把椅子踢到一边，谭波儿站在床后面的一个角落里。凡下巴上都是血,头发全都跑到前面了,他往后甩了一下女孩儿似的长头发,往地上吐了一口带血的唾沫。

"往前,把他抬到床上去!"古德温指挥着众人把格温放到床上。格温趴在床上,血糊糊的脑袋耷拉在床边,凡动作粗鲁地把他翻了个身,格温呻吟起来,手往上抬了抬,凡用手扇了一下他的脸,说:"给我安静地躺着,你这个——"

"别动他!"古德温一把抓住凡还在挥舞的手。两个人瞪眼看着对方。

"我说了,别管他们。"古德温说,"赶紧离开这儿!"

格温呻吟着说:"保护……那姑……娘……"

"出去!"古德温说。

女人站在门口,后背靠着门框挨着汤米站着,她外面套着一件大衣,大衣里面的衣服似乎要耷拉到了脚边。

凡从床上拿起谭波儿的连衣裙。古德温看见了,命令道:"你出去!"

"凭什么听你的!"凡甩了一下手里的连衣裙,看着角落里的谭波儿,谭波儿的胳膊交叉着抱在胸前,两只手放在肩膀上。古德温向凡走过去,凡扔下连衣裙,绕过床角往谭波儿奔去。金鱼眼手里夹着香烟从门口走了进来,汤米站在妇人身边,嘶嘶地吸着嘴,眼睁睁地看着凡走到谭波儿跟前,一把扯下谭波儿护在胸前的雨衣。这时古德温冲到凡和谭波儿中间,使劲一撞凡,凡被古德温撞得打了个转,两个人又扭打在一起,谭波儿伸出手去摸雨衣。汤米站在原地,紧张地注视着金鱼眼朝谭波儿走过去……他用余光看到古德温占了上风,把凡打倒在地,古德温坐在凡的身上,往金鱼眼的方向看去。

"金鱼眼!"古德温喊道。金鱼眼没有停下脚步,继续向谭波儿走去,他的脑袋斜着,好像并没有在看前方,嘴里还是叼着香烟,一缕香烟在他身后滑过来,那根香烟耷拉在他的嘴角,仿佛他的嘴是长在下巴以下的地方。

金鱼眼走到谭波儿跟前,脑袋还是偏着,他的右手插在大衣口袋里,另一只手伸进了谭波儿的雨衣里。

"把你的手拿开!"古德温说,"别碰那姑娘!"

金鱼眼放下手,转过身,两只手插在口袋里,向门口走去。他的眼睛一直看着古德温。

"来帮一下忙,汤米!帮我抓一下这个家伙。"古德温说。汤米听命走过去,两个人抬起凡往屋外走去。经过妇人时她往旁边一闪,她的手里还抓着大衣。几个人出去后,谭波儿这才动了一下身体,走到角落里蹲下,整理已经被撕坏的雨衣。格温的呼噜声突然响了起来。

古德温返回来后对女人说:"回屋睡觉去!"女人没有动。古德温把手放在女人的肩膀上说:"听话,鲁比!"

"你不让凡打那女孩儿的主意,是因为你想对她做凡想对她做的事,不是吗?不要脸!"

"你少说两句!"古德温把手放在女人肩膀上说,"回去睡觉吧!"

"你别回来!想都别想!我这就走!你不欠我的,你不用想着欠我的!"

古德温抓住女人的两只手,把女人的手背过去,用一只手抓住,另一只手把女人身上的大衣打开,露出里面的睡衣,那件睡衣是粉色绸绸的质地,有着蕾丝的花边,因为被洗过好多次,蕾丝已经皱了。

"呵!就穿这件等我啊!"古德温说。

"没有了!就这一件睡衣!跟着你就这一件睡衣!这是我的错吗?我以前睡衣只穿一晚上就会把它们送给黑鬼丫头,现在可好,我就是把这件送人,还遭人笑话!"

古德温松开手,女人的大衣掉到了地上,女人捡起大衣穿上。古德温把手放在女人的肩膀上推女人回屋,女人的肩膀被推得转过去,但肩膀以下的身体依旧坚持着,眼睛看着他。"回屋去!回屋!"古德温不停地推着女人,女人用髋部顶着墙,眼睛看着古德温,反抗着不肯走。古德温松开女人,几步走到谭波儿跟前,一把抓住谭波儿身上的雨衣,开始摇晃谭波儿,一边摇一边说:"你这个小傻瓜!"谭波儿小小的身体在雨衣里晃来晃去,肩膀和大腿碰在墙上,她的眼睛大睁着,油灯的光照在她脸上,从那双黑黑的像是深井的瞳仁里映照出古德温的那张脸。

他松开手,谭波儿瘫倒在地上,雨衣围在她脚下,他重新抓她起来摇晃着,眼睛看向妇人说:"去拿灯来!"妇人头低着没有动,好像在思考什么,古德温把一只胳膊放在谭波儿的膝盖底下,横着抱起她。谭波儿感觉自己的身体被抬起来放在床上,格温躺在旁边,玉米床发出一阵稀里哗啦的响声。古德温把谭波儿放下后,从壁炉台子上拿起灯朝门口走去,女人身子没动,扭头看着,油灯的光映照出女人的侧脸。古德温说:"走吧!"女人转过身跟在古德温身后,灯光现在照着她的后背、手和肩膀上,古德温的影子没入黑暗中，只有胳膊的剪影照在门上。格温发出一阵鼾声，鼾声落下后都要停顿一下，好像要背过气去。

古德温和女人出了房间，看见汤米站在走廊里。古德温问汤米："凡他们去装车了吗？"

"没有。"汤米回答。

"你去看看他们在磨蹭啥？！"古德温说完和女人去了他们自己的房间。汤米往厨房走去，他脚上没穿鞋，走路几乎没有声音，他走到厨房门口边儿上，头往前伸，偷偷查看着厨房里的动静。厨房里，金鱼眼抽着烟坐在一把椅子上。凡站在桌旁的镜子跟前，用梳子梳着头。桌子的桌布上沾满了血迹，上面放着一盏油灯，一支点燃的香烟。汤米蹲下来……

古德温从他和女人的房间里出来，手里拿着雨衣。他显然没有看到蹲在黑暗中的汤米，直接进了厨房。"汤米呢？"他问。金鱼眼说了一句什么，汤米没有听清，随后古德温和凡一前一后从厨房里出来，古德温的手里还夹着那件雨衣。汤米听见古德温对凡说："你先走！车上的货要赶紧卸掉！"

古德温和凡走后，金鱼眼从厨房出来，向谭波儿的房间走去，进屋后他向谭波儿的床走过去，这时候汤米也悄悄跟在金鱼眼后面进了屋，这一切都被躲在暗处的女人看见了，她能看见汤米的眼睛眨了眨，甚至听得见汤米的呼吸声，不一会儿金鱼眼从谭波儿的床前退出来，出了屋子，去了厨房，汤米也跟着出来，还是蹲在厨房门口观察着，他的身体缩着，两只光脚蹬在地面上发出窸窸窣窣的声音，两只手拧来拧去，心里想着，古德温也想打那妞儿的主意！那家伙也打那妞儿的主意！这帮家伙！这帮家伙！他往前蹲了蹲，好看清厨房里的动静,直到看见厨房地面上有金鱼眼的帽子的影子才放下心来,然后他回到谭波儿和格温的房间门口,他闻到了一股烟味,知道那是金鱼眼在抽烟。他挪动蹲得有点发麻的身体,想:古德温也一个样!他们都在打那妞儿的主意!

古德温从后阳台进来,看见汤米蹲在厨房门口,立刻骂道:"你他妈在这儿干啥呢?为什么你刚才不跟着我,我去谷仓找你,找了那么久!"他走到厨房门口,对里面的金鱼眼说:"你走吗?"

等金鱼眼从厨房里出来的工夫,古德温问汤米:"你这半天做啥去了?让我一通好找!"

金鱼眼从厨房里出来,看见汤米,说:"你躲在这儿干什么?"

汤米从地上站起来,用一只脚搓着另一只脚的脚背,看着金鱼眼说:"不干什么。"

"你在跟踪我?"

"我从来不跟踪任何人。"汤米耷拉着脸说。

"你最好不!"金鱼眼说。

"走吧。"古德温说,"凡在等着呢!"几个人走了,汤米走在最后面。中间他回过头看了屋子一眼。他想吐,感觉自己体内的血液突然变得很热,渐渐地变得凉下来,但身体还是感觉到热,那种像是听到小提琴音乐后的感觉。"这帮家伙!"他小声地自言自语地说,"这帮家伙!"

九

房间里很黑。女人靠墙站在门口。她身上穿着一件廉价大衣，里面套了一件镶花边的绉绸睡袍，门没有锁。从房间里传来格温的呼噜声，几个男人在外面说话，因为隔着门，女人听不清楚他们在说什么。过了一会儿，外面安静下来，屋子里还在回响着格温的呼噜声，声音从他那个已经被揍得稀烂的鼻子里发出来，时断时续。

门突然开了。一个男人走进来，朝谭波儿躺着的床走去，经过女人时女人感觉自己和那男人的距离几乎不到一英尺。没等对方说话，女人已经猜出那是古德温。古德温对谭波儿说："坐起来，把雨衣脱下来。我要用它！"床垫里的玉米壳子发出窸窣声，雨衣被谭波儿脱下来。很快，古德温从原路出去了。

女人站在门口没动。她能辨别出每个人的气息，知道是谁进来了。黑暗中门又开了，这一次几乎没有任何动静，女人不仅没听到，甚至都没有感觉到门开了，可是她闻到了一股气味：金鱼眼头上的发蜡味。女人一动不动地躲在黑暗中看着：汤米跟在金鱼眼身后无声无息地进了房间，如果不是黑暗中女人看到了汤米的那双眼睛，她也不会知道那是汤米。那两只眼睛在黑暗中若隐若现，高度只到女人胸前的位置，好像在探寻什么。然后女人又看不见了，不过她感觉汤米似乎在离自己不远的地方蹲了下来,他肯定是在找金鱼眼,后者站在谭波儿和格温躺着的床垫旁边,格温的呼噜声时断时续,女人一直站在门口。

女人这一次没有听见玉米壳子发出的声音,她一直悄无声息地站在门口靠里的地方,一动不动,汤米蹲在离她不远的地方,脸朝着床的方向,屋子里黑乎乎的什么也看不见。女人又闻到了发蜡味,一直蹲着的汤米也走了出去,虽然女人看不到,也没有听到脚步声,但还是凭借从黑暗中压过来的一股子气息知道对方跟在金鱼眼身后离开了屋子。

等到那两个人的声音消失后女人走到谭波儿躺着的地方,黑暗中谭波儿一动不动,直到女人用手碰她才开始挣扎,女人捂住谭波儿的嘴,但是谭波儿并没有叫喊,只是躺在玉米壳子床垫上动来动去,手里的衣服紧紧地捂着前胸。

"傻瓜!"女人小声而严厉地说,"是我,是我!"

谭波儿的脑袋不再扭来扭去,但是身体还在动,似乎要从女人的手底下挣脱出来,嘴里嚷着:"我要告诉我父亲!我要告诉我父亲!"

女人抓紧她说:"起来!"谭波儿不再挣扎,但仍旧僵硬地躺在床上,黑暗中发出粗重的喘气声。"你起来不起来?我带你离开这里!"女人说。

"我起我起!"谭波儿说,"你能带我出去吗?带我出去可以吗?"

"可以。"女人说,"可是你得起来。"谭波儿从床上坐起来,床又发出咔啦咔啦的声音。睡梦中的格温发出震天动地的呼噜声。谭波儿从床边站起来,差点儿摔倒,女人一把抱住她,让她站稳。"嘘!"女人说,"别那么大动静,小点声!"

"我的衣服,"谭波儿小声说,"我没穿衣服……"

"你是想要衣服,还是想赶紧离开这里?"

"离开这里!"谭波儿说,"只要你能带我离开这里,我啥都听你的!"

两个人悄悄离开屋子,向谷仓走去。走出大约50码外,女人站住了,转过身使劲儿拽了一下谭波儿,然后抓住谭波儿的肩膀,小声骂了谭波儿一句,声音很轻,比叹息大不了多少,里面充满了怨气。然后她甩开谭波儿往前紧走几步,进了谷仓,谭波儿也跟了进去,谷仓里漆黑一片,两个人只能摸着墙往里走,谭波儿跟在后面,吱吱扭扭的开门声在黑暗中响着……女人抓着谭波儿的手领着她上了一层台阶,走进一个铺了地板的房间,房间显得很封闭,四面的墙围过来,房间里弥漫着一股混合着土味的粮食作物的味道。谭波儿带上门,在关门的一瞬间,她听到从黑暗中传来什么东西窸窸窣窣的跑来跑去的声音,谭波儿一个转身,脚底下立刻感觉到踩到了什么,那东西在她脚底下翻滚了几下,然后朝着妇人的方向跑去。

"不要紧,是老鼠。"妇人说。谭波儿立刻朝妇人奔过去,双脚腾空一把抱住妇人,身子紧紧贴在妇人身上,嘴里带着哭腔喊道:"老鼠?!老鼠?!快开门!快点!让我出去!"

"别喊!别喊!"妇人抱紧谭波儿示意她别喊。谭波儿渐渐安静下来,但身子还是紧紧黏着妇人,女人小声对她说:"那边铺着些棉籽壳,你去躺一会儿。"谭波儿不说话。她身体在颤抖,黑暗中两个人靠着墙根坐了下来……

十

第二天①早晨女人正在厨房里做饭,听到门口有动静,她转过身,看见格温像个幽灵似的站在门口。格温嘴唇肿得老高,一只眼睛给打得乌青,衬衫和大衣全是血,血迹一直到袖子上。女人说:"你先去洗洗脸。"马上又改主意似的说:"不,还是别去了,你先进屋等着,我去用脸盆接点水给你端过来。"

格温看着女人,嘴巴嗫嚅着,似乎想说什么。女人明白他的意思,说:"哦,那姑娘没事儿,她在谷仓里,这会儿也许睡着了。"

格温似乎松了口气,脸上的神情也舒展了些,开始嘟嘟囔囔地说要搞辆车来。

女人说:"如果你想坐车走,这附近只有图尔有车,他家离这儿有两英里远。你先洗脸,吃完饭再说车的事。"

格温走进来,站在桌前含糊不清地说:"我得找到辆车,然后把她带到学校。别的女孩儿会给她打掩护的,她应该没事儿。你说她应该没事儿吧?"看到桌子上有香烟,他颤抖着手从里面抽出一根,抖抖索索地放进嘴里,又划了一根火柴,因为抖得厉害,怎么

---

① 星期天,5月12日。

也不能把火柴凑到嘴边，女人走过来，从他手里拿过火柴，帮他点上。格温只抽了一口便不抽了，瞪着那只好眼看着手里的烟卷出了会儿神，然后扔掉手里的烟，摇摇晃晃地往门口走去，说："我去找辆车。"

"你先吃点东西。喝点咖啡提提精神。"女人说。

"我先去找车。"格温说。他往外走去，走到阳台上时停了一下，往脸上撩了些水，可是那张脸看上去并没有精神多少。

当他离开房子时，头脑还是昏昏沉沉的，他觉得自己还在醉着。他隐约记得发生了什么。他把凡打他和他开车撞上大树这两件事情搞混了，也记不得自己昏过去的事（事实上他昏过去了两次）他只记得他在深夜的某个时候昏倒了，他还以为自己喝醉了。但是，当他走到那辆被撞坏的汽车旁，看到那条小路，又沿着小路走到泉水边，喝了一捧泉水后，又开始想酒。他跪在泉水边儿上，在冷水中洗脸，看着水面上自己的倒影，绝望地对自己说着耶稣基督保佑之类的话。他想回到那个大屋子里再喝些酒，但是想到要面对谭波儿还有那几个人时，他犹豫了。

当他走到那条公路的时候，太阳已经升得老高，天气热了起来。我得振作起来，他对自己说，找辆车带她回去，可是路上我该怎么和她解释？想到回去后要面对的人，还有谭波儿，我昏过去两次，他说了一句，我昏过去两次，上帝！上帝！他喃喃地说着，看着自己身上血迹斑斑的衣服，心里又羞又愧，身体不由自主地缩了起来。

他往前摇摇晃晃地走着，冷风让他的头脑逐渐清晰起来，可是随着头脑的清晰和身体的自由，他的心却越来越沉，他仿佛看到面前横亘着一条死气沉沉的黑巷子，意识到回去后等待自己的不是家乡小镇，而是一个黑洞洞的绝境。想到这儿，他的身体越发缩得紧了，眼前似乎出现了好多眼睛。10点钟左右，他看到一户人家，他走进去，他和那位叫图尔的主人说要用车，可以付钱，主人答应了，开车把他放到公路边儿上。到了公路上后，他步行往前走去，过了一会儿，从对面来了一辆车，他搭上那辆车……

十一

谷仓里,谭波儿醒了,晨光从带铁栏杆的窗户里透进来,落在她脸上,像是一把金色叉子的齿,把她的脸笼罩在深一道浅一道的影子中。她翻了个身,伸展了一下蜷缩了一晚上的身体,看着天花板,血液重新一点一滴地注入她又酸又麻的肌肉里,天花板由木板排列而成,每块板子之间的空当处都有一道黑色的缝儿,屋顶边缘的地方有一个方形口子,从那里露出光线,口子里伸下来一架梯子。墙上挂着皮革已经老化的马具,谭波儿从身子底下抓了一把棉籽壳,举在眼前看着,有几粒从指缝间掉落,落到她的胸罩和裤腰之间裸露的肌肤上,她正沉思,突然记起这屋里有老鼠,赶忙跳起来,狼狈地跑到门口,用手摸索着门闩,想把门打开,手里还抓着那一把棉籽壳,她那张 17 岁女孩的脸由于睡眠不好而略显浮肿。

门锁着,她打了半天也没打开,一直抓挠得双手似乎麻木了也没有打开,空气里传来指甲在没有刨光的木板上的摩擦声,就在她着急之时,门突然向外自己开了,她立刻从里面跳出来,双脚还没站稳却透过谷仓门口看见那个瞎眼的老头儿从屋子后面的大坡下来,往谷仓这边走来,老头儿一只手里的棍子轻轻敲着地面在探路,另一只手抓裤腰,似乎在提防裤子掉下来,谭波儿吓得重新跳回隔间里,"砰"的一声关上门,躲在里面听着动静。老头儿进了谷仓,经过谭波儿躲藏在里面的隔间时没有停下,继续往前走去,谭波儿从后面探出脑袋看着老头儿的背影:老头儿裤子的背带挂在屁股上,运动鞋和地上的谷糠摩擦发出嚓嚓的声音,他手里的棍子敲打地面发出笃笃的声音。

谭波儿弯下腰,手裹着外套,躲在隔间门口听了一会儿外面的动静:瞎眼老头儿似乎在后面的一个隔间里捣鼓什么。谭波儿推开自己隔间的门,探出脑袋往谷仓外望去,明亮的阳光让她想起安息日①的学校,穿着春装的女生离开宿舍,和男生会合,沿着有树荫的街道,在清亮的不紧不慢的钟声中向做礼拜的地方走去……她抬起自己的一只脚:脚底很脏。她用手使劲擦了擦袜子,然后开始擦另一只脚的袜子……

拐杖敲打地面发出的笃笃声又响了起来。谭波儿立刻缩回头,关上门,听着老头儿从隔间的门口过去,然后探出头看去:这一次老头儿走得较慢,背带裤的背带也被拉到肩膀上,老头儿出了谷仓,上了大坡,最后消失在那间大屋子里。谭波儿打开隔间门,轻手轻脚走出谷仓的门。

她小跑着往屋子走去,因为没穿鞋,她的脚被地面硌得生疼。她一口气跑进厨房里,厨房里没有人,很安静,看着十分空荡:冰冷的炉灶上放着一把被熏得黝黑的咖啡壶和一个看着脏兮兮的平底煎锅,桌子上堆放着没洗过的盘子刀叉。这时候她才意识到自己已经好几天没有吃饭了,从星期五晚上的舞会起她就没有吃过一口

---

① 基督教每周一次的圣日定为星期天,这一天要求教徒不工作,而是去教堂礼拜。谭波儿想起星期天自己在学校的场景。

饭，现在已经是星期天了。她想到校园：天空湛蓝，从教堂尖尖的高塔上传来钟声，在钟楼梁柱上休息的鸽子发出低低的咕噜声。她走到厨房门口，左右打量了一下，然后裹了裹身上的衣服，来到那条前后开放的走廊上。

她警觉地看着走廊门口，似乎生怕有人出现在那一片门框框住的光亮中，还好没有，她继续往前走，当走到自己昨天晚上待的那个房间门口时，她推开门闪了进去，靠在门背后。房间里空空荡荡，褪了色的拼布被子上放着她昨晚从墙上取下来的行军水壶和她的一只高跟鞋，连衣裙和帽子则躺在地板上。

她捡起衣服和帽子，用手掸了掸上面的灰尘，然后开始找另外一只高跟鞋：她打开被子没有，床底下也没有，最后在壁炉的炉盆和一摞砖头之间的缝隙里找到了那只鞋，鞋子里都是灰，好像是被人一脚踢进或者甩进壁炉里的，她把灰倒出来，把鞋放在外套上蹭了蹭，然后放在床上。她从床上拿起那个行军水壶（水壶上有"美国"的字样和用模板印上的已经模糊不清的黑色号码），重新挂到墙上，然后脱掉外套，穿上自己的连衣裙。

长腿，瘦胳膊，高高的小屁股——一个孩子气的娇小身影——虽然不再是个孩子，但显然还没有成为女人——她迅速套上连裤袜，扭动着身体穿上那件窄巴巴的裙子。现在我什么都能忍受了，她很平静，同时带着一种迟钝、疲惫的惊讶；我什么都能忍受。她从长筒袜靠近大腿处取下一块系在黑缎带上的手表，看了下时间，指针显示是9点钟。她用手捋了捋头发（从头发里掉出三四个棉籽壳），然后拿起大衣和帽子，在门口听了一会儿，确认外面没人后她走出房间，来到后面的阳台上。

阳台上放着水盆，盆里有一点脏水，她把水倒了，洗干净脸盆，重新倒水洗了脸。外墙上挂着一条脏兮兮的毛巾，她取下来，小心地擦了擦脸，然后从大衣外套的口袋里掏出一盒粉饼，给自己补妆，没补几下看见妇人怀里抱着婴儿站在走廊门口看着她。

"早晨好。"谭波儿说，她走过去，低头哄着妇人怀里的孩子："你好，小宝贝。还在睡吗？看看我是谁？"妇人没理她，转身回了厨房，谭波儿跟在后面也进了厨房。进厨房后妇人把孩子放到箱子里，然后倒了一杯咖啡递给谭波儿。

"应该把火生上，不然就得喝冷咖啡，你要不要生一下火？"妇人从炉子上拿起一片面包。

"我不冷。"谭波儿说，她小口喝着半温不热的咖啡，感觉到自己的五脏六腑开始融化。"也不饿，你说奇怪吗？我两天没吃饭了，但是我不饿！我没有……"女人背对着她不看她，谭波儿脸上还是一副求可怜的样子。"你们这里有卫生间吗？"

"什么？"女人转过身，不屑地看着谭波儿，谭波儿讨好地看着女人。女人从架子上取下一本《邮寄商品购物大全》，撕下几页递给谭波儿说："你去谷仓那里方便，我们也在那里方便。"

"我？"谭波儿抓着纸说，"谷仓？"

"那里没人！"女人说，"他们现在还回不来。"

"好吧。"谭波儿说，"谷仓。"

"是的，谷仓！"女人说，"除非你太讲究，宁可憋着。"

"我去。"谭波儿说。她看了看外面，院子里的空地上杂草丛生，阳光在柏树丛底下投下巨大的阴影，但果园整体显得异常明亮。谭波儿穿上大衣戴上帽子，手里抓着妇人递给她的几张上面印着晾衣服架子、带专利的甩干机和洗衣服等广告的硬纸，离开屋子往谷仓走去。进谷仓后她站住了，揉了揉手里的纸，然后沿着谷仓里的通道继续往前走，一直出了后门，来到谷仓后面的一处空地上，空地上种着几丛曼陀罗，阳光底下开着白色和淡紫色的花朵，谭波儿穿过曼陀罗丛，花丛中那些看着很大，带着潮湿和难闻臭味的花打在她的小腿上，穿过花丛后她脚不点地地往前跑去，一直跑到一道锈迹斑斑的铁丝网前，然后弯下腰拧着身子从附近一个缺口钻出去，向山脚下的那片树林跑去。

山脚下是一道沟，沟底由沙子组成，阳光把沙子照得闪闪发亮，谭波儿站在沟底，脚陷在沙子里。从树林里传来鸟儿的叫声，谭波儿沿着这条干涸的沟底往前走，最后找到一块突出的上面长着一丛荆棘的岩石，犹犹豫豫地蹲下……当她排泄完，正要起身时，突然看见那块岩石的荆棘丛后面蹲着一个男人。

谭波儿呼的一下站起来，惊魂未定地顺原路跑去，奔跑中她的一只鞋掉了，她往前跑了几步才像想起来什么似的一转身，往回跑了几步，捡起鞋，转过身继续往前跑……

远远地她看见那座屋子了。瞎眼老头儿还是坐在后阳台的椅子上，仰着脸晒着太阳，她在坡下穿上自己的鞋子，穿过草地，跳上阳台，这才往后看了一眼：一个男人站在谷仓的门口往这里看着。她一头扎进屋子，跑进厨房里。女人抱着孩子坐在厨房的桌子旁，嘴里抽着烟。

"他偷看我！"谭波儿说，"他偷看我！"她走到门口，往外看了一眼，然后又折回身走到女人身前，她脸色苍白，红红的眼睛像是燃烧的烟头，她把手放在冰冷的灶台上。

"谁?"女人问。

"那个人!"谭波儿说,"他蹲在那边的林子里偷看我!"她朝门口和女人看了一眼,低下头,突然发现自己的手放在灶台上,立刻尖叫一声,手猛地一抬,捂着嘴往门口跑去,女人一只手抱着孩子,伸出另一只手一把拽住她的胳膊。就在这时古德温进了屋子,沿着过道儿朝后阳台走去,走到厨房门口时他从外往里看了一眼,没有进屋。

"放手!"谭波儿挣扎着小声嚷道,"让我走!让我走!"女人的手给门框挤了一下,她松开了手,谭波儿顺势挣脱出来,出了门,跳下阳台往谷仓跑去,进谷仓后,她跑到过道立着的那架梯子前,踩着梯子的磴儿一直爬到二楼的阁楼上,然后朝阁楼上的干草垛跑去。

突然,她脚底踩空,整个人立刻头朝下从二楼摔到地面上,后背着地后她看见自己的两条腿还保持着刚才奔跑的姿势在空中摆了一下,而让她掉下来的那个裂开的长方形口子两边的木板正在往回弹,发出啪啪的声音,似乎要回到它们原来待着的地方,合上裂口。光线里尘土飞扬。

她把手往身子底下的东西摸去,意识到手碰到老鼠后,她吓得连滚带爬地挥舞着胳膊摸到墙角坐了起来,两只手撑在地上,她的周围都是空棉籽壳,在距她的脸不到一英尺的地方,一只老鼠趴在横梁上,也在看着她,一秒钟后老鼠的两只眼睛闪了一下,随后那只老鼠朝她脑袋这里跳过来,谭波儿吓得立刻身体往后躲,同时感觉自己的脚底下似乎又踩着了什么东西。

慌乱中谭波儿又一次脸朝下摔倒在另一个角落里,她的脸触到地上的棉籽壳和几根被啃得干干净净的玉米棒子，什么东西被甩了出去，打在墙上又反弹回来，打在她头上，那只老鼠这时也跑到她蜷缩的角落里，在距离她不到一英尺的地方看着她，老鼠的眼睛像呼吸似的亮一下灭一下，再亮一下，灭一下，后来竟然背靠着墙角，两只前爪蜷缩着放在胸前，后脚支撑站了起来，还冲着谭波儿可怜兮兮地叫了两声，谭波儿瞪眼瞅着那只老鼠，吓得往后挪动身体，终于，她站起来朝门口冲去，她大口地喘着气，一边用手徒劳地捶打着门，一边扭头看着那只老鼠……

十二

古德温从大厅里出来,女人手里抱着婴儿站在厨房门口。古德温黑着脸,衬得他的两个鼻孔显得特别白。女人说:"上帝!你又喝酒了!"古德温浑身散发出一股浓重的酒味,他没有理睬女人,径直往后阳台走去。"她不在屋子里!"女人说,"你找不到她的!"古德温一把推开女人走进厨房,女人转过身,站在门口看着古德温。古德温转了一圈儿后转过身,看着站在门口的妇人。"你找不到她的!"妇人说,"她走了!"古德温走到女人跟前,抬起一只胳膊作势要打女人。"你打一下试试!"妇人说。古德温放下手,他似乎生气了,眼睛红红的,两只鼻孔白得像蜡,他抓住妇人的胳膊,要拽她出去。女人骂道:"别碰我!"古德温还是不松手,女人骂道,"你以为你碰得了她?!你以为我会让你碰她?你以为你想干哪个婊子就干哪个婊子?!"两个人脸对脸对峙着,肌肉绷得紧紧的瞪着对方,像是跳舞的一对儿男女准备起步。

古德温猛一用力,女人踉跄着被他拽进屋里,差点跌倒,幸亏一只手抓到桌子边缘才站稳,她扭过身子,身体微微后仰,臀部抵在桌子边缘,看着古德温,另一只手往身后桌子上的脏盘子里伸去,手不停地摸索着,像在找什么东西。古德温向女人走过去,女人喊:"别过来!"古德温没有理会女人,继续向前逼过去,女人慢慢举起一只手,那只手里多了一把切肉用的餐刀!古德温继续向女人走过去,女人作势要砍古德温,却被古德温一把抓住拿刀的手腕。女人挣扎着。古德温把孩子从女人手里抢过来,放在桌子上。然后用一只手抓住她的两只手的手腕,另一只手朝她脸上扇去,空气里传来一声手掌和脸碰撞的脆响。"我就是这样对付那些婊子的!明白吗?"女人的脸被古德温打得扭来扭去,等到古德温松开手离开屋子后,女人往桌子扑过去。她抱起桌子上的孩子,走到桌子后面的角落里蹲下。孩子还在熟睡,一动不动,女人摸了摸孩子的脸蛋儿,站起身,把孩子放在箱子里,然后从墙上的钉子上取下挂在上面的遮阳帽,戴在头上。然后又取下来一件脏兮兮的镶着白边儿的大衣,抱起孩子,头也不回地离开屋子,没有和坐在阳台上晒太阳的古德温父亲打招呼,径直下了台阶走了。站在马棚过道里的汤米往大屋这边看着,没有出来劝阻。

女人一直在大路上走,走到那棵横倒在大路上的大树附近时,她从大路下来,拐上一条小路。格温那辆已经被撞得破破烂烂的汽车还停在大树附近。女人在小路上走了约100码的距离,来到一处泉眼,她在泉眼旁坐下来,把孩子放在自己的腿上休息着。

金鱼眼鬼鬼祟祟地从树林里走出来,朝泉眼这边走来,他的鞋子上沾满了泥巴,走到女人跟前后他站住了,从大衣口袋里摸出一根香烟叼在嘴里,又摸出一根火柴在大拇指上划着,点着烟说:"耶稣基督!我和他说,怎么能让那些人喝一个晚上,是该制定条禁酒的法律了。"他往房子这边看了一眼,转过头继续居高临下地看着女人说:"那屋子里的都是一群笨蛋!四天前我看见一个蠢货蹲在这里喝水,还问我读不读书,就好像他能用本书打倒我似的,也许那书就是个他用来蒙人的电话簿!"他又往那座屋子看了一眼说:"我去镇子上找活儿干了,我要离开这里,和这里没关系了,我受够了!"说完他似乎嫌衬衫领子太紧似的扭了下脖子,然后重新居高临下地看着女人的头顶。女人没有抬头,也没有说话,只是抬起手用裙角遮住孩子的脸。金鱼眼看女人不理他,悻悻地走了,很快,从树林里传来唰啦唰啦的脚步声,声音越来越小,直至消失,从沼泽地那里传来一声鸟叫。

  金鱼眼拐到路边一个长满了树木的山坡上,老屋离这里没有多远,他从树林里出来,看见古德温站在果树底下,脸朝着谷仓的方向,好像在打量什么。金鱼眼从背后看了一会儿,然后掏出一根烟,塞进嘴里,把手插进马甲兜里,向古德温走去,他走得很轻,似乎不想让古德温听到,但古德温听到了脚步声,扭过头看了一眼,金鱼眼从口袋里掏出一根火柴,点着香烟,古德温没有理他,转头继续看着谷仓的方向。金鱼眼来到古德温身边站下,和古德温一起,看着谷仓的方向,他问古德温:"你在看什么?"

  古德温没有理他,金鱼眼说:"我不干了!"古德温还是眼睛看着谷仓的方向,没有说话。一缕烟从金鱼眼的鼻孔里冒出来,"我要离开这儿。"金鱼眼说。古德温没回头,嘴里冒出一句骂人的话。金鱼眼面无表情地看了一眼古德温,转过身向那座屋子走去。快到跟前时,他看见古德温的瞎眼老爸在阳台上晒着太阳。金鱼眼没有进屋,穿过门口的草坪,进入到那座雪松林里,在林子里绕了个圈儿,出来后他来到谷仓后面,从后门走了进去。

谷仓里,汤米远远地蹲在隔间的门口,脸朝外看着。他显然没有注意到金鱼眼进来。金鱼眼把手里的烟取下,掐灭扔到地上,走进一个过去用来关牛的牛圈里,牛圈的食槽上方悬着一块架子,架子上方有一个通到谷仓阁楼的出口,金鱼眼攀上架子,悄无声息地从那个出口爬到阁楼上,因为用力,他身上的衣服绷得紧紧的。

十三

谭波儿打开隔间的门,刚要往门口走,却发现过道里站着一个人,她立刻转过身要往回跑,却突然意识到那人是汤米,赶紧一个转身,往前跑几步一把抓住汤米的胳膊,刚要说什么,却透过门口看见古德温站在山坡上屋子的后阳台上,心里一惊的她松开汤米转身重新跑进隔间里躲起来。过了一会儿,她从隔间门板上方探出脑袋,小声喊汤米过去,汤米走过去,谭波儿两只手使劲抓着隔间的门板,往里掰着不让汤米进去,汤米呆呆地说:"……古德温说他不会伤害你,你只要乖乖地躺下让他……"谭波儿躲在隔间门口,一边哭一边拉住门,不让汤米进来,可是她很快感觉到有一只手笨拙地放在她的大腿上。汤米进来了,谭波儿听见汤米的声音在说:"……古德温说他不会伤害你,你只要乖乖地躺下让他……"

谭波儿看着汤米,汤米那双又粗又硬的大手放到了她的臀部上,怯怯地摸着。谭波儿没有打掉那只手,只是说:"别说了,你不要让他进来!"

"你想让我待在这里陪你,不让那些人进来?"

"嗯,我害怕老鼠。你待在这里陪我,别让那个人进来。"

"我听你的,待在这里,不让那些人进来。"

"嗯，关上大门，别让那个人进来。"

"好的。"汤米出去了，隔间的门恢复到原位，谭波儿站在门后面，探出脑袋想看一眼，汤米不让她看，拉了拉隔间的门说："李说他不会伤害你的，你只要躺好了，他……"

"别说了，你不准让他进来。"汤米把门关好，挂上门扣子，又推了推门，谭波儿在里面听着。

"我把门锁上了。"汤米说，"这下没有人可以进去了，我就在隔间外面陪你。"

谷仓的地上散落着谷糠，汤米半蹲在地上监视着那座大屋子。过了一会儿，他看见古德温出现在后阳台上，朝谷仓这边打量。汤米还是抱着膝盖蹲在地上，但眼睛警惕地瞪大了，嘴巴微微张开，两个眼珠的浅色虹膜像是轮子般在瞳孔里飞快地转着，直到古德温回到屋里才长出一口气。他扭头看了一眼隔间的门，眼里闪过一丝想干点什么又不敢干的神色，他把两只手放在小腿上搓了搓，身体左右摇晃了一下，眼睛继续看着外面，古德温又从屋子里出来了，绕过阳台一角，消失在雪松林里。汤米没有起身，嘴半张着，露出一口参差不齐的烂牙看着。

谭波儿坐在隔间里，地上到处都是脱了粒的棉花壳和留着老鼠牙印的玉米棒子，突然，她听到从头上传来窸窸窣窣的声音，抬头看去，一只脚从洞口处伸下来，似乎在找梯子。很快，金鱼眼从梯子上走下来，自上而下地看着谭波儿。

谭波儿一动不动地坐着，嘴巴微微张开。金鱼眼看着她，好像衣领太紧似的挣了挣下巴。他抬起胳膊，用手蹭了蹭两只胳膊肘，又掸了掸衣服下摆，往门口走去，门从外面锁上了，金鱼眼抓着门的上边摇晃一下门说:"开门!"

过了一会儿,从外面传来汤米的声音:"谁?"

"开门!"金鱼眼说。门被打开了。汤米眨着眼睛看着金鱼眼。

"我不知道你在这里。"他说。然后探着脑袋往隔间里看,似乎在找谭波儿,金鱼眼伸出手,按在汤米脸上往后一推,往前走了几步,然后一转头看着汤米说:"你跟踪我?"

"我没有!"汤米把脑袋往大屋方向一摆说,"我在监视那个人①。"

"那你继续!"金鱼眼说,汤米转过头,看着屋子的方向,金鱼眼把手插进衣服兜里,掏出枪……

谭波儿听到了枪声:声音小而短促,仿佛擦着一根火柴的声音,却昭示了一个深刻的结局。谭波儿坐在地上,四周是棉籽壳和玉米芯,她的两条腿伸得很直,双手手掌向上,无力地放在腿上,看着金鱼眼走了进来,又反转身探出脑袋看了一眼谷仓里的动静……金鱼眼的衣服绷得很紧,谭波儿看着他的后背和肩膀,看着他身后的那把手枪在腿边轻轻晃着……

之后金鱼眼把手枪放回大衣口袋里,转过身,朝谭波儿走过来。一切声音似乎都消失了,谭波儿看见隔间的门晃了一下又恢复到原位,但她没有听到任何声音,寂静取代了一切声音,她只看到一双脚踩着地上的棉花壳一步一步向自己走来,谭波儿脑子里突然浮现出古德温的父亲那两只黄色浑浊的眼睛,她开始尖叫,一边叫一边说:"我要出事了。"可是那个瞎眼的人无动于衷,两只手放在

---

① 指古德温。

拐棍上,坐在阳台上晒着太阳。"我早就告诉过你了!"谭波儿尖叫着,每一个单词像蒸腾的水泡无声地融入周围明亮的世界,谭波儿看到老人转过头,两个黄痰似的眼睛出现在她的上方,谭波儿躺在硬硬的被太阳照亮的地板上,嘴里说着:"不要……不要……"①

---

① 谭波儿被金鱼眼用玉米棒子强奸。

十四

金鱼眼走后，女人抱着孩子在泉水边休息了一个小时，发现自己没带奶瓶后她抱着孩子重新往来路走去，打算回到屋子里把奶瓶带上，她上了大路，刚走到一半，从前方传来汽车轮子碾压路面的声音，她赶紧下了大路躲避。那辆车是往山下开的，车里坐着金鱼眼和谭波儿，金鱼眼似乎没看见她，谭波儿坐在副驾驶座上，帽子压得很低，帽子底下的一双眼睛一直盯着妇人，但眼神茫然，似乎没有睡醒，那张脸像是挂在绳子上的面具，死气沉沉。车开过去后，谭波儿没有转头再看女人，女人站在路边，一直看着车颠簸着走远了，才上了大路，重新向屋子走去。

古德温的父亲依旧坐在阳台上晒着太阳。女人从过道入口走进屋子，她虽然手里抱着孩子，但孩子的身体很轻，她并不感觉吃力。卧室里，古德温正在打领带，他显然刚刮过脸。

"这下好了！"女人说，"我们该怎么办？"

"我先去图尔家一趟，打电话把治安官叫来。"古德温说。

"对，先叫治安官。"女人把婴儿小心地放到床上后。"我去吧！我去打电话！"

"你在家做饭！"古德温说，"爸爸还等着吃饭呢！"

"不是有剩面包吗?他可以吃面包,面包就放在炉子那里。"

"我走了,你待在这里。"古德温对女人说。

"我去!"女人说。古德温说:"你去也行。"于是女人去了离他们这里大约两英里远的图尔家。图尔一家正在吃饭,看见她来,邀请她进屋吃点,女人说:"我想借用一下电话,借完电话就走。"电话在图尔家的饭厅里,女人打电话的时候,图尔一家围在桌子旁吃饭。女人让接线生给自己接这里的治安官,那边治安官来了,女人对着话筒说:"我们这里出人命了,有人死了,对!离着图尔家不远,你开到图尔家,再往前开一英里,然后向右拐下公路……是的,是老法国人湾,是的,我是古德温夫人……古德温……"

十五

那天霍拉斯抵达妹妹家时已经是下午三四点钟①。他和妹妹纳西莎相差七岁,两个人出生在他们家在杰弗生镇上的一座老屋里,在那里长大。现在纳西莎住在离杰弗生镇4英里远的一座老宅子里,和死去丈夫的姐姐住在一起。霍拉斯和贝尔结婚后,离开杰弗生镇去了金斯顿(嫁给霍拉斯之前贝尔结过一次婚,前夫姓米契尔),他和贝尔在金斯顿贷款买了一座房子,月月要还房贷,纳西莎曾经和他提起想卖掉镇上那间老屋,霍拉斯不同意。

那天霍拉斯到达纳西莎家后,看到宅子里很安静,一个人影也看不到,他没有声张,悄悄走进那间常年关着窗户的休息室,里面光线很暗,他在一张椅子上坐下来。没多久纳西莎从楼上下来,经过小屋时她看见霍拉斯在里面,不走了,站在门口看着霍拉斯。她穿着那件白色的衣服,和平时一样,神情呆滞,有点像雕塑,没有任何表情。在外人看来,不知道那是因为镇定还是反应慢。

"是你,霍拉斯!"纳西莎说。

霍拉斯坐在椅子上没有起身,吞吞吐吐地说:"是我……难道

---

① 参见第三章。

贝尔没有给你打电话吗?"他脸上的神情像是做了错事正在懊悔的小孩子。

"打了,上个星期六①就打过来了,她说你离家出走了,还说如果你来我这儿的话,就让我告诉你她回肯塔基她娘家去了,她把小贝也带走了。"

"该死!"

"我不明白你为什么说这话。"纳西莎说,"你可以离家出走,她为什么不行?!"

霍拉斯在纳西莎家住了两天,两天里纳西莎很少和他说话,她一向这样,在霍拉斯眼里,纳西莎像是一株玉米或者小麦,只不过这是一株生长在花园的阴凉处而不是生长在野地里经受风雨的玉米或者小麦。纳西莎在房子里出出进进,脸色平静,虽然她很少说什么,但是霍拉斯能感觉到纳西莎对自己离家出走带着一种看笑话的态度,显然,她对霍拉斯的做法有意见。

星期四晚上②吃完晚饭,他来到詹尼小姐的房间,听纳西莎读报。读完报后纳西莎带孩子去卧室睡觉。纳西莎离开后,詹尼小姐对霍拉斯说:"回家去吧,霍拉斯。"

"不回!我不会一直在这儿住下去的!我不是来投奔纳西莎的,因为我不想刚刚离开一个女人的控制然后又得听命于另外一个女人!"

---

① 霍拉斯星期五从金斯顿他和贝尔的家里出来。星期六贝尔打电话问纳西莎霍拉斯有没有来她这里。
② 星期四晚上是译者在理解原文的基础上所加,目的是让读者更清晰了解故事的线索。原文并没有写具体时间。

"如果你总是觉得女人在控制你，总有一天那就成了你的信念了，"詹尼小姐说，"到那时候你和谁都住不到一块儿去，你怎么办？"

"你说得对，"霍拉斯说，"那我就一个人待着。"

纳西莎回来了，进屋时身上明显多了种说一不二的架势。"这不来了！"霍拉斯说。他看出来纳西莎要摊牌了，今天一天她没有和自己说一句话。

纳西莎开口就问："你打算怎么办，霍拉斯？你金斯顿的事情都安排好了？"

"就算你赶霍拉斯回去，"詹尼小姐插嘴道，"赶他之前我也得问问他为什么要离家出走。霍拉斯，你是因为发现贝尔和男人偷情而离家出走的吗？"詹尼小姐说。

"要真是那样倒好了！"霍拉斯说，"是因为我突然发现自己再也不能忍受去车站把虾拿回来这种事情，星期五那天，我——"

"什么？10年来一直不都是你去拿虾吗？"纳西莎说。

"我知道你会这么说，正因为10年来一直是我做这件事，我才觉得自己永远都不会喜欢那些臭烘烘的虾。"

"就是因为这个你离家出走？离开自己的老婆？"詹尼小姐看着霍拉斯说，"看来你意识到这一点时间可不短啊！如果一个女人当不好一个男人的妻子，就算她再找一个，也当不了下一个男人的好老婆，是不是？"

"贝尔再怎么不好，你也不该像黑鬼那样说离家出走就离家出走！还和那些酿私酒贩子和街头拉客的妓女混在一起？"纳西莎说。

"别揪着那件事没完没了,他不是还没有把那个在街头揽客的妓女①带回家嘛!"詹尼小姐说,然后对霍拉斯说:"你不会口袋里揣着给她买的修指甲的签子去城里,站在街道上等着她吧?"

"难说。"霍拉斯说。詹尼小姐的话让他再一次打开了话匣子,他和詹尼小姐重新说起自己来这里时碰到的事和那三个人:他如何和古德温还有汤米坐在阳台上喝酒说话,如何看见金鱼眼绕着房子转来转去,又跑上来让汤米找个灯笼和他一起去谷仓看看,汤米说不想去,金鱼眼就骂他,汤米坐在地板上,光脚来回蹭着地板,嘴里嘿嘿地笑着说:"这人挺神叨,我说得不对吗?"

"那家伙身上肯定常年带枪,就像你知道他肯定长着肚脐眼一样。他从不喝酒,说喝酒让他胃不好受,他也很少和人说话,更不干活儿,成天就是嘴里叼根烟围着屋子乱转,像个闷闷不乐的生了病的娃子。"霍拉斯提到金鱼眼时说。

"古德温倒是不掖着藏着,他说他曾经在菲律宾当过骑兵中士,在美国和墨西哥的边境上待过,后来去了法国的一个步兵团里当兵,不过他没告诉我他为什么换了兵种,去了步兵团,还丢了军衔。也许是因为他杀死过什么人,也许是他开了小差。他讲马尼拉和墨西哥的姑娘时旁边的汤米一个劲儿地傻笑,不光自己大口大口地喝酒,还老把酒瓶往我跟前推,让我多喝!那女人一直躲在门后边听着。我敢肯定她和古德温不是合法夫妻,我也知道那个穿一身黑衣服的小矮子上衣口袋里揣着把小手枪。不过她现在躲在那么个地方,干着黑鬼干的活儿,她以前过的可是好日子!戴钻

---

① 指鲁比,杰弗生镇的人都知道鲁比曾经做过妓女。

戒开汽车,用的是比现在还牛的硬通货买的。还有那个瞎眼的老头儿,呆呆地坐在桌子旁边,一声不吭,眼睛直直地等着人把饭喂到他嘴里,好像他在听旁人听不到的音乐,你看到的只是他的眼珠的反面。吃完饭古德温把他领了出去,谁知道领到哪儿去了?!反正我再也没见到他,我始终不知道那老头儿是谁?和谁是亲戚?也许他谁的亲戚都不是!也许他和那个一百年前活着的老法国人是一个年代的人,老法国人上天堂前不想带他,就把他剩在了那座屋子里……"

星期五早晨[①],霍拉斯问纳西莎要了位于镇子上的自家那间老屋的钥匙,离开纳西莎家去了杰弗生镇。到杰弗生镇后他直接去了他和纳西莎共同拥有的那间已经十多年没有人住的老屋,房间里还有一些家具,他拆掉窗户上的木板,找来一桶水和抹布擦洗地板,一直干到中午,然后去镇子上买了一些床上用品和罐头食品回来,继续打扫屋子。6点钟纳西莎开车来了,一进门看见霍拉斯在打扫房间,她对霍拉斯说:"跟我回家,霍拉斯,你干不了这种粗活!"

霍拉斯说:"我知道,刚拿起扫帚我就发现了,不过擦洗地板这种活,你只要想干就能干得了,哪怕只有一条胳膊,只要有桶和水,就能干得了擦洗地板这活儿。"

"霍拉斯!"

"我是哥哥!我的事我说了算!我决定在这儿住下来,我已经买好被子了。"

[①] 指5月10日,星期五。

霍拉斯没有理睬纳西莎,推开门走了,他在外头找了个饭馆,吃完饭后他回到那间老屋,发现妹妹的车还停在门前,里面坐着给妹妹开车的黑人司机——伊索姆,车里放着伊索姆帮他买的一堆床单被罩。

"纳西莎小姐说这些给你用。"黑人说。霍拉斯接过来,进屋后把它们胡乱一卷,放进橱柜里,然后把自己买来的床单被罩铺在床上。

第二天①中午时分,正当霍拉斯坐在厨房里吃冷食时,从窗户里看见街道上驶过来一辆马车,马车停下后从车上下来三个女人,站在路边互相遮掩着小便,站起来后女人自己抚平身上的衣服,又彼此帮着扯平后背皱了的部分,然后打开包裹,从里面拿出五颜六色的首饰给自己戴上,她们捯饬的工夫,马车已经往前走去,三个妇女跟在后面去追。霍拉斯这才想起今天是星期六,他匆匆吃完,脱下身上干活儿穿的衣服,换了套比较正式的衣服出了门。

大路进镇子后变宽了很多。转左就是广场,广场上矗立着两座大楼,楼之间的空地挤满了人,像是两队行进中的蚂蚁一样在缓慢移动。法院的巨大圆穹从覆盖着白雪的橡树和刺槐林中凸显出来。霍拉斯走在路上,不时有马车(马车上除了车夫几乎没人)从他身边经过,路上走着很多妇女,有黑人也有白人,从她们的穿着和走路姿势看是从乡下上来的,女人们虽然精心打扮过,可是对于那些城里人来说,女人的穿着打扮很土,外人一眼就能看出她们是乡下人,霍拉斯想,不光是外人,恐怕她们自己也知道这一点。

---

① 指5月11日,星期六。

法院附近的两条小巷挤满了马车，后面马车的牲口啃着前面马车散落在车厢尾部的玉米。汽车则停在广场上。汽车或者马车的主人穿着松垮的工作服或者卡其布质地的衣服，脖子上系着一看就是从外地邮购的围巾，手里拿着雨伞，从马车或者汽车下来后便忙着在各个商店购物。广场上到处都是他们扔下的果皮和花生壳，这些从乡下来的人通常走得很慢，像羊，堵住了路也是一副慢条斯理的模样，似乎谁也不能拿他们怎么地，和那些穿着时髦衬衫，脖子上戴着项链，神情焦躁的城里人相比，他们的脸上带着牛脸上或者其他牲口脸上的那种包容温和旁人难以捉摸的神情，让人想起在某个秋天的下午，悠闲自在地躺在丰收的玉米和棉花旁边的牲口群。

霍拉斯随着人流走着。他认识人群中的一些人，那些人也认识他，尤其是那些商人或者所谓的专业人士，在他们眼里，霍拉斯是这个镇子上一位年轻有为的律师——透过覆盖着疏松白雪的刺槐树枝，他看到二楼自己和父亲开的那间律师事务所的窗户，因为好久没有用肥皂蘸水清洗，窗户玻璃有点脏，并不明亮。霍拉斯走走停停，不时用当地话和遇到的熟人不紧不慢地拉上几句家常。

几乎每家卖日用百货的店和卖唱片的店都在放着音乐，收音机和留声机的声音回旋在广场上方。一小群人站在唱片店门口，听着从店里传出来的音乐。音乐多是民谣，旋律简单，主题明确，它们最能打动这些从乡下上来的人，歌手带着金属质感的声音传递出失去爱人的痛苦、折磨、忏悔的感情，从仿木头质地的音箱和覆盖着粗糙颗粒的喇叭里发出来的震撼人心灵的音乐让这些常年在土地上劳作，双手变得仿佛如枯老的树根似的人们脸上蒙上了一层悲哀的神色。

按说现在是5月,农活儿忙,乡下人根本没有时间来城里转悠,就算星期六也很少来城里逛街。可是这个星期六显然是个例外,不仅星期六,周一的时候他们(还是穿着卡其色的工作服和无领衬衫)也来了,大部分时间待在法院门口或者待在广场上,偶尔抽空去商店里买点东西。在镇子上殡仪馆的门口也站着一群人,里面小孩子(有的孩子还背着书包)和年轻人居多,他们扒在殡仪馆的窗户上往里看着,有几个胆大的年轻人结着伴走进去,偷偷打量一眼:殡仪馆的木桌上摆着一具穿着工作服的尸体[①],尸体赤着脚,被太阳晒得有些发白的卷发上沾满了干涸了的血迹和尘土。验尸官坐在桌子旁边,试图从和周围人的谈话中确定他的姓氏。但没有人能告诉他。因为即使那些已经和他认识了15年的乡下人(他们通常是些难得在星期六来到城里做买卖的小商小贩)也不知道他姓甚名谁,他们只记得他常年不穿鞋子,也很少戴帽子,眼睛迷迷瞪瞪,嘴里常嚼块口香糖,嚼的时候两个脸蛋鼓鼓的,样子像个小孩。但是,谁也不知道他到底姓什么,是谁家的孩子。

---

① 汤米的尸体。

十六

星期天他们把古德温关进了监狱。监狱里还关着一个杀人犯，那人也是黑人，一天夜晚他用一把剃刀割断了老婆的喉咙，女人挣扎着跑出家门，最后倒在门前那条被月光照得惨白的小路上，女人的脖子几乎被割断了，脑袋往后仰着，血从喉管里咕嘟咕嘟地冒出来。这个杀妻犯自打被关进来后每天晚上都站在牢房的窗户栏杆前唱歌，总有几个黑人——身上的工作服汗渍斑斑——站在牢房外面和着黑人杀人犯的歌声，他们唱的是灵歌。如果是白人散步经过，他们通常会放慢脚步或者停下，在夏天斑驳的夜色里听一段这些早晚都得被关进监狱并死在里面的黑人和那个显然已经看到了死亡并且疲惫地歌唱天堂的杀人犯的歌声。当一首歌已经结束另一首还没响起的空当儿，总会从街角的那棵天堂树的枝叶繁茂处（繁茂的树叶遮在街灯上面）传来一个饱含悲哀的声音："还有4天，他们就要把密西西比北边最好的男高音毁掉了！"

黑人杀人犯白天也唱歌，歌声吸引了几个穿得破破烂烂的黑人男孩儿，手里拎着破筐子或者空着两只手站在牢房对面的篱笆墙下听着。街对面，几个白人男子坐在加油站油渍斑斑的墙根儿底下，嘴巴紧抿听着黑人男子的歌声，不时喊几声："还有一天你这家伙就死到临头了！天堂里没有你的位置，地狱里没有你的位置，监狱里也没有你的位置！"

"那家伙活该！"古德温晃着脑袋对前去探监的霍拉斯说。他明显瘦了，脸色又黑又憔悴。"我可不希望那样的人走运，但是我和他不一样……"他停了一会儿说，"我没有杀汤米！你很清楚，就别再问我了，我没有杀人！如果他们想绞死我，那就让他们那样做好了！如果我不说，不为自己辩护，即便他们杀死我我还是清白的，但如果我说点什么，比如我怎么想的，我觉得谁是杀人犯，我反倒脱不了干系了。"说完他走到小床边坐下，抬头看了一眼牢房墙上那两个比马刀捅出来的口子大不了多少的窗户。

"他枪法准吗？"霍拉斯说，"你是在担心他躲在那里给你一枪？"

古德温看着他："谁？"

"金鱼眼。"

"是他干的？"古德温说。

"难道不是吗？"

"我只知道我没有杀汤米，我也不想一遍一遍解释，反正吊不吊死我他们说了算！"

"那你找律师干吗？你想让律师帮你做什么？"

古德温回避着霍拉斯的目光，说："找律师是想托付您个事儿：等我儿子到了可以数钱认数的年纪给他找个卖报望风的活儿。至于鲁比，我不用太担心，是吗？大姐？"他抬起手摸着鲁比的头发，鲁比的手里抱着婴儿坐在古德温旁边，孩子也许刚刚被喂过药，很安静，像是巴黎街道上沿街乞讨的乞丐怀里抱着的孩子：一张光滑的汗津津的小脸,一小绺头发贴着头皮,下眼睑有一个半月形的阴影。

女人穿了一件灰色的绉绸衣服,衣服破的地方被精心补过,有的地方被放过,有经验的女人一眼能看到原来缝线处的痕迹,衣服靠近肩膀的地方别着一个紫色的便宜胸针,她坐的地方旁边摆着一顶带面纱的灰色帽子,霍拉斯看着那顶帽子,感觉自己似乎是在哪里见过。

从监狱里出来,霍拉斯带女人步行去了自己在镇上的老屋。路上女人抱着孩子,孩子在女人怀里睡得很沉,霍拉斯替女人拿着奶瓶和罐头等东西,他对妇人说:"你要做的事情太多了,实在不行我可以帮你找个保姆。"

他把女人安顿好后就离开了。他在镇子的公用电话亭里给纳西莎打电话,让她派车来接自己,到了纳西莎的庄园后,吃晚饭时他对两个女人说自己要接下这个案子。

纳西莎听完后板着脸说:"你这是胡闹!当初你和贝尔结婚,带着她们母女俩去金斯顿住,我就不理解,但是我和自己说,结了也就结了,反正你是在金斯顿住,也不回来。可是现在你又要离开贝尔,像黑鬼那样离家出走,一开始我以为你离开她只是暂时的,可是你居然跑到镇子上咱们家那间已经好多年没人住的老屋住下来,全然不管镇子上的人怎么看你。这里的人都觉得你应该住在这里,可是你却不肯,还和我说你觉得你住在这里很奇怪!现在你又跑去帮一个杀人犯的老婆,而且你自己也说过,她过去是一个站街女!"

"我不能袖手旁观这件事!"霍拉斯说,"她很穷,没有人帮她,她身上的衣服是五年前流行的旧款式，一看就是改过好几回了，但是洗得干干净净！她还带着个婴儿，她把他包在一个洗得发白的包袱里，那孩子从我见到起似乎就没有醒来过，她没有求我接他们的案子。即使她现在很艰难，她还是承受着。她和你们这些住着大房子，看重名声的良家妇女没法比，可要论坚强，我看你们未必比得上人家！"

"我不信一个酿私酒的贩子居然没钱请这个地方最好的律师为自己辩护！他凭什么拿定你帮他打这个官司？"詹尼小姐插嘴道。

"话不是这么说的，他当然可以找到比我业务好的律师，我之所以接他的案子是因为——"

"霍拉斯，那女人现在在哪儿？"纳西莎看着他说。詹尼小姐坐在轮椅里，身子微微前倾，也探寻似的看着霍拉斯。

霍拉斯没说话，纳西莎看见他不说话，继续说道："难道你让她住在咱们家那间屋子里？别忘了那间屋子也有我的份儿！"纳西莎不知道，霍拉斯和贝尔结婚10年，一直没有告诉妻子自己在杰弗生镇和妹妹共同拥有一间祖屋，他一直不同意妹妹把杰弗生镇的房子租出去，哪怕收到的租金可以支付他在金斯顿为妻子买的屋子的贷款。

霍拉斯说："反正咱们那屋子空着也是空着，她又带了个孩子——"

纳西莎说："那可是你我的父母住过的屋子，我在那屋子里长大，我不同意！"

霍拉斯说："她就住一晚上，明天早晨我就给她找酒店，你替她想想行吗？一个女人，孤苦伶仃，还带着孩子……假如这件事换了你,你相信你丈夫没有杀人,他却被人指控谋杀关进监狱里,你会怎么办?"

"我可不想为这种人操心!我现在只想耳根清净!你仔细想想,为什么你总是给自己惹一堆事情?你又不是接不到案子?!这样的案子你接了也就接了,可是为什么又要把一个站街女、杀人犯的老婆带到我的屋子里住,带到我出生的屋子里!"

"你少说两句!"詹尼小姐制止纳西莎道,然后扭过头对霍拉斯说:"如果你把她带回你自己家住,会不会给自己戴上包庇犯人的罪名?或者说成了你们律师嘴里常说的那种共谋犯什么的。"

看霍拉斯不说话,詹尼小姐继续说:"我觉得你做得有点过了,如果是别的律师代理他这个案子,肯定不会像你这样,把当事人的老婆带回自己家住,再说你在事发前几天去过那个酿私酒的地方,别人很可能会想:你知道的远比你在法庭上陈述的多。"

"您可真能想象,想象力比布莱克斯通夫人还厉害!"霍拉斯说,"有时候我还真想为什么我干律师这么多年都没有赚到钱!等我年纪再大点,我去你上学的法学院回炉听课去。"

"如果我是你,现在就回镇子上去,给她找一间酒店住下。现在回去还不晚。"詹尼小姐说。

"然后你回金斯顿去,直到这件事情风声停了再回来。这些人和我们不一样,你没必要为她做这么多。"纳西莎接过话头说。

"我不能坐视不管,看见公平正义被——"

"你这么做并不能替他们赢得公平正义,霍拉斯。"詹尼小姐说。

"我不想看到这么荒诞的事情发生在这个镇子上。"

"也许你帮她是因为她是你认识的女人中唯一对虾不算了解的一位。"詹尼小姐说。

"再说下去没什么意思了,我现在只想请你们俩不要到处乱讲这件事。"霍拉斯说。

"你这是瞎操心!你以为纳西莎愿意让镇子上的人议论自己的哥哥和一群把偷窃抢劫通奸当成家常便饭的人搅和在一起?"詹尼小姐说。詹尼小姐是对的,纳西莎一向守口如瓶!他根本不用担心纳西莎会把他告诉她们的自己在从金斯顿到杰弗生镇的路上碰到那些酿私酒的人告诉警察或者镇子上的人。再说了,他觉得纳西莎——或者所有的女人——从来不会操心一个和她不相干的男人的事情,除非那个男人是她儿子或者丈夫(她把他们当宝贝,同时也折磨他们)。36岁的纳西莎从小就不爱乱说话,这一点他早就知道。

吃完饭他从妹妹家里回到镇子上,远远地看见自己家里只有一个房间的灯亮着,他走进屋里,光线照到他擦洗过的地板上,家具上蒙着布套,在幽暗的光线中,地板好像幽暗的水面。他想到10年以前他和纳西莎离开这间屋子前他用锤子把所有的窗户钉死,现在重新用锤子撬开10年前自己钉的钉子,打开窗户……10年过去了,自己干家务活的本事似乎并没有多少长进,他甚至到现在都不会开汽车。①

女人还没睡,穿着白天的衣服坐在床上,头上的帽子摘掉了,放在婴儿睡觉的床上,并排放着的帽子和婴儿赋予了久不住人的房

---

① 这一段也许暗示霍拉斯是一个守旧传统的人。

间一种温暖的味道,霍拉斯想,这比原先看着无人居住的样子要好多了,但凡女人住进来,屋子就像给灯泡通了电,马上就能温暖许多。他对女人说明来意。

女人说:"我去厨房拿点东西,马上就回来。"

孩子躺在床上,躺在没有灯罩的灯光下,他不禁纳闷:为什么任何女人搬家时,哪怕什么也不带,也要把灯罩带走。他低下头,看着躺在床上的孩子:孩子的脸呈现不透明的铅白色,蓝莹莹的眼睑底下有一道新月状的阴影,潮乎乎的头发,两只小手手掌向上,手指微微蜷着,孩子显然在出汗,霍拉斯心想,上帝哪!上帝!

他想起自己第一次看到这孩子时的情景:孩子躺在离镇12英里远的一所破房子的木头箱子里,箱子被放在炉子后面,当时金鱼眼那比火柴盒大不了多少的影子带着一种不祥的喻义落在比他的影子大20倍的东西上,他们——他和面前这个女人——在厨房里,桌子上放着洗得干干净净的粗盘粗碗以及一盏被熏得黝黑有好几处缺口的油灯,而古德温和金鱼眼那时候正待在屋外,虽然外面夜色宁静,夜色里回响着虫子和青蛙的鸣叫声,但是他还是知道古德温和金鱼眼待在外面的某个地方。女人领着他回到厨房,从炉子后面把箱子拉出来,居高临下站着,她的手仍然藏在她那变形的衣服里。"我必须把他放在这里面,这样老鼠就不能接近它……"她给他看她的手,和他说下次来的时候给自己带一根修指甲棍来,她和他说话的时候很自然,虽然带着点羞怯,似乎在竭力维护她的自尊心。而他对她说:"噢,你有一个儿子。"

女人回来了,手里用报纸包着个东西,看样子是刚刚洗的尿垫。女人说:"炉子还生着火,给你添了很多麻烦。"

"没什么。"霍拉斯说,"我这么做也是为了案子好,困难只是暂时的。"女人没有说话,把毯子铺在床上,把孩子抱起来放在上面。霍拉斯说:"这么做避免法官怀疑我过多干预,我的意思是,为了把你丈夫放出来,我们要尽量小心——"

女人用毯子把孩子包起来,说:"你也在杰弗生镇住?"

"我住在金斯顿,但我在杰弗生镇有业务。"

"你这里有亲戚吧,也许她们曾经住在这里……"女人抱起孩子,用毯子把他裹严实。然后看着霍拉斯说,"没关系,我们这就走,我理解,你是个好人。"

"这事儿搞得——这样吧,我帮你找间酒店住下,你好好休息,我明天早晨去接你。来,我帮你抱着孩子。"

"我自己抱好了。"女人喃喃地说了一些客气话,然后去了车上。霍拉斯关了灯,锁上门出来,坐进车里。

"我们去酒店,伊索姆。"他对纳西莎的司机说,然后说:"我不会开车,年轻时学会开车多好,大好的时间就这么浪费了……"

车行驶在大街上,街上几乎没有人和车走,他回想起自己小时候这条街还没有铺成水泥马路前,一下雨就成了黑乎乎的泥路,他和纳西莎常来这里玩儿,两个人把木头做的玩具小船放在泥水里,然后撩起衣服踩水去追……或者像炼金术士,执着地在一个地方踩了又踩,直到把那地方踩成一个泥坑。当时街道还没有铺水泥,土路两旁是红砖砌成的人行道,砖的颜色单调、路铺得也不平,有的砖块碎了,被来来往往的脚步踩进黑色的仿佛亘古至今没有经受过阳光照射的泥土里,形成一块块暗红色的马赛克砖。他还记得当时在家里车道入口的水泥地上还有他和妹妹踩下的脚印。①

一路走过去,灯光从稀少到渐渐密集起来,当前面的街角出现一个灯火通明的加油站时,女人突然往前探身子对伊索姆说:"请停一下!"

伊索姆踩下刹车。女人说:"我在这儿下车,我自己走过去。"

霍拉斯说:"往前走走你再下。"

"就在这儿停下吧,再往前人就多了,他们认识你,我们还要经过广场。"

霍拉斯说:"这个你不用担心,继续开,伊索姆。"

女人坚持说:"不如您在这里下车,让司机先拉我过去,然后再开车回来接您。"

霍拉斯说:"没关系,不用多此一举,往前开吧,伊索姆。"

"您最好听我的。"女人重新坐回到座位上,然后又往前探着身子说,"我知道您是个好人,你的好意我领了,可是——"

"你信不过我作为你们案子的律师,可以保护你?"

"我刚才突然想,我们斗不过他们的。"

"如果你真是这么想我不帮你们打这个官司也罢,但是我知道你不是这么想的,如果你真这么想,你完全可以让伊索姆直接拉你去火车站离开杰弗生镇,对吗?"女人不说话,低头看着孩子,揪揪毯子把孩子的脸围住。霍拉斯说:"你在酒店好好休息一晚上,我明天一早过来接你。"再往前走他们看到了监狱——一座矗立在路边的四方建筑,雪亮的灯光把它切割成明暗不同的两个部分,每

---

① 霍拉斯对童年的回忆映射出他对现实的不满。

间牢房的窗户小得不像窗户，唯有中间那间牢房的窗户看着还大些，窗户被横竖安着的栅栏切成一个个的小格子。从里面传来歌声，霍拉斯知道那间牢房里关着那个黑人杀妻犯，他在唱歌，牢房外面的篱笆边儿上站着几个黑人，他们也在和着牢房里的人的歌声唱着，灯光照在他们戴着帽子或者没戴帽子的脑袋和宽厚的一看就是卖苦力的人的肩膀，歌声里充满了浓浓的忧伤，仿佛在诉说天堂的美好和人间的辛苦。霍拉斯对女人说："不用太担心，所有的人都知道古德温没有杀人。"

他们的车停在了要去的旅馆门前，旅馆门口坐着几个旅人，他们显然也在听着从监狱里传来的歌声。女人在车里说："我必须……"霍拉斯下车替她打开车门，女人还是坐在车里，"我有句话想和你说——"

霍拉斯伸出手，对女人说："今天就这样吧，你不说我也明白，我明天一大早过来接你。"女人下车后，两个人在黑人的歌声中往旅店走去，那几个旅人扭过头看着女人，他们走进旅馆后，歌声渐远渐小……

霍拉斯在前台办手续的时候，女人一直抱着孩子站在旁边静静等着。

办完手续后服务员拿着钥匙领着他们去房间，女人欲言又止，霍拉斯示意她跟上服务员，女人终于说："我想和您说件事。"

"明天早晨再说，我明天一大早就过来。"霍拉斯示意女人上楼，女人没有马上走，看了一眼霍拉斯，低下头看着孩子说："您知道，我们没有钱，最后那批货金鱼眼拿着钱跑了……"

"我知道了，"霍拉斯说，"我们明天再说这件事，我大约吃完早饭就过来,晚安。"霍拉斯从旅馆出来时又听到了歌声,他坐进车里,对伊索姆说:"走吧。我们回家。"车朝来路驶去,这一次他们又经过了监狱,那些人还站在监狱的围墙外面,天堂树的影子在监狱的墙上和窗户铁栏杆上跳动,浸淫着忧伤的歌声回响在夜色里,渐渐被他们甩在身后。汽车继续行驶,经过霍拉斯家门前的街道时并没有拐进去,霍拉斯急忙说:"已经到了,你要拉我去哪儿?"伊索姆停下车,说:"纳西莎小姐说带你回家。"

"她这么说的?"霍拉斯说,"她居然……你回去告诉她,我不回去!"

伊索姆倒车,车拐进一条狭窄的街道,然后又拐进那条两边种着雪松的大路,除了汽车的灯光,四周漆黑一片,车子仿佛在海底行走,车灯的光被周围的夜色吸收得一干二净,根本无法看出周遭物体的轮廓。汽车停在了霍拉斯家门口,霍拉斯下车时对伊索姆说:"记住,回去告诉纳西莎,我离家出走可不是为了投靠她!"

十七

监狱院子角落里有一棵天堂树,这两天最后一批开花的天堂树的花朵开败了,掉落在人行道上。人踩在厚厚的花朵上,感觉脚底下黏糊糊的,空气中散发着天堂树花朵的甜腻腻的气味,闻上去让人不舒服。夜幕降临后监狱的栅栏窗户上晃动着天堂树树叶的影子……黑人杀妻犯被关在位于监狱正中那间最大号的牢房里,牢房墙上满是脏手印和涂鸦(那是历届被关在这里的犯人用铅笔、钉子或者小刀写下或刻下的名字、日期以及污言秽语),晚上的时候,黑人出现在窗户里,唱起了歌,栅栏的影子和晃动的树叶的影子照在他的脸上,牢房外面站着几个人,和着黑人的歌声唱着……

黑人罪犯白天也唱歌,不过白天只有他一个人唱。经过的路人、在大街上玩耍的穷孩子和修车厂的白人工人听见了,放慢脚步,对着里面喊:"还有一天就送你上绞架!天堂里不收你!地狱里不收你!关白人的监狱里也不收你!黑鬼,你的魂会去哪里?"

每天早晨霍拉斯都会让伊索姆给女人送一瓶牛奶过去,牛奶是给孩子喝的。星期天下午他带女人去探视古德温。在关押古德温的牢房里,女人抱着孩子和古德温说着话,孩子像服了安眠药似的一动不动地躺在女人怀里,眼睛闭着,只露出一点儿眼白,偶尔哼哼几声。霍拉斯让女人留下,自己出来去了纳西莎家。

在詹尼小姐的房间里,他对她说:"古德温不肯交代,只是说警察必须拿出证据证明他杀了人,还说他们肯定找不到自己杀人的证据。他说他没钱,即使有钱,也不会考虑交赎金保自己出去,他说他待在监狱里比外面安全,我觉得他说的也对,在监狱里比待在外面安全。即便他被保释出去也甭想重操旧业赚钱,警察毁掉了他的汽锅,就算警察没有毁掉那些汽锅,也——"

"汽锅?"

"就是他酿酒用的蒸馏器皿啥的。他自首后,警察搜查了他的住所,找到了他酿酒用的那些工具。其实那帮警察早就知道他干的什么营生,可是一直等到这件事发生了才跑过来抓他,一副恨不能置他于死地的架势!可是警察里面从他那儿买酒的人还少吗?我听镇子上的人说有些警察不光是他的常客,还经常白喝白拿,甚至趁着他不在家的时候调戏他老婆!今天上午的布道会上,浸信会的牧师拿他举例教育教民,说他不单单杀人,还和人通奸,说他的行为破坏了约克纳帕塔法县的自由民主,破坏了约克纳帕塔法县的新教氛围。听牧师的口气似乎要鼓动人群把他和那女人烧死!说这样的人不配为人父母,他们只能给孩子树立一个坏榜样!那孩子应该让他知道他的父母是罪人,因为他们被烧死了。上帝,你能相信这样的话居然出自一个受过教育的牧师之口,真让人感到——"

"没什么奇怪的,因为他们是浸信会的人!"詹尼小姐说,"对了,代理这件案子,你收多少代理费?"

"他没钱,加起来不过160块。他把这些钱放在一个罐头盒子里,埋在谷仓里,后来警察押着他挖出罐头盒子。他对我说:'这点钱是给鲁比的,她用它能维持一阵子,也许能维持到我的案子结束。等我放出来我马上带她离开这里,其实我们很早就想收手不干,如果当初听她的话,现在我们已经离开这地方了。'他又对女人说:'你是个好女人。'两个人坐在监狱里的小床上,女人抱着孩子坐在他旁边,他一只手抬起女人的下巴,另一只手安慰地摸摸她的头发。"

"还好法庭的人没有把纳西莎选进这个案子的陪审团[①]里。"

"那个傻瓜不让我对法庭说事发时金鱼眼当时也在。他对我说:'他们没有证据,我以前也不是没坐过牢。了解我的人都知道我不会伤害汤米那样脑瓜不清楚的人。'但这算什么理由?他也知道这些话根本拿不到法庭上!如果他不配合我的话,我作为律师能帮上什么呢?什么也帮不上!但是他根本不听劝,坐在床上,嘴里叼着装烟草的小袋子,手里卷着香烟说:'我就在监狱里待着,早晚这件事会解决,待在监狱里比待在外面安全,反正出去也做不了什么,那160块钱够她用一阵子,也许还能省出点给你,等我放出去后再把该给的给你。'但是我知道他心里想的是什么[②],我对他说:'没想到你是个胆小鬼!'他说:'您照着我说的做吧,我待在监狱里反倒安全……'但是他真的安全吗?"霍拉斯两手握在一起摩挲了一会儿说:"他不知道……怎么说呢?到了法庭上可不能想说就说不想说就不说,法院那些人看他们这样的人时会把公平正义扔在一边,别说像他这样,即便对那些不是惯犯的人他们也是毫不留情!总之和法院那些没什么正义感的家伙们论不了是非对错!这两

---

① 美国审案是陪审团制,陪审团成员通常从合法公民中随机选出。
② 这里指古德温怕给法庭交代金鱼眼也在谋杀现场后会遭到金鱼眼的报复。

天你也看到纳西莎的表现了，你听她说的那些话，她所有的判断都是建立在怀疑上，而且这件事似乎让她烦躁不安，我以为自己能说服她，但是现在看根本不是那么回事儿！没准儿她认为我把那女人带进我家里住是为了干些什么见不得人的勾当，您说是吗？"

"这你怪不了纳西莎，连我一开始也是那么认为你的。"詹尼小姐说，"不过我觉得纳西莎已经看出来了，你接这个案子不是为钱。"

"你的意思是她一开始以为我是为了钱才接这个案子的，所以她一再和我强调那对男女没钱。"

"是啊，可是现在他们没钱给你，你不照样也帮他们打官司吗？"

两人正说着，纳西莎走了进来。

"我们正在说那件谋杀案。"詹尼小姐说。

"说完了吗？"纳西莎没有坐。

詹尼小姐说："纳西莎这两天心烦得很，是吗，纳西莎？"

"怎么了？没见她借酒浇愁呀！"霍拉斯说。

"她失恋了！那个漂亮小伙儿离开了她！"

"您又胡说什么呢？"纳西莎说。

"我没胡说，霍拉斯！格温·斯蒂文斯不和她好了，那天他不是说他要去牛津镇参加舞会嘛！然后就消失了，再也没露面，还给她写了一封分手信寄过来。这几天我一听到有人按铃的声音，就觉得是格温的妈妈来找事儿——"詹尼小姐一边说一边把手伸进轮椅的边边角角找着什么。

"能给我看一下那封信吗？"

"这不在找吗！噢，在这儿呢！"詹尼小姐把信递给霍拉斯，说，"容我插句嘴，你怎么看不给病人打麻药就给她心脏做小手术这样的事儿？我开始相信现在的人的一些话了，他们说年轻人为了结婚而学会了对另一半花言巧语，可是我们那时候是结婚后才学会如何哄着另一半开心。"

霍拉斯接过信，上面写着：

亲爱的纳西莎：

原谅我这封信没头没尾，甚至连日期都没有[①]，但是我的心还记挂着你，不然的话我也不会给你写这封信，可是我们再也不能相见了，因为我做了一件连自己也无法面对的事情，唯一能让我感到宽慰的是我没有伤害任何人，但即便如此，你也无法想象我愚蠢到什么程度。我不想过多解释，只是想让你知道正是因为我不希望让你知道我有多蠢，我才不再来见你。我还算是个好人，如果有一天你知道了那些我干的傻事，别把我往坏了想。

格温

霍拉斯看完信，过了好半天说了一句："上帝，是不是有人在舞场上搞错了，把他当成密西西比大学的学生了。"

"也就是你才会这么想吧——"纳西莎没有说完，停顿一下说："这件案子要多长时间才会结束，霍拉斯？"

"我也不知道，我控制不了审案的进程。如果你今天想到什么

[①] 西方人写信通常会在抬头写上收信人和寄信人的地址以及写信的日期。

法子能把他从监狱里弄出来,我明天就去——"

"有一个办法——"纳西莎没说下去,扭头看着门口说,"波利又跑哪儿了?马上就要吃饭了。"

"你知道那个办法,"詹尼小姐对霍拉斯说,"不过那要看你有没有胆量。"

"你先告诉我是什么办法,我才能知道自己有没有那个胆量。"霍拉斯说。

"这办法就是,你回贝尔那里去,回你的家去。"詹尼小姐说。

法庭将要在5月的一个星期六[①]处死那个黑人杀妻犯,他的死没引起镇子上任何动静:头一天晚上他还站在牢房的铁窗前唱歌,对着牢房下的街道叫喊,第二天牢房里的铁窗前已经空了。而第二个将会站在那个铁窗前的人是古德温。法庭判决暂时把古德温拘押一个月,不让保释,古德温仍然不同意让霍拉斯对法庭透露金鱼眼曾经在谋杀现场出现过。

"他们不能把我怎么样。"古德温说。

"你怎么知道?"霍拉斯说。

"如果他们认为我杀了人,我在法庭上还有为自己申辩的机会,但如果我供出金鱼眼,消息传到孟菲斯,我可能作完证后都不能活着回到牢房里。"

"这个你不用担心,有法庭给你撑腰,他不能怎么着你!"

"什么不能怎么着我?!得罪了金鱼眼我就是死不了也得后半

---

① 应该是5月25日,星期六,但根据一些研究福克纳的资料,作者从这里开始,似乎搞错了故事的时间顺序。

辈子躲躲藏藏地生活!"他示意霍拉斯靠过来,站到窗户前。"看见了吗?对面酒店有五个窗户可以看见我们这间房子,我看见过他用手枪射击,子弹点燃了20英尺外的柴火堆。所以,如果我出庭作证,说他是真正的谋杀犯的话,作完证我就回不来了。"

"那你不害怕法庭可能会定你个妨害司法罪的罪名?"

"狗屁妨害司法罪!让他们先证明我杀了人再说!汤米的尸体在谷仓里被发现,子弹是从他身后射入的,首先他们应该找到打死汤米的那把手枪对吧?还有,我要真是杀了人,早就跑了,可是我没有跑,而是让鲁比打电话通知治安官,自己在现场等着,我之所以自己守在尸体旁是想让鲁比和我爹从这事儿脱出干系。如果说这是我玩的诡计,我干吗不想个更好的诡计出来,稍微有点常识的人都能看出来我没杀人。"

"常识不是法庭审案的依据,决定你杀没杀人的是陪审团。"

"那就让他们好好审!他们拿不出我杀人的证据。汤米躺在牲口棚里,没人碰过他。我,我老婆,我爸爸还有我的孩子,我们都没有碰过他!而且,是我主动通知的治安官。我不会供出金鱼眼的,虽然供出他对我自己有利,但是一旦让他知道,那我连命都没了,这就是我供出他的下场。"

"你录口供时说过,你听到一声枪响?"霍拉斯说。

"没有,我没有听到任何动静,我什么也不知道——你介意回避一会儿行吗?我要和鲁比说几句。"

霍拉斯出去了,5分钟后鲁比从牢房里出来。

霍拉斯说:"我感觉你和古德温在向我隐瞒什么,是他不让你和我说,是吗?"女人把孩子抱在怀里,走在古德温的旁边,婴儿一直在哭闹，不时挣一下身体。女人哄着孩子想让孩子安静下来。霍拉斯说："你走哪儿都抱着这孩子不是个办法，下次你出来前可以把他留在酒店让别人帮你照看一会儿。"

女人说："先按照古德温说的办吧。"

"作为律师，我应该知道这起案件的全部事实，然后由我决定在法庭上当事人应该说什么不应该说什么，否则的话要律师干什么？就像你去看牙，你花了钱，可是面对牙医时却不肯张嘴，不管你去看牙医也好，医生也好，总之你要完完整整地告诉他们你哪儿不舒服。和律师打交道也是这个道理，要告诉他们全部事实，明白吗？"女人不说话，低头看着哭哭啼啼的孩子，嘴里说着："别哭了，别哭了，宝贝。"

霍拉斯继续说道："还有比这更糟的是他们也许会给你安个罪名，叫妨害司法罪。打个比方说，如果古德温在法庭上发誓说当时房子里没有任何人，然后他也被脱了罪，一般来说这种情况不太可能，但是就算是这种可能性存在，如果有人告诉警察说他们看见事发当天金鱼眼出现在那座屋子附近，或者他们看见他的车从屋子附近开出来。那陪审团就会说，如果古德温没有如实作证，那他再说什么我们都不会相信他，那他就只有死路一条，等着被吊死吧。"

到酒店后他替女人开门，进去时女人并不看她，只是说："他不想说也没错。"孩子哼哼唧唧地哭了，女人一边哄一边说："噢，噢，别哭了。"

伊索姆去一场聚会接纳西莎了，等到他来接霍拉斯的时候天已经很晚了，车停在拐角的地方。大街上的灯陆续亮了起来，有些人吃完晚饭从家里出来往广场的方向走去，他们是去听那个黑人杀妻犯唱歌的（虽然天色还早，黑人杀妻犯通常要天黑以后才唱）。"他想唱歌的话赶紧唱！"霍拉斯说，"还有两天他们就要吊死他了。"监狱的窗户向西，最后一缕夕阳古铜色的光落在抓着窗户栏杆的一只手上，没有风，霍拉斯看见从牢房窗户里飘出一缕香烟，他对纳西莎说："光是她丈夫待在里头就够糟糕了，可偏偏牢房里还有个家伙每天唱着歌提醒他还有几天可活……"

"也许他们会等几天，把两个人同一天吊死。他们有时候是这样做的，不是吗？"纳西莎说。

星期五晚上[1]霍拉斯回到家中，他给壁炉生着火，为了让房间暖和点，他把其他房间都锁了，只在自己的房间里活动，吃饭则去饭馆吃。他想看书，可是看了几页看不进去，干脆脱了衣服去床上躺着，看着壁炉里火盆的火一点点地熄灭。镇子上的钟声响了，整整12下。"等这件事了结了我就去欧洲。"他对自己说，"换个地方生活，如果不是这样，就是密西西比州的风气要改，总之我们中间得有一个改变。"

他想起了那个杀妻犯，想起那些站在牢房外的篱笆边儿上看热闹的人群，想起这将是那个死刑犯的最后一个晚上[2]！想起他抓着铁窗栏杆站在铁窗边儿上的样子，脑袋那么小，模样像大猩猩。他的影子投射在牢房的地上，和窗户栏杆的影子交错在一起，天堂树花影摇动，最后一批花朵落在人行道上，黏黏地粘脚。霍拉斯在床上翻来覆去，怎么也睡不着，心里想："他们应该早就清理掉人行

---

[1] 也是译者所加。
[2] 这里原文作者语焉不详，似乎搞混了时间。

道上那些落花，黏糊糊的糟糕极了！"

天快亮时他才睡着，本来他想多睡会儿，晚点起来，可是不到6点半就被敲门声吵醒了，他去开门，看见酒店的黑人茶房站在门口。

"有事儿吗？是古德温太太让你来的？"他问黑人茶房。

"是的，她说请您去一趟她住的地方，越快越好！"来人说。

"你先回去，告诉她我10分钟内赶到。"

霍拉斯简单收拾了一下去了女人住的旅馆，刚进去就看见迎面走来一个拎着黑色小药箱的年轻医生，霍拉斯径直往旅馆二楼走去，上楼后看见女人站在房间的门口，探身看着大堂里的动静，她身后的门半掩着。

"医生总算来了，"她说，"我找了一个晚上——"霍拉斯往床上看去，婴儿的眼睛闭着，脸色潮红，身上似乎出了很多汗，呼吸很急促，喉咙里发出哨子似的喘息声，两只小手攥起来放在脑袋两侧，像是被钉在十字架上。"昨天晚上他闹了一夜，我出去买了点药，快天亮时他才睡下，医生刚刚来过了，总算来了。"女人站在床边儿，俯身看着孩子说，"汤米死的那天还有一个人在那儿，很年轻，是个姑娘。"

"什么？姑娘？你从头到尾再说一遍那天究竟发生了什么……"

十八

金鱼眼开得很快①,似乎很老练,驶过一段水泥路后车子开到了一段崎岖不平的沙土路,车身颠簸得很厉害。谭波儿坐在副驾驶座上,身体被颠得晃来晃去,帽子几乎被甩在脑后,皱巴巴的帽檐下露出几绺头发,她的脸茫然无神,像梦游似的。每次她的身体碰到金鱼眼的时候,手都要下意识地软绵绵地抬起抵抗一下,金鱼眼的手一直没有松开方向盘,他用右手的胳膊肘顶着谭波儿,嘴里说着:"坐直了!坐直了!"

鲁比戴着褪了色的太阳帽抱着孩子站在路边的一棵大树底下,她显然看见了他们,但是没有打招呼,只是一动不动地看着他们的车疾驰而过,风把她的裙子的下摆吹得向上折起。

当他们的车遇到那棵横在路上的大树的时候②,金鱼眼没有一点减速的意思,而是一打方向盘,汽车偏了一下,车头继续向前,冲着前方长在路边的一排排低矮的甘蔗秆子碾压过去,甘蔗秆子像是壕沟里严阵以待的火枪方队,刚冒出头即被碾压下去,车很快又回到沙土路上,继续向前疾驶,格温的那辆车即刻从谭波儿的视线里

---
① 这一章作者把叙事时间重新拉回到星期天(5月12日,谭波儿被强奸那天)。
② 昨天,也就是星期六,格温的车撞上这棵大树而毁坏。

消失了。

虽然刚才的一幕很惊险,但车子一直很稳,并没有飞起来,仿佛刚才的急转更像是金鱼眼传递的一种带有某种恶毒性质的恐吓。这辆车动力强劲,即使在沙地上,也能保持每小时40英里的速度,此时金鱼眼驾驶着它沿着一条曾经被山洪冲刷过的小路向上爬行,一直爬到顶端,来到一条公路上,然后掉了个头,向北驶去。谭波儿坐在副驾驶座上,两只眼睛失神地看着前方,车到公路上后明显平稳了很多,车身不再颠簸,轮胎碾在公路的沙砾上发出沙沙的声音,路面在车轮底下像卷轴一样往后退去。谭波儿认出昨天格温开着车带她走过的就是这条公路,她疲倦地坐在座位上,看着往后退去的路面和两边的土地——大路两边视野开阔,颜色鲜艳的山茱萸树点缀着颜色沉闷的松树林;路边还有大片的莎草地,田野上,棉花还没有完全成熟,空旷的田野传递出宁静的气息,让人想到节日的气氛,光与影的交缠——血从谭波儿的身子底下一点点流出来,她夹紧双腿,似乎听到了血流的声音,她心里不停地说着:我还在流血……我还在流血……人似乎麻木了。

5月的天气柔和而不失明亮,时间已经到了正午,空气是热的,天上飘着一团团的云朵,像是刚刚做出来的奶油,又像镜子里的倒影一样遥不可及,云朵的影子时不时从路面上飘过。已经是春天了,空气怡人,万物被蒙上了一层淡淡的青色,一种开白花的果树正当花期,但是叶子并不茂盛,开出的白花也不如去年春天那样灿烂,今年的山茱萸开得也一般,似乎并没开透。然而丁香、紫藤和紫荆,甚至模样不好看的天堂树却比往年都要开得漂亮,开得浓烈,隔着100码远都能闻到它们的香味。贴着阳台种植的三叶梅一簇簇的有篮球那么大,轻飘飘的像是气球,谭波儿茫然而怔怔地望着路边,呜呜地哭起来,一边哭一边尖叫。

金鱼眼反手抽了谭波儿一嘴巴,谭波儿被抽得尖叫一声。金鱼眼一打方向盘,车往路边靠去,轮胎和地面摩擦发出刺耳的声音,车停下了,金鱼眼一伸手,抓住谭波儿的后脖颈,谭波儿被揪得上半身竖了起来,嘴巴张得圆圆的,像一个空空的小山洞。

金鱼眼抽回手,狠狠地推了几下谭波儿的脑袋,骂她道:"闭嘴!你给我闭嘴!"谭波儿不再叫了,金鱼眼把车子的挡风镜拉下来,对谭波儿说:"看看你自己!"谭波儿看着镜子里的自己——帽子几乎要掉在脑袋后面,头发揉搓成一小团一小团,嘴巴张着,像一个圆圆的小洞。她把手伸进口袋里胡乱摸着,过了一会儿掏出一个粉饼,她把粉饼打开,放在大腿上,低头看着镜子里的自己,一边哭一边给自己擦粉,最后又掏出一管口红涂了涂嘴巴,把帽子戴正。金鱼眼点了根烟,看着她说:"你自己看你丢不丢人?"

"我在流血,"谭波儿呜呜地哭着说,"很多……"她举着口红,看着金鱼眼,似乎又要哭,金鱼眼伸出一只手抓着谭波儿的后脖领子说:"闭嘴!你闭不闭嘴?"

"呜,闭嘴——"

"你这是闭嘴吗?闭嘴!你给我把自己收拾好了!"

谭波儿收好粉饼,金鱼眼重新发动着汽车。

路上车越来越多——因为是星期天,公路上有很多开福特和雪佛兰(小巧的车身沾满了灰尘)外出游玩的人家;大一点的车上坐着裹得严严实实的妇女,手里拿着一个同样灰头土脸的大篮子;路上还有卡车,车上挤满了看上去老实巴交的乡下人,他们脸上木讷呆傻的表情让人觉得他们身上的衣服也像是拿彩色木头雕刻出来的；在路上跑的其他交通工具还有带车厢的马车和简易马车。山上一座老教堂（教堂看上去破破烂烂）前的小树林里到处是拴好的牲口和破旧的汽车和卡车。渐渐地，树林消失了，取而代之的是田野，越来越多的房屋出现在田野上，青烟在农舍房顶或者教堂的尖顶上方飘浮，石子路面被沥青路面取代——他们快到达邓弗里斯镇了。

谭波儿眼神茫然看着四周，像刚刚睡醒似的。"我不能来这儿！"她说，"我不能——"

"闭嘴！"金鱼眼说。

"我不行了——我要昏倒了——我饿，我一直都没有吃东西——"谭波儿哭咧咧地说。

"饿什么？马上就进城了！"

谭波儿的眼睛已经哭得通红，神情呆滞地说："这里也许有人……"不等她说完，金鱼眼把方向盘一打，车往路边的一个加油站开去，停在加油泵前。

谭波儿抽泣着说："我走不了！我在流血，真的。"

"谁让你下车了？坐在车上别动！"金鱼眼把谭波儿留在车上，自己朝加油站旁边的那间小卖部里走去，消失在加油站脏乎乎的小门后面。

进去后金鱼眼走到柜台前，要了一包香烟，先抽出一根叼在嘴里，对店员说："再给我几块糖。"

"什么牌子的？"

"随便，只要是糖就行。"金鱼眼说。看见柜台上的玻璃罩子底下放着一个盘子,上面摆着售卖的三明治,他从里面拿出一个,往柜台上扔了一美金,不等店员找钱便往门口走去。

店员忙说:"找您的钱!"

"你自己留着吧!发财就靠它了。"

金鱼眼离开零售店,往车子走去,在离车子差不多还有十英尺远的地方,他站住了——谭波儿不见了!金鱼眼愣在那里,似乎不知怎么办好?烟从他嘴边耷拉下来,手里的三明治被他从一只手换到另一只手里,一旁的加油员看到了,把手里的加油管挂到加油泵上,抬起大拇指,往加油站小卖部拐角的地方一指。

加油站拐过去的墙壁上有一个凹进去的洞,里面放着一个用来装废弃金属和橡皮条的桶,金鱼眼按照加油员指的方向走过去,看见谭波儿缩着身子躲在那个凹进去的洞里。"我碰见熟人了!"谭波儿小声说,"我们打了个照面!"

"谁?你看见谁了?"金鱼眼扭头往身后看了一眼。

"一个男同学。学校里的同学,我看见他直接朝我走过来——"

"你先出来!"

"他肯定看见我了——"

看见谭波儿不肯出来,金鱼眼伸手去抓她,谭波儿蹲在里面,使劲甩开金鱼眼的胳膊,探着苍白的小脸看着外面。

"出来!"金鱼眼的手抓到了谭波儿的后脖子。

谭波儿似乎被噎住似的喊了一声,随后被金鱼眼拎直身体站了起来,两个人个头一般高,乍一看像是在教堂门口遇见的举止礼貌客气的熟人。

"你跟我走不走?!跟我走!"

"我……走不了……血都流到袜子了,你看!"谭波儿小心地撩起裙摆示意金鱼眼看,然后把裙子放下来,身体往后躲。金鱼眼一把抓住她的脖子,谭波儿的嘴巴又张成一个圆圆的小洞。看她这样,金鱼眼松开手说:"你走不走?!"

谭波儿从桶后面出来。金鱼眼一把抓住她的胳膊。

"我的大衣后面都染上了,不信你看!"谭波儿哀求似的说。

"明天我给你买一件新的!走!"

两个人折身向汽车走去,走到街角,谭波儿又开始往回缩。"又想找打了是吗?"金鱼眼威胁似的说,看谭波儿没动,金鱼眼加重了威胁的口气:"是吗?"谭波儿不再往回缩,乖乖地跟着金鱼眼往汽车走去,两个人坐进汽车后,金鱼眼从口袋里掏出刚才买的那块三明治,递给谭波儿说:"拿着!三明治!"谭波儿接过来,金鱼眼发动着汽车,汽车向孟菲斯方向驶去。谭波儿咬了一口三明治,张开嘴,似乎又要哭,像个不知所措的孩子,金鱼眼伸出一只手抓住谭波儿的后脖颈,谭波儿不哭了,瞪着眼睛看着金鱼眼,嘴巴张开,舌头上还有没咽下去的面包和肉。

下午3点左右,他们到了孟菲斯城。车子在位于悬崖脚下的一处主街上行驶一段路程后拐进一条很窄的小街,街两旁矗立着灰突突的房屋,房屋的阳台是木制的,家家户户门前都有一小块地,但不是种着草,而是种着样子不算美观的耐寒树木——不是枝条稀疏的木兰树、矮小的榆树,就是干巴巴的树叶稀少的刺槐——零零散散地矗立在车库后或者房前堆着废品的空地上;偶尔会看见路边门洞里有临时搭建的用来卖咖啡的简易台子,铺着油布的台子上放着金属咖啡壶,一个戴着油腻腻围裙的胖子嘴里叼着牙签站在台子后面,整个画面像一张制作拙劣毫无意义的照片。河面上有微风吹过来,从一排城市办公楼那边传来摩托车和有轨电车发出的噪声,随即一辆有轨电车像变戏法似的出现在狭窄的街道尽头,又吱吱嘎嘎地开走了。在二楼的阳台上,一个只穿着内衣的黑人姑娘靠在栏杆上,闷闷不乐地抽着烟。

金鱼眼把车停在一栋三层的房屋前,这屋子的门掩藏在一道隔扇似的假门后面。屋子前有块草地,草地上两只毛茸茸的白色小狗在跑来跑去,一只狗的脖子上系着一条粉红色丝带,另一只则系着一条蓝色的丝带,两只狗在草地上跑来跑去,阳光照在它们的皮毛上,像是刚刚用汽油擦过似的。

一个黑佣过来给他们开门,谭波儿和金鱼眼往里走时两只小狗也跟在他们后面钻进屋子,跳到一个胖女人的怀里,哼哼唧唧地伸着舌头舔着她手里的金属啤酒杯。

"孟菲斯城的人都知道我瑞芭!不信你去大街上问问这里的警察,或者是老百姓,听听他们怎么评价我!说实话,我这里招待过不少孟菲斯城有头有脸的人,什么银行家、律师、医生,都来过!——曾经有两个警察队长在我的餐厅里喝啤酒,当时局长本人正在楼上和我的一个姑娘干那事儿,两个警察喝醉了,冲到楼上撞开局长房间的门,发现他光着屁股正在和姑娘跳高地舞。你能想象一个7英尺高脑袋长得像花生的50岁男人光屁股跳舞的样子吗?这警察局长人不错,和我也熟悉,他们都乐意给我瑞芭面子,在我这儿花起钱来像流水,因为他们知道我不骗他们。亲爱的!"胖女人一边说一边大口地喝着啤酒。她的胸脯十分丰满,手上戴着一枚有一颗小石头那么大的黄色宝石戒指。

胖女人只要稍稍一动就得喘上半天——喘气似乎代替了运动带给她的所有好处。谭波儿和金鱼眼进门后,她便开始絮叨哮喘带给她的种种不便。也许是刚从教堂回来,她身上的黑色丝绸袍子还没脱,头上花朵装饰的帽子也没摘,一只手里拿着一串木头做的十字念珠,一只手抓着一个啤酒杯(杯子的最下面的部分沁着水珠),领着谭波儿和金鱼眼往二楼走去,每走一步,似乎都很费劲,穿着拖鞋的两只脚踩在木制楼梯上,每走一步似乎要陷进木头里,一边往上走一边回头絮絮叨叨地对两人说:

"金鱼眼知道我这儿让人放心!把你带到我这儿好过其他地方!我一直对他说,在我这里找个姑娘玩玩!金鱼眼宝贝儿,多少年前我就和你说,让你找个姑娘玩玩儿,我说了一个年轻男人离开姑娘活不了……"瑞芭小姐扭动着肥胖的身子,呼哧带喘地领着他们往楼上走去,两只小狗寸步不离地跟在她脚下。"下去!"瑞芭小姐一边呵斥那两只狗,一边向那两只狗挥舞着念珠,两只小狗也冲着她呲着牙叫,终于走到了楼上,胖女人靠在墙上,张着嘴巴,手放在胸口,眼睛直瞪瞪的似乎喘不过气来,一副难受得不得了的样子,她手里的啤酒杯在昏暗中闪着幽幽的光,空气中散发着一股淡淡的啤酒香。

二楼的走廊通道很窄,从挂着厚厚门帘的房间里泻出灯光,楼层拐弯处的百叶窗户紧闭,只从缝隙里透出少许的光线,这里弥漫着一股气息,这气息让人想到精疲力竭后的瘫软以及一种释放后死气沉沉的东西——仿佛常年见不到阳光、没有生气的一潭死水。走廊里还弥漫着一股过期食物和酒精混杂在一起的味道。不知怎么,谭波儿感觉自己来到了一个充满着淫荡气息的场所,仿佛看到每扇无声的门后散落着男人女人的内衣,看见赤裸着身子的男人和因为常年被蹂躏已经不能生育的女人的肉体绞缠在一起,躲在门后窃窃私语着。两条小狗在她和瑞芭小姐的脚下乱跑,毛茸茸的小腿闪着微光,爪子抠在楼梯上地毯和楼梯之间的金属边儿上,发出噌噌的声音。

后来她们把她用一块毛巾包好,安顿她躺在床上时,谭波儿还可以听见门外那两只小狗咻咻的声音。她打量着房间里的摆设:她的外套和帽子挂在门后的钉子上,连衣裙和长筒袜放在椅子上,不知道从哪里传来洗衣服的声音,衣服在洗衣板上上下滑动发出嗤——嗤——的声音。她想到自己刚才被她们脱下衣服的一幕,不由得把头埋进被子里。

"好了,好了!"瑞芭小姐站在床边说,"我以前的时候也流过血,流了整整四天!即便那样,不也过来了?再过几分钟昆宁医生会过来给你瞧病!米妮正在给你洗你的衣服,洗完了再给你熨好,一点血印子都看不出来。宝贝!那点血要放在我们这里卖!① 至少一千美金!"她举起啤酒杯向谭波儿示意,帽子上那朵假花显得可怖。"我们做女人的都很可怜。"她说。窗户上紧闭的合页已经风干皲裂,纹路像衰老皮肤上的纹路,微风一吹,轻轻晃动,从缝隙里传进来各种车辆的噪声,谭波儿想起今天是安息日,渐渐地声音消失了。谭波儿仰着苍白的小脸,头发散乱地躺在床上,两条腿绷得笔直,紧紧挨在一起,被子一直盖到她的下巴那里。瑞芭小姐放下手里的啤酒杯,大口喘了几口气,然后哑着嗓子和谭波儿说她能被

---

① 指处女的血。

金鱼眼看上应该感到幸运。

"这附近的每个女孩儿都想和他好,宝贝。我们这儿附近住着一个结过婚的女人,那女人个子不高,有时候也会来这里卖,有一次她给米妮25块钱,说让米妮想办法把金鱼眼带进她自己的房间。可是金鱼眼对她正眼都不瞧一眼!别说他了,就连我这里那几个一晚上收费100块的姑娘他也没正眼瞧过她们,没有!从来没有!他花钱像流水似的!可是从来不睡那些姑娘,最多只是和她们跳跳舞!我一早就知道这儿的姑娘不合他的口味,她们长相太一般!我和我那些姑娘说,我说,和他好的女人肯定会得到钻戒,可是你们这样的他看不上!你那几件衣服米妮这会儿正给你洗呢!洗得干干净净,再熨得熨熨帖帖,一点血印子都不会让你看出来。"

"我不会再穿它们了!"谭波儿小声说,"不会!"

"不想穿就别穿!你可以送给米妮,让她处置,也许她——"被关在门口的狗高声叫了起来,似乎有人来了,随着脚步声的临近,门打开了,一个手里端着托盘的黑女人走了进来,托盘上放着一瓶啤酒和一杯杜松子酒,两只狗也跟着黑女人进到屋子里。"等明天商店开门,我就带你去买衣服,这是他说的。我刚才不是说过吗?跟他好的姑娘他一定会买钻戒给她戴的,你不信的话,等着瞧好了,看我是不是——"女人费劲地转过身,从托盘里拿起喝酒的杯子,这时那两只小狗已经蹿到床上,然后从床上跳到和谭波儿说话的女人的大腿上,两只狗不停地冲着彼此叫着,张开的嘴巴露出细细的像针似的牙齿,四只像珠子似的圆眼睛瞪着彼此,脸上的卷毛耷拉着。女人一边往下推那两只狗,一边喊:"瑞芭!下去!还有你,本福!也下去!"两只狗还在呲牙,作势要咬女人的手,"你咬我?你这个——米妮,你给这位小姐拿喝的了吗?等一下,宝贝,你叫什么名字?我刚才没听清。"

"谭波儿。"谭波儿小声回答。

"宝贝儿,我是问你的真实姓名,和我你没必要遮遮掩掩。"

"谭波儿就是我的名字。谭波儿·德雷克。"

"你这名字像个男孩儿的名字!米妮!洗了谭波儿小姐的衣服了吗?"

"洗了。"米妮端着托盘走过来,"已经放在炉子后面烤了!"两只狗冲着她呲牙,米妮用脚把两只狗扒拉到一边。

"洗得干净点啊!"

"我好好洗了,"米妮说,"那上面的血迹好难洗掉——"谭波儿缩起身子,把头躲在被单底下。瑞芭小姐伸出手放在她身上说:"好了好了,给,喝了这杯酒,这杯酒算在我账上,怎么说你是金鱼眼带来的姑娘,我不会让你受委屈的。"

"我不想喝。"谭波儿说。

"听话,喝了它能让你感觉好点。"瑞芭小姐把胳膊伸到谭波儿的身体底下,想扶她从床上坐起来,谭波儿从被单里坐起来。瑞芭小姐把酒杯端到她嘴跟前,谭波儿喝了几口,重新缩回到被子里,把自己裹得紧紧的,她的眼睛睁得老大,眼珠显得特别黑。"我担心别把你身子底下的毛巾弄乱了。"瑞芭小姐把手放到谭波儿的被子上说。

"没有,还在我身子底下。"谭波儿小声说。她的身体在被子底下几乎缩成一团。

瑞芭小姐问米妮:"你去找昆宁大夫了吗?"

"找了。"米妮正在往酒杯里倒酒,酒越来越满,很快,杯子外面蒙了一层水珠。"昆宁大夫说他星期天下午不出诊。"

"你没和他说是我请吗?你没和他说'瑞芭小姐请他出诊!'这句话吗?"

"说了,他说他——"

"你回去告诉他——你告诉他,我——不!等一下!"瑞芭小姐费劲地站起身,"他敢这样拒绝我,我可以把他送进监狱,至少让他坐三次牢。"她拖着肥胖的身体向门口走去,两只小狗在她穿着毛拖鞋的脚边打转,米妮跟在她后面,关上了门。谭波儿听见从房间外传来沉重的身体踩在楼梯上的声音,还有呵斥小狗的声音,渐渐地,声音消失了……

百叶窗帘被风吹得轻轻晃动,发出轻微的响声,房间里还有钟表指针走动的声音。谭波儿看过去:钟放在壁炉台上(壁炉的火盆里放着一堆绿色的纸),钟是陶瓷质地,上面饰有花纹,钟架的四角分别是四个瓷做的少女。钟面只有一根指针,指针被做成涡状的花纹,曲线自然平滑,指针指到10点到11点中间的位置,表明这是一座和时间有关的物件。

谭波儿从床上起来,用毛巾包住自己,一边听着动静一边向门口走去,房间里有面长方形穿衣镜,镜面反射着幽幽的光,像是暮色被框进了一块四边形的框子里,谭波儿无意中从镜子里看到了自己瘦小苍白的身体,镜子里的她仿佛一个在深不可测的阴影中移动着的幽灵。她刚走到门口,立刻听见了有人上楼的声音,声音嘈嘈杂杂,充满了威胁的意味,谭波儿不顾毛巾在下滑,摸索着找到门闩,把门闩上,然后抓住毛巾,跑回到床上躺下,把被子一直盖到下巴。由于害怕,她感觉自己体内的血液似乎在加速流淌。

瑞芭小姐在外面敲门,一边儿瞧一边气喘吁吁地喊:"宝贝儿!开门!医生给你瞧病来了!"

谭波儿只是听着,并不回答。

"开门宝贝!听话!"瑞芭小姐不停地嚷着。

谭波儿用虚弱的声音回答:"我睡了,已经躺在床上了。"

"快点开门!有人给你瞧病来了!"瑞芭小姐气喘吁吁地说,"上帝,这口气怎么就喘不上来呢?自打什么时候起我这气虚得厉害……宝贝,开门呀!"

狗也开始叫了起来。谭波儿从床上起来,用浴巾裹住身体,轻手轻脚地走到门边。

瑞芭小姐还在喊:"宝贝,开门呀!"

谭波儿隔着门说:"等一下,我先穿上衣服。"

"这才对了嘛!你是个听话的好姑娘,我就知道你是个好姑娘。"

"我打开门,等我数10下你们再推门!10下!"谭波儿悄悄挪开门闩,转身往床那边儿跑去,光脚踩在地板上发出啪嗒啪嗒的声音。

医生进来了,一个戴着眼镜的男人,身材臃肿,头顶上稀稀拉拉的几根头发微微打着卷儿,镜片后的眼睛没有变形,所以应该是一副没有度数的眼镜,而眼镜的主人之所以戴它,纯是为了装饰。谭波儿的被子几乎盖到了脖子,她喃喃地说着:"让他出去,出去!"

"没事儿!没事儿!他是来给你瞧病的!"瑞芭小姐说。

谭波儿的手紧紧抓着被子，不肯松手。

医生说："能不能让这位女士让我……"医生眉毛稀疏，鼓着两片湿答答的厚嘴唇，眼镜片后面的眼睛不停眨巴着，像是两个正在旋转的金属质地的自行车轮子，他的手上戴着共济会员的戒指，细碎的红色汗毛几乎覆盖了整个手背，从手掌底部一直蔓延到靠近指尖的关节处。被子被掀开了，谭波儿瞬时感觉到自己的身体被一股冷风罩住，特别是大腿那里，躺在床上的她闭着眼睛，两条腿夹得紧紧的，开始嚎啕大哭，像一个在牙科诊所里哇哇大哭的孩子，哭声里充满了无助和委屈。

"好了，好了，"瑞芭小姐说，"再喝一小杯酒，宝贝，喝下去就没事了。"

窗户小得像是墙上的一道缝儿，光线从那道缝儿中照进来，一会儿明亮一会儿暗淡，最后冲破阻隔，弥漫进房间里。房间没被光线照到的其他部分蒙上了一层烟青色，像是从毯子上升起一股青烟，渐渐扩散到房间。座钟底座的四个小瓷人在光线中依稀可见，线条畅滑：膝盖、肘部、侧面、手臂和胸部的姿态无一不表现着性感。钟面像是一面镜子，吸收了仅有的一些光，指针只有一个，像是从战场上受伤回来缺胳膊少腿的老兵，指针停留在10点半的位置。谭波儿躺在床上，想：现在是10点半了？[①]

她身上套了一件又肥又大的樱桃色绉纱长袍。原先披散的头发已经梳好了，她的脸、喉咙和暴露在被子外面的胳膊的皮肤蒙着

[①] 谭波儿还没有意识到这座钟已经停摆了，指针一直指在10点半的位置，但其实真实的时间还是星期天黄昏夕阳西下的时候。

一层灰色。等到其他人都离开后,她把脑袋和身体缩进被子里躺了好一会儿,直到关门声、脚步声以及瑞芭小姐沉重的喘息声都消失了,才从床上跳下来,往门口跑去。她摸到门闩插好门,然后转身跑回到床上,钻进被子里,身体缩成一团,把被子一直揪到头上,直到喘不过气才露出脑袋喘口气。

最后一抹红色的光线照在天花板和墙壁的上方,太阳西落,这点光被主街上高低不同的建筑物晕染成紫色,消失在百叶窗后面,谭波儿看着最后一点光线被座钟的镜面吸收,支持镜面的架子隐没在黑暗中,剩下镜面宛如吊在黑夜中的一个银盘,最后变成一个水晶球。那黑暗虽然深不见底,但是让人感觉它仍旧保留着一种有秩序的混沌,它那飞速转动着的锋利的边缘仍旧可以带给人伤痛。

她想起以前,晚上10点半正是自己穿衣打扮准备去学校参加舞会的时间,因为受人喜欢,她从来不用太准时。房间里残留着女孩儿们刚洗过澡的水汽,扑粉像是谷仓中的谷糠般在空中飞飞扬扬,女孩儿们打量着彼此化好的妆容,互相比较,说着谁这时候出去会不会引起混乱。那几个腿短的女孩儿肯定不行,还有一些女孩儿也漂亮,但是她们又不是惹是生非的性格,她们不肯说为什么,其中一个女孩儿说男孩子认为女孩儿的漂亮都是打扮出来的。她说那条蛇一直在监视夏娃,直到亚当给夏娃蒙上一片无花果树叶遮羞才注意到她。屋子里的女孩儿问她:你怎么知道的?女孩儿说因为那条蛇是第一个被上帝赶出天堂的,它一直在那儿。但是这不是姑娘们要的回答,她们又问:你怎么知道的?谭波儿记得那女孩儿背靠着梳妆台,其他姑娘围在她身边,姑娘们的头发梳得整整齐齐,从她们的肩头散发出肥皂的香味,空中飞舞着香喷喷的粉末,姑娘们的目光仿佛利刃，盯着那丑姑娘，而从那姑娘的眼睛里流露出来的是既勇敢又害怕的神色，你怎么知道？姑娘们异口同声地问，那丑姑娘举起右手，说她已经和男孩儿上过床了。她的话音刚落，屋子里年纪最小的女孩儿冲到卫生间里吐了起来，那呕吐声隔着老远她们都听得见。

她想到如果是星期天的早晨10点半，恋人们走在去教堂的路上。她看着钟面的指针，想到今天是星期天，也许现在正是星期天的晚上10点半。她想起上一个星期天的晚上10点半自己还在学校，甚至还有一个约会。她努力回想跟自己约会的男孩子的名字，却怎么也想不起来，只记得她曾经把约会这件事记在自己为考拉丁文作弊时用的逐行对照的译文本里，这样她不就不用想着这件事，反正星期天晚上她常常是打扮好自己，总有人来邀请她出去。她看着钟面说，最好起来梳洗打扮一下。

她从床上起来，走过去看着那座钟的镜面。尽管几何形的钟面上晃动着一小团亮光，但她看不见自己的影子。都是这件睡衣的缘故，她想，她低下头看着自己的胳膊，微微隆起的前胸，脚趾从袍子底端时隐时现。她轻轻地拉开门闩，回到床上躺下。

房间里还有些亮光，她拿起自己放在桌上的手表听了一会儿。她总觉得屋子里充满了声音，它们从窗外传来，闷闷的，让人分辨不清是什么东西发出的声音。铃声，有人上楼的声音，上楼的人身上的衣服摆动发出的声音，脚步声经过她房间的门口，然后又是上楼的声音，然后停住了。她听着手表，窗户底下传来汽车刹车的声音，然后又是有人按门铃的声音，她发现房间的亮光来自外面的街灯，这才意识到现在已经是晚上了，因为从远处的夜色里传来城市的声音。

她听见那两只小狗上楼的声音，然后是人踩在楼梯上的脚步声，来人显然不是瑞芭小姐，因为脚步声很轻很稳，门开了，两团毛茸茸的东西冲进来，呜呜地叫着往床底下钻去。"嗨！你们两个——"是米妮训斥狗的声音，"差点打翻我的——"灯被打开了，米妮手里端着托盘站在门口。"我给你端了点吃的。"米妮说，"咦？那两只狗呢？"

"床底下。"谭波儿说，"我现在什么都不想吃。"

米妮走过来，把托盘放在床上，看着躺在床上的谭波儿，伸出手说："要不我拉你起来——"谭波儿把头扭过去。米妮不再勉强，跪到地上开始往外赶那两只狗，两只狗不肯出来，牙齿发出咯咯的声音。米妮喊道："出来！我说你呢！本福先生！"

谭波儿不解地问："本福先生？"

"本福先生是戴着蓝色缎带的小狗的名字。"米妮弯下腰，一边喊着狗的名字，一边伸出手去够两只小狗，两只狗缩到紧靠床头的角落里，叫得更大声了，似乎要咬米妮。"本福是瑞芭小姐的男人。两年前死了，这房子本来是他的，他在这儿做了11年的房东。他死后的第二天，瑞芭小姐买来这两只狗，一只起名叫本福，一只叫瑞芭。每次她去墓地为本福先生扫墓回来都要喝得大醉，一到这时候这两只狗就躲她，本福最倒霉，总是能给瑞芭小姐逮着，上一次它给瑞芭小姐抓住，直接就从窗户里扔出去了，扔它出去后，瑞芭小姐冲到楼下放本福先生衣服的橱子跟前，把所有的衣服扯出来，扔到大街上！除了几件下葬时给他穿的衣服。今天晚上也是，瑞芭小姐又喝醉了，所以这两只狗这样。"

"噢，难怪它们这么害怕！就让它们待在房间里好了，不会打扰到我的。"谭波儿说。

"也只能这样了，我想它们也不愿意离开这里。"米妮站起来，看着谭波儿说，"吃饭吧。吃点东西会感觉好点，我还给你偷偷拿了杯杜松子酒。"

"我不想吃。"谭波儿扭过头，不再说话。米妮出去了，谭波儿听到门被轻轻关上的声音。她可以感觉到那两只小狗躲在自己床底下害怕的样子。

房间正中央垂下来一个灯泡，玫瑰色的纸做的灯罩靠近灯泡的地方已经被烤得带点焦色。地上铺着带花的褐红色地毯，地毯表面用几行大头针钉在地板上，刷成橄榄绿的墙上挂着两幅石版像。房间有两扇窗户，窗户上挂着窗帘，窗帘的上端垂着土黄色的蕾丝花边，像是窗帘边缘上染了一层土。房间的家具给人一种很土气的感觉，梳妆台的镜子是波浪形的，镜子里的影像让人想到水下摆出妖娆的姿势诱惑着路人的幽灵。墙角的地毯上铺着一块油布，油布上立着一个脸盆架子，架子上放着一个饰有花卉图案的脸盆、一个缸子和一排毛巾，脸盆架后面放着一个用来倒废水的木桶，桶外面用有皱褶的纸围着。

两只狗藏在床底下，一直没有出声。谭波儿轻轻地翻了一个身，床垫弹簧发出吱吱的声音，但床底下还是很安静。谭波儿想着那两只狗的模样，毛茸茸的一团，很凶，似乎很暴躁，它们平日在主人的屋檐底下过着不愁吃喝的受宠生活，本以为日子就这样无忧无虑地过下去，却突然在毫无准备的情况下，面临被生杀予夺的情况。①

房子里突然有了动静。声音各种各样，让人分辨不清到底是人声，还是其他什么声音，只是感觉很遥远，声音冲着谭波儿直奔而来，目的就是要唤醒她，就好像房子也沉浸在睡梦中，现在突然从黑暗中醒了过来。她听见女人尖着嗓门的笑声，同时闻到了食物的香味，她扭过头看着托盘：装食物的瓷器厚墩墩的，有的带盖儿，有的没有，托盘上还有一杯松子酒、一盒香烟和一盒火柴。谭波儿用胳膊肘支撑身体坐起来，丝绸睡袍从她身上滑落下来，她赶忙用一只手揪住，另一只手打开其中一个瓷器的盖子：里面盛着牛排、土豆、绿豌豆、肉卷儿，还有一团叫不上名字的粉色的像是甜点的东西。她往上揪了揪身上的袍子，想起在学校明亮的食堂里吃饭的场景——周围人声喧嚣，混杂着餐具的碰撞声——以及在家里和父亲以及哥哥们围坐在餐桌旁吃饭的场景。她想到自己身上的这件袍子不是自己的，想起瑞芭小姐说明天带她去买衣服。"可是我现在身上只有两块钱了！"她想。

她看着食物，肚子里一点饿意也没有，她甚至不想看它们。她举起杯子，蹙着眉头喝干了里面的酒，然后放下酒杯，拿起香烟，她扭过头，把烟叼在嘴里，从托盘里拿火柴的时候又看了一眼托盘里的食物，从里面拎起一根土豆条，放进嘴里吃了下去。吃完了她又挑了一根，吃了，后来她索性把夹在手指里的香烟放下，拿起托盘上的刀叉，开始吃饭，吃的中间不时往上揪一下睡袍②。

吃完了她点上烟抽了起来。有人在按大门门铃，接着是钥匙转

---

① 谭波儿想到自己的命运。
② 这是谭波儿从星期五晚上参加完舞会后第一次吃饭。

动门锁的声音，谭波儿听见两个人急匆匆上楼的声音，门开了，瑞芭小姐的声音在一楼响起，接着是瑞芭小姐上楼的脚步声，谭波儿听着，当脚步声到门口时，她抬起头：门开了，瑞芭小姐穿着一件宽松的居家服，头上戴着寡妇常戴的带面纱的帽子，脚上穿着一双带花儿的毛拖鞋，手拿一个大号啤酒杯站在门口。床底下的两只狗叫得更凶了，叫声里满是绝望和惊恐。

瑞芭小姐走进房间，谭波儿注意到她衣服背后的扣子没有系，衣服从她肩头垂下来，贴着她的后背。她那只戴着戒指的手放在胸口，另外一只手里抓着啤酒杯，她大口地喘着气，露出一嘴金牙，一边喘一边说："上帝啊上帝！"两只狗从床底下跑出来，惊慌失措地向门口跑去，瑞芭小姐把手里的杯子向两只狗扔过去。杯子打在门框上，发出清脆的声音，酒喷溅到墙上到处都是。瑞芭小姐深吸一口气，手捋着自己的胸脯，来到谭波儿的床前，眼睛透过面纱居高临下地看着谭波儿说："我们那时快乐得像两只鸽子。"她哭了，但很快声音噎住了，她手上的戒指在胸脯上闪闪发光。"可是他死在了我前面。"她喘着气，嘴巴张开，一双浅色的眼睛瞪着，让人感觉到她正在因为不能呼吸而承受痛苦，声嘶力竭地喊道："我们……快乐得……像鸽子！"

谭波儿放在床头柜上的手表显示时间是晚上10点半，显然这表已经停了，现在肯定已经不止晚上10点半，因为她已经醒着在床上躺了两个小时了。她现在能分辨出从外面传来的各种动静，房间里有股霉气，她躺在床上静静地听着，一架机械钢琴在演奏。窗外不时传来街道上行驶的汽车刹车声，偶尔夹杂着人激烈争吵的声音。

她听到两个人——一个男人和一个女人——上楼的声音，脚步声进了旁边的房间，随后是瑞芭小姐拖着腿上楼的声音。谭波儿警醒起来，睁着眼睛躺在床上仔细听着。过了一会儿，瑞芭小姐开始用金属啤酒杯砸旁边房间的门，嘴里喊着让刚才进屋的一男一女给自己开门，那一男一女躲在屋子里大气不出一声。谭波儿想到那两只小狗，想到它们躲在床底吓得缩进角落里不知所措的样子。瑞芭小姐站在门外，骂一阵儿，喘口气，然后再骂，语言下流，似乎在骂一个男人。墙那边男人和女人还是没有声音，谭波儿静静地躺在床上，眼睛盯着那面墙听着……

房门是什么时候打开的，谭波儿不知道，不知过了多长时间她往门口看了一眼，却看见金鱼眼歪戴着帽子站在门口。谭波儿开始往被子里缩，用被单蒙住头，又禁不住偷偷掀起被单看着门口。金鱼眼进来后锁上门，几乎没有发出任何声音地走到床边，自上而下地看着谭波儿，谭波儿把身体慢慢转过来，咧开嘴，像是瓷娃娃般僵硬地笑着。

金鱼眼把手放在谭波儿身体上，谭波儿开始抽泣。"不要，不要。"她小声说，"医生说我现在不可以，不可以……"金鱼眼一把扯下谭波儿身上的床单，扔到一旁，谭波儿的身体抽搐起来，肚子那块儿的肉似乎在往紧缩，当金鱼眼再一次把手伸过来时，谭波儿以为他要打自己，可是她看见金鱼眼的脸开始抽搐，像是一个即将大哭的孩子，嘴里发出哼哼唧唧的声音。他一把抓住谭波儿的领口，谭波儿和他扭打起来，她开始尖叫，手抓着金鱼眼，身体被金鱼眼从床这边甩到床那边。金鱼眼用一只手去捂谭波儿的嘴，另一只手抓住谭波儿的手不让她动,谭波儿踢他,口水从金鱼眼的指缝间流出。金鱼眼跪在床边儿,脸扭曲着,发青的嘴唇噘着,就像他在吹一口热汤,嘴里发出像马一样的嘶鸣声。外面,瑞芭小姐还在气喘吁吁地骂着……

十九

"……也就是说,你离开那地方的时候,那姑娘并没有出事,后来你看见她和金鱼眼坐在车里,你认为他只是让她搭车,带她去城里。她不会有事儿的。"

女人坐在床边儿,低头看着裹在毯子里的孩子,孩子的两只小手搁在脑袋两边儿(仿佛在一种无法忍受的痛苦降临之前就死了),眼睛微张,眼球后翻,露出像稀牛奶一样的眼白,因为出汗脸色有点潮,浅浅的呼吸里夹杂着隐隐的哨声。床边摆着一把椅子,椅子上放着一盏玻璃杯,里面有水(水有颜色),杯里还有一把勺子。房间下边就是广场,从窗户里传来广场上的各种各样的声音——汽车马达的声音、马车驶过的声音、行人的脚步声——透过房间的窗户可以看到法院和广场上的人群,一小拨儿赌徒站在刺槐和橡树的树荫底下,在裸露的土地上的洞之间来回投掷美元,玩着赢钱输钱的游戏。

女人忧心忡忡地说:"没人想让她在那儿待着!古德温一直在和那些去他那儿买酒的人说,不要带女人来这地方。那天天没黑之前我就和那姑娘说了,我说这些人和她周围的那些人不一样,让她赶快离开这里。可是把她领到这地方的那个年轻人脸上的血都没洗干净就跑到阳台上和古德温他们喝起了酒,一直喝到吃饭才摇摇晃晃地进了屋子。像他这样不知深浅的年轻人以为古德温干的是违法的活儿,他就可以不把他们当回事儿,就可以白喝酒……去我们那儿喝酒的上点年纪的人虽然坏,但是他们知道如果想喝酒就得掏钱买,就和买其他东西一样,只有那些不知深浅的年轻人,才会以为古德温这样的人做这些酿私酒的犯法事情是为了寻开心,而不是谋生,他们太年轻了!不懂这些。"女人放在腿上的两只手一直在动,互相交缠着。"上帝,如果我能说了算的话,我就把那些人都吊死!不管是酿酒的、买酒的、还是喝酒的,统统吊死!"

"我现在也想不通为什么我们会遇到这样的事情!我们没有害那姑娘!也没有害过其他姑娘!我一开始就告诉她,让她天黑前离开那里。但是带她来的那个男人喝醉了,和凡打了起来。如果她不是在屋里跑来跑去,惹人注意,也不会有这些事儿!她一刻也不消停,一会儿跑出去一会儿跑进来的!如果带她来的那个年轻人不去招惹凡,这事儿也不会发生,因为挨到半夜凡就离开了,他得跟着金鱼眼照看卡车!又碰上那天是星期六,星期六晚上他们常常喝酒,能喝一晚上,我总和李说我们离开那里,远走高飞,可李总是说他没有地方可去。就这样我一直和他待在那个没有医生、没有电话的地方,像个奴隶似的伺候他,什么都听他的,只想过个安稳日子,谁想到又碰到了这种事?!"女人垂着脑袋,手放在大腿上,疲惫的身体让人想到龙卷风过后在废墟中摇摇欲坠的烟囱。

"那姑娘身上穿着雨衣害怕地站在床后面的角落里,看着他们把她的同伴抬进房间,她的眼睛像是面具上的两个黑洞。她身上那件雨衣原本是挂在墙上的,现在被她套在大衣外面。她的连衣裙被叠得整整齐齐放在床上。凡他们把他的同伴抬进来后直接扔在床上，血糊糊的身体直接压在那姑娘的连衣裙上，凡还不罢休，还想动手打床上的那个年轻人，被李抓住胳膊。我对李说：'上帝，你也喝醉了吗！'李看了我一眼，我看见他的鼻孔是白的，他喝醉了鼻孔就是白的。

"房间没锁，我想，他们一会儿肯定会去卡车那里的，到那时我可以领那姑娘走。可是李让我出去，油灯也被他拿走了，后来李出去了，我进到那姑娘的房间里，挨着门口的墙站着，四周很安静，黑乎乎的，那个挨打的人躺在床上，似乎昏睡过去，他的呼吸声很重，声音时高时低，不时嘴里还嘟囔一句，我猜那女孩肯定醒着，我心说：'如果她让他们糟蹋了不是我的错，因为我也不想让她待在这儿！再说我这辈子从来没有得到过来自于她们这些人的帮助，我凭什么要帮她？！'可是她待在这儿就会勾走古德温的魂，我忍受不了这个！我为古德温做了那么多事情，甚至从来没有考虑过我自己，就是想有一天和他一起，过我们俩的日子，我不想让他离开我。

"我正胡思乱想着，突然听到门开了。进来的人是李，他走到那张床跟前，说：'我要用你身上的雨衣，坐起来，脱下来给我！'姑娘开始脱雨衣，房间里重新响起玉米叶子咔啦咔啦的声音，李拿到凡的雨衣后就走了。

"我经常在黑夜在那所房子里走动，从那几个人的呼吸声我就知道是谁进来了，但只有金鱼眼我是从他头油的味道知道他在不在房间里。李领着这几个人做这冒险营生，但如果哪一天他被抓住，这些人才不会去救他呢！他们连手指头都懒得动一下！汤米跟在金鱼眼后面也进了屋子。黑暗中我看见他那双猫似的眼睛看着我,然后挪到别处,后来他在我脚边蹲了下来,金鱼眼一个人往床那里走过去,屋子里回响着那个醉鬼的鼾声。

"接着,我听到了玉米叶发出的窸窣声,声音很小,所以我知道那女孩儿应该没事儿,不到一分钟金鱼眼就回来了,他出了门,汤米跟在他后面,我站在那里,一直到听到他们走远了才往那张床走过去。当我的手碰到那姑娘时,她马上反抗起来,我怕她喊叫,赶紧用手去捂她的嘴,还好她没有喊,但是她也没有坐起来,只是躺在那里,身体翻来覆去地折腾,头左右摇着,手里紧紧揪着外套。

"'傻瓜!'我说,'是我!'……"

"别担心,那姑娘应该没事儿,"霍拉斯说,"第二天早上你回家拿奶瓶的时候你还看到了她不是吗?她当时好好的不是吗?"透过窗户,他看到那群赌博的人还在广场上玩往洞里投掷美元的游戏。广场上不时有马车经过,还有几辆马车拴在广场周围的铁链上。从人行道上传来行人慢悠悠的脚步声,有的人手里拎着买的东西,有的人坐在街边的桌子旁吃饭。霍拉斯自言自语地说:"你知道她没出事。"

当天晚上霍拉斯雇车去了妹妹家。他没有打电话告诉她们自己要去。到纳西莎家后他先去了詹尼小姐的房间。詹尼小姐说:"纳西莎回——"

"我不想见她!"霍拉斯说,"我来是为了告诉您一件事,还记得吗?那个和纳西莎散步的年轻人,就是那个在弗吉尼亚上大学、看上去彬彬有礼的年轻人，纳西莎的追求者……我知道他为什么再没露面！"

"谁？格温吗？"

"是的，格温！看在上帝的分儿上，他最好消失，别再回来，如果让我看到他，我一定狠狠揍他一顿！"

"揍他？他做了错事儿了吗？"

"那天晚上他离开这里后，开车拉着一个女孩儿去了我跟你们说的那个酿私酒的地方，在那里他喝得烂醉，然后自己跑路，丢下那女孩儿一个人在那种地方！这样人穿得人模狗样，靠着个金光闪闪的弗吉尼亚大学文凭恣意妄为，还不用担心受到法律惩罚！现在这样的人太多了，火车上，酒店里，大街上，到处是这样的人，我和您说——"

"噢，我以为你说什么呢？"詹尼小姐说，"你是说上次来咱们家的那个人？那天你俩是前后脚到的，我们邀请他在这儿吃过晚饭再走，他不肯，说要去牛津镇。"

"是的，当时要是留住他就好了。"

"那天他还向纳西莎求婚，被纳西莎拒绝了，说照顾一个孩子已经够她受的了。"

"我说过她没心没肺，不侮辱人心里就不舒服。"

"因为她拒绝了他的求婚，他似乎生气了，然后就说自己要去牛津镇，还说那里有个女人不嫌弃他，差不多就是这个意思。"詹尼小姐低下头，从眼镜上方看着霍拉斯说，"当父亲是不错，但如果你总是管小贝的事情也不妥当，因为她毕竟不是你亲生的……到底是什么使男人认为他娶的女人或他的亲生的孩子也许会行为不轨，而所有不是他老婆或者女儿的女人却一定会干坏事呢？"

"您说得对！"霍拉斯说，"感谢上帝小贝不是我亲生的，如果她偶尔碰到一个混蛋这我可以接受，但如果她的生活是和酗酒的傻瓜纠缠在一起，我决定不能接受！"

"那你准备怎么做？开展一项像消灭蟑螂那样的讨伐运动？"

"就像古德温的女人说的那样，推进一项法令，允许每个人都有权开枪杀死50岁以下的酿酒贩子和卖酒贩子，还有那些一天到晚只惦记着喝酒的家伙——任何女人，她们找个十恶不赦的坏蛋结婚都比找个酗酒的傻子强！"

霍拉斯没有在纳西莎家过夜，而是赶回镇子自己的家里。四周黑漆漆的，空气闷热，夜色里回响着蝉的叫声。他的房间里只有一张床、一把椅子和一个带抽屉的柜子。柜子上铺着毛巾，毛巾上放着梳子、手表、他的烟斗和放烟丝的荷包。除此之外柜子上还立着一个相框，相框靠在一本书上，里面是小贝的照片。夜色里，从相框光滑的表面反射出亮光。为了能看清楚相框里的脸，他调整了一下相框的位置，相框里那张甜美的脸庞似乎也在看他，霍拉斯想起了金斯顿家里的葡萄园，想起了夏日的暮色，想起小贝和那个男孩儿躲在葡萄架下窃窃私语，当他再往前走时，小贝白色的身影就消失了，声音也消失了……① 虽然她不是霍拉斯的亲生骨肉，可是他担心未谙世事的她受到伤害，在花一般的年纪就跳进染缸。②

相框在他手里突然滑了一下。照片里的小贝自然而然地发生了

---

① 这里指小贝带着男朋友躲开霍拉斯，霍拉斯像父亲一样担心自己的继女受到男人的伤害，但是小贝并不理解。
② 指霍拉斯担心小贝受到男人的伤害，像谭波儿那样。

变化，从它与书本的不稳定的平衡中滑落了一点。影像突然亮了，像是在清澈的海水中出现了一幅霍拉斯熟悉的画面，只是那张脸突然变老了许多，不再甜美，而是邪恶，眼睛里似乎藏着秘密。霍拉斯心里突然害怕起来，失望之下他猛地放倒照片，走到床跟前，把自己放倒，但是脑海里还是消不掉小贝的样子：那仔细勾勒过的嘴唇，似乎在看着他身后的某个地方。他躺在床上，一直没关灯，法院的钟敲了三下时，他带上放烟丝的荷包和手表，离家去了火车站……

火车站离他家有四分之一英里远。候车室里只亮着一盏灯。微弱的灯光底下，一个穿着工作服的男人头枕在折好的外套上睡着了，嘴里发出阵阵鼾声；一个穿棉布衣服披披肩的女人坐在椅子上，低着头打着盹儿，她身上的披肩看着脏兮兮的，头上的帽子缀着做工粗糙的硬乍乍的让人觉得别扭的假花。女人的头低着，看样子睡着了，两只手抱着一个纸袋，一个柳条箱放在她脚边。霍拉斯这时候才想起自己忘了带烟斗。

火车进站了，睡觉的男人醒了，揽起皱皱巴巴的大衣上了车；女人也醒了，一只手抱着纸袋，另一只手拎着行李箱上了火车，霍拉斯跟在这俩人身后也上了火车。车厢里鼾声阵阵，坐在靠近过道儿的旅客脚和半个身子挡在车厢过道儿，头仰着，嘴巴张开，喉咙完全暴露在外，似乎不介意别人给那上面来上一刀似的，车厢里一片狼藉，仿佛灾难结束后的现场。

霍拉斯找到座位后打起了瞌睡，中途不时被火车停车时发出的咣啷声和车厢的晃动惊醒，但他很快又睡了过去，直到再一次醒来：清晨的阳光从车窗外透进来，车厢笼罩在橘黄色的霞光中，有人刚刚洗了脸，但依旧掩盖不住没有刮胡子的略显浮肿的脸上的疲态；刚刚醒来的人睁着惺忪的双眼，向旁边和对面的游客眨眨眼睛，算是问好。霍拉斯下了火车，找了个地方吃了早餐，然后上了另一辆车：车厢里一个男孩没完没了地哭着，车厢地板上到处都是被人嚼碎后丢弃的花生壳，空气里充斥着一股尿臊味，他找到一个座位坐下来，刚坐下没多久，坐在他旁边的那位乘客一低头吐出一口烟草汁，他站起来，往紧挨着黑人车厢的吸烟车厢走去。进去后里面烟雾腾腾，过道两旁的座位上坐满了人，有人高声说笑着，有人不停地往过道儿上吐痰。

他从那辆车下来，准备换乘另一辆车，等车的人有一半是身上穿着校服、衬衫和背心上别着校徽的大学生，这群年轻人像蜜蜂一样围着两个穿着颜色鲜艳的短衣服、脸上化着妆的姑娘嘻嘻哈哈地闹着。火车进站了，大学生们一拥而上，全然不顾等在他们前面的几个行动不便的老年人，找到座位后也不马上坐下，而是继续你推我揉嘻嘻哈哈，他们仰着的脸上挂着笑，露出一口洁白的牙齿，但这样的表情不能掩盖他们脸上的冷酷。三个中年妇女走进车厢，左右打量，似乎看还有没有坐的地方。

在站台上被男孩围在中间的那两个戴着蓝色和黄色帽子的女孩这时候坐在了一起，她们摘下帽子用手拢着头发。霍拉斯找到自己的座位坐下来。从他身后的靠椅座背上探出两个年轻人的脑袋，东张西望，不肯坐下。很多人没有座位，只能坐在座位扶手上，或者站在过道中间，打眼望过去，车厢里一片高低不平的帽子。列车员走了过来，嘴里不耐烦地吆喝着："检票了！检票了！"两个年轻人一下子从椅背上出溜下去，似乎很紧张。列车员检过霍拉斯的车票,走到那两个年轻人的跟前,让他们出示车票。

其中一个年轻人说:"你检了我们的车票了!"另一个年轻人补上:"在前面车厢检的。"

"票根呢?"列车员说。

"你没给我们票根,你把票拿走了,我车票号码是——"年轻人笑嘻嘻地报出车票号,"你记得你的车票号吗,沙克?"

另外一个年轻人也嬉皮笑脸地说了一个号。"你肯定拿走了我们的车票,找找看吧。"年轻人开始吹口哨,吹得断断续续,不成调。

"你在戈登食堂吃饭吗?"另一个年轻人问。

"不,我有口臭。"

列车员走了。两个年轻人开始吹口哨,一边吹一边用手拍着大腿啪啪啪地打起了节奏,听着他们制造的噪声,霍拉斯有点晕,仿佛自己面前放了一本书似的,书页不停地翻动,让看的人眼花缭乱,除了记住几行神秘的没头没尾的字符什么也没看到。

年轻人嘴里改了唱词:"她坐火车坐了一千英里没买过一张票……"

"玛奇没买票……"

"佩丝没买票……"

"哒哒了哒……"

"玛奇没买票……"

"星期五晚上我要给我那一位打个洞。"

"哎哟……"

"你喜欢吃肝吗?"

"我的手伸不到那么远。"

"哎哟……"

两个年轻人一边吹口哨一边跺脚,给自己打拍子。一个年轻人呼地一拉椅子,站起来,说:"好了,列车员走了。"椅子背碰到了霍拉斯的脑袋,他没说话。两个年轻人离开座位走到过道中,其他几个年轻人没有起来,仰起头看着那两个年轻人,其中一个年轻人用手挨个推着那几个看着老实巴交的同学的脑袋,一个怀里抱着孩子的农村妇女害怕地站起来,走到远一点的地方,扭过头往这边看着……

车到牛津镇后霍拉斯汇入下车的人流中,夹在一群大学生中间往位于山上的大学走去。女孩儿们一律没有戴帽子,衣裙鲜艳,手里拿着书,男孩子们穿着颜色花哨的衬衫,人流中间也有手牵手的男孩女孩,女孩儿扭着小巧的臀部,男孩子的手不时在女孩儿的身上蹭几下,霍拉斯不想看,紧走几步下了大路,在两三个女孩冷冷的目光中超过这群年轻人。

山顶上翠意葱茏,红色的砖楼和灰色的建筑物掩映在绿树之间,从塔楼传来悠长的钟声,学生们开始分散,沿着三条不同的小路各自匆匆而去,只有人群中的那几对情侣不慌不忙打打闹闹地走着。

霍拉斯沿着最宽的小路一直走到山顶,看到一座写着学生联络处的屋子后他走了进去,排在队伍里等着。轮到他了,他走到窗口前问:"我找一位叫谭波儿·德雷克的女学生。"

"她已经不在这所学校了,两个星期前离开的。"说话的办事员是个看上去有点呆头呆脑的年轻人,脸上戴着眼镜,皮肤光滑,头发梳得一丝不苟。霍拉斯又问:"你们知不知道她去哪儿了?"

办事员看了他一眼,弯下身,凑到跟前低声问:"您也是侦探吗?"

"是的。"霍拉斯说,"没事儿,我只是随便问问。"他从联络处出来,一步一个台阶往山下走去,走到半路上他站住了,太阳照在他身上暖暖的,不时有衣着鲜艳、光着胳膊、头发剪得很短的年轻女孩儿从他身边经过,她们脸上带着某种酷劲儿,眼神儿既单纯又大胆,嘴唇一律涂得性感张扬,让人想到旋律优美的音乐或者阳光下流淌的蜂蜜,想到一种无拘无束的岁月静好以及青春张扬的日子,想到过去的日子和转瞬即逝的欢乐。他站在石阶上,看着远处掩映在绿色中的石砖建筑物(它们在热浪里像是海市蜃楼)方方正正的柱子和尖塔,听着修道院传来的钟声,想,现在该干什么?然后回答自己,为什么要担心呢?算了吧,就让这件事结束吧!

离开车还有一个小时他回到了牛津镇车站,上厕所时他在厕所一面肮脏的墙上看见了"谭波儿·德雷克"的名字,为了看得更清晰些,他弯着腰看着,手里摩挲着玉米芯烟斗。

离开车还有半个小时的时候,学生们三三两两沿着校园的石阶下了山,站台上很快充满了年轻人的喧哗声和笑声,女孩儿穿着暴露的衣服,露出白净的长腿,周围的人觉得尴尬,可是女孩儿们似乎对此毫无察觉。

回去的火车带有一节普尔曼式卧铺车厢。霍拉斯穿过硬座车厢走进卧铺车厢,车厢里只有一位乘客,坐在车厢中部紧靠窗户的座位上。这人没戴帽子,后脖子的头发好像被铡刀切过似的整齐。他的胳膊搭在窗户边儿上,戴着戒指的手指夹着一根没有点燃的雪茄。霍拉斯找了个离那人不远的座位坐下，火车启动后不久那名乘客站起身，拿着大衣和呢帽向硬座车厢走去。霍拉斯用眼角的余光瞥到对方把手伸进胸前的口袋里掏着什么。那人侧着身子绕过列车服务员，戴上帽子，消失在卧铺车厢门口。驶出车站后火车开始加速，经过弯道时车厢有点晃动，车窗外不时闪过矗立在田野上的屋子，很快，火车开始在山谷里穿行，两边的山坡分布着呈扇形排列的棉株。

火车突然放慢了速度，车厢重重地震动了一下，随后从车窗外传来四声哨响，刚才那个男人重新回到卧铺车厢，沿着过道儿走了过来，他从口袋掏出一根雪茄，夹在指缝间，也许是看到了霍拉斯，他突然放慢了脚步，火车又摇晃了一下，那人伸手一下子抓住霍拉斯对面座位的椅子背稳住身体，嘴里说："这不是班鲍[①]法官吗？"

霍拉斯抬起头，面前出现了一张大脸，从那张脸上你看不出年纪——仿佛在一大片平原上突然出现了一个小山包，就好像造物主在创造这张脸时突然开了个玩笑，把应该给一只弱小动物，比如松鼠或者老鼠的鼻子安在了这张脸上。"我没认错吧？"对方朝霍拉斯伸出手，主动介绍道："我是参议员斯诺普斯，克拉伦斯·斯诺普斯。"

"哦，谢谢！"霍拉斯说，"我只是律师，不过还是谢谢你。"

对方不以为意地晃了晃拿雪茄的手，霍拉斯看着那只朝自己斜着向上伸过来的手掌（手的中指戴着一枚巨大的戒指，戒指把附近

[①] 霍拉斯的全名是霍拉斯·班鲍，班鲍是他的姓，西方人在正式称谓中常常会称呼对方的姓。

的皮肤箍得有点发白），伸出手敷衍地握了一下对方的手。"您在牛津镇上车时我就觉得是您，"斯诺普斯说，"只是没敢贸然相认，噢，我可以坐下吗？"不等霍拉斯说话他已经把手里的大衣（那是一件质量低劣的蓝色大衣，丝绒领子已经被磨得泛出油光）扔在霍拉斯旁边的座位上，然后身体靠过来，挤着霍拉斯坐下。"我这人就喜欢结交人……"他探过身，挡在霍拉斯身体面前，看着窗外：火车停靠在一个小车站，车站的墙看着很破旧，布告牌上用粉笔写着几行难以辨识的文字，一辆大卡车停在月台上，卡车车厢里放着一个铁丝编的鸡笼，笼子里装着孤零零的两只鸡，三四个穿工装裤的男人嘴里嚼着烟草紧挨候车室外墙站着。"我知道您不再在我们县住了，不过我常说，男人之间的友谊和他们投哪个党派的票没关系。朋友就是朋友！甭管他帮你还是不帮你，你们都是朋友……"斯诺普斯把身体靠回到座位上，他手里的雪茄一直没点火。"您不是从哪个大城市过来的吧？"

"不是。"霍拉斯说。

"任何时候您来杰克逊市我都招待你，你就把这里当成您的家乡。我常说，一个人再忙也不至于没有时间招待老朋友，对了，您现在住在金斯顿是吗？金斯顿的议员我很熟，也打过交道，只是一时半会儿突然想不起他们的名字。"

"我也叫不上来他们的名字。"霍拉斯说。火车开了，斯诺普斯扭头往后边的过道儿看了一眼，霍拉斯注意到他的浅灰色西服看上去虽然熨过，但很脏。斯诺普斯站起来，把大衣拿上对霍拉斯说："任何时候你去了市里……您这是要去杰弗生镇吗？"

霍拉斯说："是的。"

"那我们以后见。"

"您这就要走吗?这里人不多,相对来说比较舒服些。"

"我去抽根烟,"斯诺普斯晃了一下手里的雪茄说,"回头见。"

"想吸烟您就在这儿吸好了,这里没有女士。"

"我还是去那儿吧,车到圣泉站①我就回来。"斯诺普斯叼着雪茄走了。霍拉斯看着他的背影陷入了回忆:10年前这人还是一个看上去呆头呆脑的年轻人,现在已经变成了这副油滑的样子。斯诺普斯这家人是异乡人,20年前他们来到密西西比州,一开始落脚到法国人湾,然后来到杰弗生镇定居,他爸爸开了家饭馆,现在这个家族的人分布在杰弗生镇的各行各业,人数多得随便投一票就可以让自己家的人进入参议院。这小子现在就是参议院议员。

霍拉斯手里拿着没有点燃的烟斗坐了一会儿,然后起身往吸烟车厢走去。他看见斯诺普斯坐在一个座位的扶手上,在和旁边的四个男人说话,一边说一边打着手势,他手里的雪茄还是没有点燃,霍拉斯给斯诺普斯使了个眼色,过了一会儿斯诺普斯胳膊上搭着外套走了过来。

"州府有什么新闻吗?"

这句话似乎一下子让斯诺普斯打开了话匣子,他拉着一副粗哑的嗓子和霍拉斯聊了起来,谈话中表现出一副什么都知道的模样,随着话题的深入,更让霍拉斯觉得对方就是一个为了一些蝇头小利算计别人或者惯于贿赂的烂人,他脑子里浮现出一幅画面:穿着夹克衫的跟班躲在旅馆房间里和女招待们偷偷干些见不得人的勾当。

---

① 霍拉斯和斯诺普斯都要在圣泉站转车去杰弗生镇。

"您什么时候进城?"他说,"我带您四处走走,如果您想找什么地方,您尽管来问我,您问别人,他们只会说知道有这么个地方,但是问我就不一样了,因为我知道那地方在哪儿。对了,听说您在您的老家杰弗生镇接了一个比较棘手的案子?"

"现在还不能讲。"霍拉斯说,"我今天去了牛津镇。到大学里和我继女的同学打听了一下情况。她的一个好朋友,也是她同学,失踪了,那姑娘是杰克逊市的,叫谭波儿·德雷克。"

斯诺普斯睁着浑浊的眼睛盯着霍拉斯看了一会儿,说:"噢,您说的是法官德雷克的千金吧?我听说那姑娘从学校跑了……"

"跑了?"霍拉斯说,"是跑回家了吗?因为什么原因?学不下去了?"

"不知道。报纸登了消息,这儿的人都以为她跟哪个男人跑了,就是未婚同居。"

"应该不会吧。小贝要知道她同学发生了这样的事一定会吃惊的。那姑娘现在在做什么?在杰克逊市待着吗?"霍拉斯说。

"没有。"

"那她在哪儿?"他可以感觉到斯诺普斯在看他。

"报纸前两天报道说她父亲把她送到北边,好像是密歇根州吧,去和她姑妈生活。"

"噢,"霍拉斯把手伸进口袋里去掏火柴。他深吸一口气说:"杰克逊市的报纸上登的消息应该不是空穴来风是吧?"

"肯定不是。"斯诺普斯说,"你去牛津镇是为了找那个姑娘?"

"噢,不是,我是碰见我女儿的一个朋友,她告诉我这件事的。我现在回卧铺车厢,一会儿在圣泉车站见。"

"好的。"斯诺普斯说。霍拉斯返回卧铺车厢,找到座位坐下来,点着烟抽了起来。

当火车到圣泉站时,列车员打开车门放下踏板。霍拉斯起身,向两节车厢之间的连接处走去,准备下车,可是刚走了几步,看见斯诺普斯从对面车厢里出来也往门口走去,霍拉斯马上退回到座位上坐下,斯诺普斯下车前从前胸口袋里掏出个东西递给列车员,说:"给!乔治,抽根烟!"

等斯诺普斯下车后,霍拉斯才跟着人流在圣泉站下了车。他看着斯诺普斯的背影(脏兮兮的帽子让斯诺普斯看上去比周围的人高了半个脑袋)对列车员说:"他最后还是没抽那根雪茄,送你了。"

列车员把烟放在手掌里揉搓了一阵,放进口袋里。

"你要怎么处理它?"霍拉斯说。

"扔了,反正不会送人。"列车员说。

"他经常这样送人东西吗?"

"一年有三四次吧。他似乎喜欢这样做。"

霍拉斯看见斯诺普斯走进候车室,他头上的帽子看着脏兮兮的,很快那颗大脑袋又消失了。霍拉斯找到座位坐下后点着手里的烟斗抽了起来。

还没到候车室,他已经听到从孟菲斯方向驶来的火车进站的情况。他走进站台,看见斯诺普斯站在车厢外边,像是教训人似的在和两个戴草帽的年轻人[①]说话,火车发出了鸣笛声,两个年轻人跳上火车,霍拉斯赶紧退回到车站的拐角处。

---

① 这两个人年轻人是维吉尔·斯诺普斯和方索。

当他要坐的火车进站后,霍拉斯看见斯诺普斯在他前面上了这辆火车,往火车上的吸烟车厢走去。霍拉斯磕掉烟斗里的烟丝,上了车,在硬座车厢后部找到一个背对着吸烟车厢的座位坐下来。

二十

从杰弗生车站出来,一辆车缓缓从霍拉斯身后驶过来,开车的是那个常常拉他去纳西莎家的司机。"上车!这一次不收钱,正好顺路。"那人把车停到霍拉斯旁边说。

霍拉斯说了声谢谢,坐上车。当车开进杰弗生镇中心的广场时,法院外面那口大钟显示时间刚刚8点过20分,"也许孩子还在睡觉,"霍拉斯想,他对司机说:"你把我放到酒店就行,我——"他还要往下说下去,却看见司机看着自己,脸上带着一种外人很难觉察的好奇神情。

"你最近没有回来过吗?"司机说。

"没……怎么了?出什么事儿了吗?"

"她不在酒店住了,我听说沃克夫人让人把她抓到监狱去了。"

"噢!那送我去酒店。"

酒店大堂空空荡荡。霍拉斯等了一会儿,老板来了。这是一个脸色发青腆着肚子的男人,身上的马甲敞着,一看就不是善茬儿。他嘴里叼着牙签对霍拉斯说:"她不在我这儿,从教堂来了几个女士,把她带走了。"然后把牙签从嘴角拿下来,压低声音强调道:"她们今天早晨来的,人还不少,把她带走了!那帮女人的做派你也知道!"

"您在告诉我您让一群从教堂来的不讲理的人绑走了你的客人?"

"谁让她们是女人呢!女人一旦做什么事情,老爷们儿最好在一旁看着。这道理谁都懂。当然,我——"

不等他说完,霍拉斯嚷道:"上帝,如果当时有个真正的男人能出面干涉——"

"切!"老板说,"你又不是不知道,女人凶起来,男人能怎么着?"

"但是很显然当时并没有一个男人站出来帮帮她,你现在说自己怎么怎么,可是——"

"我不方便出面,"酒店老板让步似的往后退了退,后背顶着桌子说道,"如果您因为这个谴责我,我想我作为这里的老板,有权决定不让谁待在我的酒店里!说实话咱们这个镇子上地位比我高的人碰上这种事恐怕也得做出像我这样的决定!这是明摆着的!我不欠任何人的!更不欠您的!不欠!"

"那她现在在哪里?她们把她带去城外了?"

"那不关我的事,客人结账后我从不打听她们会去哪儿!"老板掉过头去,背对着他说:"不过我猜有人会收留她的。"

"你说得对!"霍拉斯说,"这些教徒!"他往门口走去,却被酒店老板从身后喊住,他转过身,看见对方从大堂的桌子抽屉里抽出一张纸,放在桌子上,霍拉斯走过去,酒店老板把手支在桌子上,嘴里咬着牙签说:"她说你会替她结账的。"

霍拉斯付了钱,数钱的时候他的手一直在抖。

从酒店出来霍拉斯去了那女人被关押的地方，他走进院子里，来到屋门前，敲了敲门，一个瘦瘦干干的妓女模样的女人提着油灯从屋里出来，女人的身上披着一件男人穿的大衣，不等他开口，女人斜着眼睛说："我猜你是来找古德温夫人的。"

"是的，你们把她——"

"我知道你是这镇子上的律师，我以前见过你，哦，她在这儿，现在正睡觉呢。"

"谢谢你。"霍拉斯说。"谢谢，我就知道有好心人会——我不相信——"

"只要是女人和孩子找到我，我一定会给她们个睡觉的地方，"女人说，"我才不在乎艾德怎么说。你很着急找她吗？她现在在睡觉，要不我——"

"不，不用了，她没事儿就好。"

女人在灯光那头儿看着他，"那我就不叫醒她了，你可以明天早晨过来，给她找个睡觉的地方，不急。"

第二天下午霍拉斯付钱找了辆车载他去了纳西莎家，到家后他去找纳西莎说了自己的想法。

"我想把她带回咱们那间屋子。"他对纳西莎说。

"我不同意！"

"这不是你同不同意的事，亲爱的妹妹，我必须这么做！"

"随便你带她去哪里都行，就是别去我的家！[①]这是我们以前说

[①] 这个"家"指的是霍拉斯和纳西莎从父母那里继承来的在杰弗生镇上的那间屋子，而不是纳西莎的家。

好了的！"纳西莎态度很坚决。

霍拉斯往自己的烟斗装上烟丝，点着后把燃着的火柴扔进壁炉里，说："你难道不知道吗？她没有地方可去，如果我们不收留她的话，她只能抱着孩子流落街头，如果是那样的话——"

"流落街头对她那样的女人不是什么难事，她已经习惯了不是吗？"

霍拉斯握着烟斗的手抖了一下，他抽了口烟，稳定一下情绪后看着纳西莎说："听着！明天他们就要把那女人赶出镇子去！就是因为她找了个黑人就得抱着孩子流落街头吗？那我问你，这对她公平吗？除了我全杰弗生镇的人没有一个人给她说句公道话，这正常吗？"

詹尼小姐说："你确实是第一个替那女人出头的人，但是——"她又转向纳西莎道，"纳西莎，为什么你不能——"

不等詹尼小姐说下去，纳西莎语气坚定地说："我的家不收留她！"

霍拉斯又抽了口烟，尽量放缓语气说："行了，我知道了。"

纳西莎站起来说："你今晚要住在这里吗？"

"什么？哦，不，我不在这儿住，我要回去找她——"霍拉斯狠狠抽了口烟，说："我住不住和这件事有关系吗？"

纳西莎正要走，转过身说："你要住还是走？"

"我可以和她说我和别人约好了。"霍拉斯说，"时间是好东西，用时间来解决事情可以延长解决事情的时间，就像手里拽着橡皮筋，你拉呀拉，直到橡皮筋绷断，然后伸着两只受伤的抓着一小团橡皮筋的手。"

"你要住还是走？霍拉斯！"纳西莎说。

"我住！"霍拉斯说。

霍拉斯躺在床上，怎么也睡不着，一个小时过去了，他还没有睡意。房间的门突然打开了，纳西莎走了进来。霍拉斯用胳膊肘支着身体从床上坐起来。纳西莎走到跟前对他说："你打算让这种状况维持多久？"

黑暗中霍拉斯看不到纳西莎的脸。他说："明天早晨，明天早晨我就回镇子，从你面前消失。"

纳西莎一动不动地站在床前，用她常有的不容分说的冰冷口吻说："你知道我的意思。"

"我答应你不把她带到镇子上的那间老屋里，你不相信我的话可以让伊索姆躲在外面的花圃那儿监视我。"纳西莎不说话了。霍拉斯继续说："你不会连我住在那儿也反对吧？"

"我才不管你住在哪儿，现在的问题是，我住在哪儿？我住在这儿！住在这座镇子上！而且我要一直住下去！但你不是，因为你随时可以离开！因为你是男人！"

"噢。"霍拉斯躺下去，不再说什么。纳西莎没有离开，看着霍拉斯，用平静的、像是在和他谈论墙纸是否漂亮，食物是否好吃那样的口吻说："你还看不清这件事吗？这里是我的家乡，我要在这里住一辈子，这里也是我出生的地方，我不管你要去哪儿，做什么。我也不在意你有多少女人，她们是干什么的。但是我不能想象我自己的亲哥哥和一个被镇子上的人议论来议论去的女人结婚，我也不指望你为我考虑，但是我希望你为我们的父母考虑一下，然后再决定帮不帮她。再说你完全可以带她去孟菲斯！镇子上已经有人在议论你们了，说是你不让那女人的男人从监狱里出来，不同意给他交保证金，说你在骗他！"

"你也是这样认为我的，是吗？"

"我什么都没认为。我怎么想不重要，重要的是镇子上的人怎么想！他们怎么看待这件事，这件事是真的也好假的也好，我统统不在乎，我在乎的是不能眼睁睁看着你为了这个女人在法庭上撒谎。去外面避避吧！霍拉斯。除了你，这里的所有人都认为她丈夫是一个冷血的谋杀犯。"

"她们也说她是一个谋杀犯，是吧？她们肯定是这样说的，带着她们身上那种有味道的万能的圣洁。她们有没有说是我杀了汤米？"

"谁杀的不重要！我的问题是，你非得要让自己掺和到这件事里吗？这里的人是那么相信你，可是你竟然偷偷把那女人带到咱们家里。"黑夜里纳西莎声音冷冷的，在霍拉斯的头顶盘旋，里面没有任何感情色彩。窗户外传来躲在黑夜里的知了和蟋蟀不和谐的叫声。

"如果哪天他们说我是杀人犯，你会信吗？"

"这和我相不相信没关系，你走吧，离开这里，去孟菲斯。霍拉斯，求你了。"

"让她一个人对付那些人，孤立无援？"

"如果你坚持认为她男人是无罪的，那就为他请个律师。我付律师费，你用这笔钱找一个专门打刑事案件的律师为他辩护。你难道看不出来吗？那女人不会在乎她男人的安危的！她在利用你，想不花一分钱把她男人从监狱里救出来！她有钱，只不过被她藏在了哪里。求你了，明天就回镇子上住吧。"说完纳西莎转过身走了，从黑暗里传来她的声音："你吃完早饭再走。"

第二天早晨吃早饭的时候，纳西莎问他："检方那边派出的律师是谁？"

"是杰弗生镇的地区检察官，你问这个干什么？"霍拉斯说。纳西莎又问詹尼小姐："我们这里的地区检察官叫什么？"

"叫尤斯塔斯·格莱姆！你认识他，"詹尼小姐说，"你还投过他的票，你打听这个干什么？你是在找能代替格温·斯蒂文斯的人吗？"

"我只是好奇，没别的意思。"纳西莎说。

"骗谁呢！"詹尼小姐说，"你才不会好奇呢！你可不是闲得住的人！"

霍拉斯去理发。斯诺普斯也在理发店里。斯诺普斯下巴扑着粉坐在理发椅子上，房间里散发着发油的臭味，他脖子系着领结，衬衫前胸上别着人造红宝石领针，颜色与他手上的戒指相配。领结是蓝色带白点的颜色，细看会发现白色的圆点很脏，刚刚被剃刀刮过的脖子，熨帖的衣服，鞋子闪闪发光，让人感觉面前的这个人刚刚被干洗过，而不是拿水洗过。

"你好，法官，我听说你在给那个当事人找住宿的地方，我说过——"斯诺普斯探着身子往霍拉斯跟前靠过来，浑浊的眼珠转来转去，压低声音说道，"——教会不应该插手政治上的事情，女人更不应该和教会和政治掺和，更别说法律上的事情了，女人就应该待在家里打理家务，省得她们揪着别人官司上的事情不放。有些事情就该男人来管！你把那女人安排在哪儿了？"

"她现在在监狱里。"霍拉斯敷衍了一句要走，斯诺普斯不经意地堵住他说："您这下子把全镇的人都惹了，他们说是你不肯给古德温交保释金，所以他还在监狱里待着——"见霍拉斯不说话，斯诺普斯又说："我常说这个世界一半的麻烦都是由女人引起的，比如那个女孩儿，到处招摇，惹了那么大的事，现在她老爹把她送到州外去算是做对了。"

"哦。"霍拉斯的语气里透出火气。

"听说您的官司很顺利，我也替您高兴。和您说句悄悄话，我可真愿意看见像您这样优秀的律师在法庭上让那些地区检察官下不来台。他们那样的人只要坐进县城的一间小小办公室里，马上就会得意忘形！好了，不说了，很高兴能在这儿见到您，这几天为了生意上的事我要去镇子北边一趟，不知道您愿不愿意同去？"

"什么？"霍拉斯说，"去北边？哪儿？"

"孟菲斯呗。您有需要捎带的事情吗？"

"没有。"

二十一

列车快到孟菲斯站了[①],维吉尔·斯诺普斯变得越来越安静。和他一起来的方索正相反,手里拿了包浇了糖浆的爆米花,一边吃一边说,似乎没有注意到维吉尔的沉默。到站后两个人戴好帽子,拎着崭新的人造革行李箱下了火车。

方索问维吉尔:"我们先去哪儿?"维吉尔没有回答。方索的帽子差点被人群挤掉,他抓住帽子问维吉尔:"下一步我们往哪儿走?"维吉尔还是不说话,方索眼睛瞪了起来:"有问题吗?"

"没问题。"维吉尔说。

"那我们下一步去哪儿,你来过这里,我可是一次都没来过。"

"我觉得我们先四处走走看看。"维吉尔说。

方索用蓝瓷般的眼睛看着维吉尔说:"你没事儿吧,火车上你一直说你来过孟菲斯多少多少趟,我看你也许一次都没来过。"一股人流挤散了两个人,他们只能隔着人群队伍看见对方。终于,方索跟了上来。

---

① 维吉尔和方索刚才在圣泉火车站转车时碰见了维吉尔的亲戚克拉伦斯·斯诺普斯。在圣泉车站分手后,维吉尔和方索坐上了去孟菲斯的火车,克拉伦斯则坐上了去杰弗生镇的火车。

"我来过。"维吉尔说，但他的眼神似乎很茫然。

"那我们下一步去哪里，车站会关门，直到明天早晨8点才开门。"

"那么着急干啥？"

"因为我不想一整晚都待在车站上。你原来来这里的时候都去哪儿？"

"当然是去酒店。"维吉尔说。

"哪个酒店？这里酒店很多，你觉得酒店会让我们两个人住一个房间吗？你要带我们去哪个酒店？"

维吉尔眼睛里闪烁着不确定的神色，说："盖索酒店吧。"

"那就走吧。"方索说。两个人刚出车站出口，一个男人就对他们吆喝道："要坐出租车吗？"紧跟着上来一个戴红帽子的人来提方索手里的行李箱，方索没有松手，说："留神。"他们来到大街上，很多出租车司机过来问他们要不要坐车。

"这就是孟菲斯？我们朝哪个方向走？"方索扭头问维吉尔，维吉尔推开一个凑上来问他们坐不坐车的出租车司机，说："从这边走。一会儿就到了。"

两个人走了一英里半的路才到达盖索酒店。方索说："这就是孟菲斯？长这么大我第一次来。"他们走到酒店门口，立刻有门童上来要帮他们提行李箱，两个人闪开门童，自己提着行李箱直接进了大堂，大堂装修豪华，地上铺着瓷砖。维吉尔突然不走了，方索催促道："走呀，怎么不往前走了？你不是以前来过吗！？"

维吉尔说："我是来过，可是这里很贵的，一天要一块钱的住宿费。"

"那怎么办？"

"再去别的地方看看。"

两个人重新回到街上。时间已经是下午5点了，他们拎着行李箱在街上转悠，看见一家酒店后两个人走上前，在门口看见里面大理石的地面、黄铜痰盂、门童、坐在绿植下面看书的客人就又退了出来。

"这间可能更贵。"维吉尔说。

"那也得住，总不能一晚上都在大街上溜达吧。"

"我们去别的街上再找找。"维吉尔说。于是两个人离开主街，走到一个拐角处，维吉尔说："我们别在主街上晃悠了，那里的酒店尽是些大玻璃窗和上来给你拎包的黑鬼，住店的钱一半都给了他们。"

"为什么这么说？那些玻璃窗和黑鬼不都是现成的吗？他们属于酒店，我们干吗要付给他们钱，应该是酒店付给他们钱。"

"打个比方说，如果我们住进去了，正巧这时候有人把酒店玻璃砸了，而他们也没逮住砸玻璃的人，你以为他们不会把买玻璃的钱算在住客的头上吗？"

5点半左右他们拐进一条狭窄的小巷子，巷子两旁的房子看着很简陋，院子也是破破烂烂，他们在一座三层小楼前停下，楼前没有草坪，房子的入口外围有一个隔扇做的假门，楼梯上坐着一个身穿宽大衣服的女人，院子里跑着两只白色的小狗。

"我们问问这家。"方索说。

"这不像酒店，外面也没有标牌。"

"怎么不像？！肯定是酒店，哪有人家住三层楼楼房的？！"

"我们不能从这里进去,这里是后门,因为那里有个厕所。"维吉尔朝那个隔扇假门摆了一下头说。

"那我们绕到前边去,走!"方索说。

他们从街角绕过去,却看到前面是汽车陈列室,两个人站在街角,手里拎着行李箱,踌躇着。

方索说:"我一点都不信你说你来过孟菲斯。"

"我们再回到后面去,那里应该是前门。"

"谁家前门修个厕所?"

"我们问问那个女人不就行了。"

"谁去问,反正我不问。"

"不管怎么说,先回去再说。"

他们返回原处,可是女人和狗都不见了。

"你干的好事。"方索说。

"等一会儿,也许过一会儿她会出来。"

"现在快7点了。"方索说。

他们把手提箱放在篱笆下面。路两边的屋子逐一亮起了灯,灯光从参差不齐的窗户里漏出来,西边的天空透着宁静。

"我闻到了火腿的味道。"

一辆出租车开过来停在路上,一个体形丰满的金发女郎和一个男人相继从车上下来。两个人看着那一男一女的背影消失在隔扇门里。方索小声说:"啧啧!他们两个怎么进一个厕所?"

"也许是两口子。"

"那男的肯定不是她丈夫!"方索说,"有好戏看了,反正我要进去看看,走!"他朝隔扇门走去。

"等一下，先别进。"维吉尔叫住他。

"你想在这儿等就等着好了！反正我要过去看看！"方索往那扇门走去，维吉尔赶紧拎起手里的箱子跟了上去。方索试探地走进去，进去后说了一句"老天！"原来里面还有一扇玻璃门，门上挂着窗帘，方索开始敲门。

"按那个铃！城里人不随便给人开门的，你得按门铃才行！"维吉尔说。

"嗯。"方索答应着，用手去按铃。门开了，是刚才那个坐在台阶上的胖女人，女人身后传来狗跑动的声音。

"你这里还有多余的房间吗？"

胖女人看看他们，又看看他们头上的新帽子和手里的行李箱，说："谁告诉你们来我这儿的？"

"没人告诉我们。我们是偶尔路过。"

胖女人看着他们，不说话。

"其他酒店太贵了。"

胖女人吸了口气问："你们来孟菲斯干什么？"

"来做生意。我们打算待一段时间。"方索说。

维吉尔接过方索的话说："如果住在这里不贵的话，我们可以常住。"

胖女人看着维吉尔说："宝贝儿，你们是从哪儿来的？"

两个人说他们是从哪儿来的，还说了自己的名字，最后说："如果这里住得好的话，我们打算住一个月。"

"住多久都没关系。"胖女人看着他们说，"你们两个可以在我这里开一个房间，但是如果你们在房间里做生意，我会加收费用。

我也得赚钱生活。"

"我们不会在这里做生意。"方索说,"我们去学院做生意。"

"哪个学院?"瑞芭小姐说。

"美发学院。"方索说。

"呦,这么说我这儿迎来了个大人物!上帝!哈哈……"胖女人手放在胸口上大笑起来,笑得喘不过气似的,笑完了她对不解地看着她的两个年轻人说:"上帝!进来吧!"

胖女人叫瑞芭,她领着他们去了这座屋子最上一层,先领着他们看了公共洗澡的地方,然后领着他们来到较里面的一个房间门口站下,瑞芭小姐刚要推门,从里面传出一个女人的声音:"等一下!"一个穿和服的女人从里面出来,和几个人擦肩而过,往走廊那端走去。女人身上的香味让两个年轻人心头一震,方索用胳膊肘轻轻顶了一下维吉尔,悄声说:"看见没有?又是一个。看起来她有两个女儿,好家伙!你有没有感觉自己像进了一个母鸡窝?!"

住下来后的第一个晚上他们很晚才睡着……从城市里传来的声音让人感觉既陌生又新奇,既迫在眉睫又距离遥远,既隐隐含着某种威胁又在威胁里蕴含着希望——远处闪烁的灯光在他们的脑海里像波浪一样绵延起伏,五彩斑斓的灯光里出现了女人风姿绰约的身影,她们含情脉脉脚步轻盈地走过来,让人既兴奋又惆怅……方索感觉自己的眼前似乎飘着玫瑰色的帘子,掀开一层又出现一层,帘子后面总有一个娇喘微微的声音,他感觉自己似乎化身成为大力神……也许明天能和老板娘的女儿搭上话,他睡意蒙眬地想,也许明天晚上我们就能……天亮了,从窗缝里透出的一缕晨光像把扇面照在天花板上,窗户底下传来一个女人和一个男人的小声说话声,然后是关门的声音和一个女人上楼的脚步声以及她身上的衣服摆动时发出的窸窣声。

楼房里开始有了动静：那是人说话的声音，中间夹杂着笑声，还有弹钢琴的声音。"你听到了吗？"他小声问维吉尔。

"这是个大家庭。"维吉尔睡意蒙眬地回答。

"大家庭？什么大家庭？！他们是在举行舞会，要是我们也能参加就好了。"方索说。

第三天早晨他们正要出门，瑞芭小姐站在他们房间门口说镇子上来了一群侦探要找会议室，所以她想下午征用一下他们的房间。瑞芭小姐说："不用担心，我会让米妮把你们的行李都锁进柜子里，再说没人敢在我这里偷东西。"

两个人来到街道上，方索问维吉尔："你觉得瑞芭小姐是做什么生意的？"

"这我怎么知道？"维吉尔说。

"我要是能在这里工作就好了！这个地方有这么多穿着睡衣的女人，每个人看上去都挺忙。"方索说。

"在这里工作能有啥好处！那些女人一看就都是结过婚的！"

第二天下午他们从学校回来，发现洗脸台子上放着一件女人的内衣，方索捡起来说："也许她是个裁缝。"

"估计是，"维吉尔说，"好好检查一下，看有没有丢东西。"

这间屋子似乎住的都是些晚上不睡觉的人。每天晚上都有人在楼上楼下走来走去，以对女人肉体的敏感，方索能感觉出都是些女人。他睡在房间里，却总感觉到房间里有女人，好像床周围围着一圈女人。维吉尔已经呼呼大睡，方索却睡不着，墙那边似乎有喃喃的说话声和丝绸的轻微摩擦声，这声音甚至从地板缝里传过来，他悄悄起身，挪开门上的锁，露出一道门缝，但是并没有女人出现。来孟菲斯已经两个星期了，他却哪儿都没去过，他想到了自己刚认识的同学，也许他们可以帮助自己了解这个城市……

到了第十二天的时候，他告诉维吉尔自己要和理发学校里的同学一起出去玩。

维吉尔问："去哪儿玩？"

"你先别问，你只要回答我想不想跟我们一起去就行，是我找的地方，我们来这里两个星期了，可是哪儿都没去过……"

"要花多少钱？"

"不想花钱还想玩好，哪有那么好的事？"方索说，"你去还是不去？给个痛快话！"

"去！"维吉尔说，"但是我不一定花钱。"

"这话等你到了那儿再说不迟。"

他们去的是妓院，是同去的那个理发学校的同学带路，从妓院出来后方索说："我来孟菲斯两个星期了，居然连有妓院这件事都不知道？"

"不知道也不是坏事！"维吉尔说，"弄一次怎么也得3块钱！"

"不值吗？"方索说。

"凡是不能拿着带走的都不值3块钱。"维吉尔说。

快到家时方索站住了，说："我们得偷偷溜进去，要是给那女人发现我们去的是妓院，她也许不会同意我们和这些太太小姐住在一栋房子里。"

"说得对，"维吉尔说，"你真该死！你让我花了3块钱，现在又得担心被她们从住的地方轰出来。"

"你跟着我，我怎么说你就怎么说，其他什么也别说就好了。"

米妮开的门，当他们进屋后，发现钢琴声震耳，瑞芭小姐手里端着杯子站在她房间门口说："噢，这两个年轻人回来得可是够晚的！"

"是的，"方索推着维吉尔往楼梯口走去，"我们去参加祷告会了。"

两个人回到房间躺下，没有开灯，听着从房间门外传来的钢琴声。

维吉尔说："你让我花了3块钱。"

"闭嘴吧！"方索说，"我来这儿两个星期了还不知道妓院是怎么回事儿呢。"

第二天黄昏时分他们从外面回来，屋子里已经亮起了灯光，几个女人从瑞芭小姐的屋子里出来，迈着修长的腿钻进停在外面的车里，车里坐着男人。

"我们再去花3块钱玩玩怎么样？"

"还是不要去了吧，每天都去，太花钱。"维吉尔说。

"你说得对！"方索说，"给人看见了，回头再告诉她就不好了。"

过了两个晚上，维吉尔说："又想花钱了！要是去的话又得花3块钱，这3块钱要是花进去，那就花了6块钱了！"

"你不想花就别去！"

他们又去了，回来的路上方索对维吉尔说："这次你得好好装出个样子来，上次你那么不自然，差点让她看出来。"

维吉尔闷闷不乐地说："看出来又能怎么样？她还能吃了

咱们?!"

两个人站在隔扇门外,小声说着话。

方索说:"你怎么知道她不会赶我们走?"

"我觉得她不会。"

"你凭啥说她不会赶我们走?"方索打开隔扇门。

"我猜的。"维吉尔说,"那6块钱要是拿来买吃的多好!"

米妮给他们开的门,说:"有人找你们。"

两个人没进房间,在厅里等着来找他们的那个人。

"这下被抓住了,"维吉尔说,"我和你说过我们还是别去那种地方的。"

"闭嘴!"方索说。

一个歪戴帽子又高又壮的男人搂着一个穿红衣服的金发女郎走进厅里。维吉尔惊讶地喊了一声:"怎么是你?克拉伦斯!"[①]

在两个人的房间里,克拉伦斯问他们:"你们怎么找到这个地方的?"

"正好碰见就在这儿住下了。"维吉尔说。他们告诉克拉伦斯这几天的经历,克拉伦斯手里夹着烟坐在床边问两个人:"你们今天晚上打算去哪儿玩?"

方索和维吉尔没说话,用一半迷茫一半警惕的眼神看着克拉伦斯。克拉伦斯说:"别掖着藏着啦!我还能不知道你们去过哪儿?说呀!"方索和维吉尔告诉他去妓院的事。

维吉尔说:"我在那里一晚上花了3块钱。"

[①] 指克拉伦斯·斯诺普斯。

"你们两个简直就是杰弗生镇最大的傻瓜!"克拉伦斯说,"我带你们去个地方!"两个人跟在克拉伦斯后面离开了瑞芭小姐的屋子,穿过三四个街区后,克拉伦斯带他们穿过一条两边都是黑人开的商店和剧院的街道,拐进一条狭窄昏暗的小巷子里,来到一座散发着红色灯光,响着音乐声、尖叫声和脚步声的屋子前。敲开屋门后三个人跟着给他们开门的人来到一间面积不大的房间里,这是个客厅,两个穿着邋遢的黑人正在和另外一个穿着油脂麻花的工装裤的男人争吵,从客厅里可以看到旁边一个房间的门开着,里面坐满了穿着鲜艳衣服的黑人妇女,头发梳洗过,嘴唇上涂着金色的口红。

"怎么都是黑鬼?!"维吉尔说。

"当然都是黑鬼,"克拉伦斯手里多了一张钞票,他把钞票在维吉尔眼前挥舞了一下,"看见这个没?钱这东西可没有颜色!"

二十二

第三天霍拉斯给女人和孩子在镇子边儿上找到了一处住的地方。屋子从外面看破破烂烂，疏于打理，屋前的荒草已经长到齐腰高，人走进去像是进了森林，从后门到大门有条被人踩出来的小路。屋子整晚都点着油灯，从屋里透出微弱的灯光。屋子后面的小路上 24 小时停着一辆带车厢的马车或者平板马车，一个黑人常常在这间屋子里进出。

房东是一个精神不太正常的白女人，据说她会给黑人下咒。曾经有警察进入那间屋子去搜走私的威士忌酒，但是警察们除了几捆干乍乍的大麻和几只脏瓶子（瓶子里装着不知道是什么液体，但绝对不是酒）外什么都没有找到，头发花白的老太婆被两个警察披头散发地从屋里揪出来后一直又吼又喊，沙哑着嗓子对警察骂个不停。

霍拉斯安顿女人在这座屋子的侧屋住了下来。屋子里只有一张床，屋子的垃圾桶里是满的，一到晚上耗子就出来找食吃。

"这里还算安全，"霍拉斯给了女人自己一位邻居的名字和电话号码，"你可以随时打这个电话找到我。"接着又想起了什么似的说："还是先别打这个电话了，明天我去电话局联系给自己的屋子里装部电话,这样方便些。"

女人说:"我会的,不过你还是少来这里为好。"

"哦,我不怕别人说三道四。"

"可是你要在这个镇子生活。"

"我从来不在乎别人说闲话,至于那些女人,她们就喜欢造谣生事,指手画脚……"霍拉斯虽然这么说,但他心里很清楚自己也就是说说而已。他也知道女人的真实意思,他想,女人的天性让面前的这个女人对外人的帮助持怀疑态度,这看似她不愿意往好了想别人,其实也是一种聪明的做法。

"如果需要的话,我会去找你的。没有人愿意雇我工作。"女人说。

"上帝!"霍拉斯说,"那些泼妇,她们——"

第二天霍拉斯找电话公司的人安好了电话。他有一个星期没有见到自己的妹妹了。他也没有告诉纳西莎自己安了电话。离开庭还有一个星期的时候,一天晚上,家里的电话响了,他以为是纳西莎打来的。从电话那头传来从留声机或者收音机发出来的音乐声,中间传来一个男人阴森森的声音。

"你好,律师。我是斯诺普斯。"对方一上来就自报姓名。

"谁?你说你是谁?"

"参议员斯诺普斯。克拉伦斯·斯诺普斯。"音乐声模模糊糊,听上去很遥远。从电话里霍拉斯可以想见电话那头的人的模样:脏兮兮的帽子,厚实的肩膀,躲在小商店或者小饭馆的角落里给他打电话,他把电话筒放在嘴边,手捂在电话上(那双手软绵绵的似乎没有骨头,上面戴着戒指)小声地把字送进去。

"噢。你好,有事吗?"霍拉斯对着电话听筒说。

"我手里有个消息,也许您会感兴趣。"

"感兴趣?"

"是的。而且我估计这个消息会让好几个人感兴趣。"电话那头还在重复着不知道是从收音机还是从留声机放出来的靡靡之音,给人的感觉像是被关在笼子里的两只猴子在争吵,中间夹杂着一个男人粗重的喘气声。

"好吧,你怎么知道我会对你的消息感兴趣?"

"我不知道,我只是留给你自己考虑。"

"好吧,我早晨要去镇子上,我们可以见个面。喂?"电话那头的男人的呼吸声很重,就像是在霍拉斯耳边,声音虽然没什么起伏,但是很粗重,霍拉斯突然有一种不祥的感觉,他对着话筒重复道:"喂!"

"我觉得你不会对这个消息有兴趣,我去找别人了,不再打扰你,再见!"

"等等! 你先等等,听我说!"

"嗯?"

"我现在就过去,15分钟后我们在——"霍拉斯说。

"我有车,我可以开车去你那儿。"

在房间里等了一会儿,霍拉斯出屋向院门走去。萤火虫在柏树丛里飘飘荡荡,柏树的枝干高高地指向天空,像是剪影,略略倾斜的草坪被月光镀上了一层淡淡的银色,夜色里一只夜鹰凄苦的叫声和虫子的叫声混在一起。他在门口等了一会儿,三辆车开过去后,第四辆车转了个弯在门口停下了。霍拉斯迎上去:车里坐着克拉伦斯·斯诺普斯，肥大的身躯让人觉得他似乎是在车顶没安装之前被塞进去的。两个人握完手后斯诺普斯说："你好，法官，刚知道你搬回镇子上住了，还是给萨托里斯夫人打电话找你才得知的。"

霍拉斯没有寒暄，直奔主题："说说你带来的是什么消息？"

斯诺普斯干笑了一声，看着霍拉斯家的屋子，不说话。

霍拉斯看他这样，就说："就在马路上说吧，省得你一会儿开车回去还得给车掉一下头。"

"这里不太方便，既然你这么说了，也行。"斯诺普斯说。

"那就到我屋子里说。"霍拉斯说，斯诺普斯打开车门，示意霍拉斯上车，霍拉斯："你开进院子里，我走着。"斯诺普斯把车开进院子，等到他从车上下来，霍拉斯问他："说吧，什么消息？"

斯诺普斯看着霍拉斯的屋子说："你一个人住在这里吗？"霍拉斯没说话，斯诺普斯说："我一直说的一句话就是：任何结婚的男人都应该有自己单独的地方住，在自己的地方住自在，别人管不着，男人沾惹花花草草不对，但只要别让自己太太知道也就无伤大雅，您说是吗？女人不知道，也就不会发脾气胡闹，您说是不是这么回事儿？"

"她不在这儿！"霍拉斯说，"想说什么直说，你来找我为了什么事儿？"

他又一次感觉斯诺普斯在打量自己，毫不掩饰的眼神里流露出盘算和不信任的神色。斯诺普斯说："我总说各人自扫门前雪，我没有说您的意思，但是您多花点时间了解我，就会知道我这人嘴巴不大，我爱打听事儿不假，但是……来抽根烟？"斯诺普斯的手往胸前的口袋里伸去，从里面摸出两根烟。

"我不抽烟,谢谢。"

斯诺普斯点燃一根烟,火柴的光映照出他那张像是一张大饼的脸。

"你见我有什么事儿吗?"霍拉斯说。

斯诺普斯吐出一口烟。"几天前,我得到了一个消息,如果我没想错的话,我认为这消息对你很有价值。"

"噢,什么价值?"

"我会让你自己判断这消息对你有没有用。其实我觉得其他的人也想知道这个消息,我可以卖给他们,但是考虑到咱俩是一个镇子的,所以我想把这消息卖给你。"

霍拉斯暗自思忖:这家伙住在法国人湾,现在他们家还有人住在法国人湾。他知道在那个没几个人识字的地方,消息是怎么从一个人嘴里鬼鬼祟祟地传到另一个人的耳朵里的。如此说来站在自己对面的家伙掌握的消息一定不是可以卖给州府检察机关的消息,因为他还没有傻到那分儿上。

"你最好先告诉我是什么样的一个消息。"他说。

他似乎感觉到斯诺普斯在看着自己。"你还记得那天你在牛津火车站?"

"记得。"霍拉斯说。

斯诺普斯吐出一口烟圈儿,烟圈儿晃晃悠悠好久才散。他抬起手摸着后脖子说:"你还记得你和我提到过一个女孩儿?"

"是的,怎么了?"

"怎么了?"

银色的月光下飘浮着一股淡淡的忍冬花的味道,空气里传来夜鹰的叫声,叫声像水一样丝滑,带着一点点哀怨。"你是想告诉我你知道那女孩儿在哪儿?"看见斯诺普斯没有说话,霍拉斯说:"你想要钱?"斯诺普斯还是没有说话。霍拉斯把手插进口袋里,说:"你凭什么认为我会对你提供的消息感兴趣呢?"

"你自己判断有没有兴趣好了。我没有杀人,也没有去牛津镇找那个姑娘。如果你不感兴趣的话,我可以把这个消息卖给感兴趣的人。我只是给你一个机会。"

"我们坐下来说。"霍拉斯转过身朝屋子走去。他走得很小心,像是一个老人。斯诺普斯跟在他后面,两个人在台阶上坐下来。月光底下霍拉斯问道:"你知道她在哪儿?"

斯诺普斯抬起手摸着后脖子说:"我见到过她,肯定是她,如果不是她的话,我可以把钱还给你。这么说公平了吧!"

"说吧,你要多少钱?"霍拉斯说。斯诺普斯没说话,吐出一口烟圈。"说呀,我不会和你还价。"霍拉斯说。斯诺普斯说了个数,霍拉斯说:"行!给你。"他收回腿,把两只胳膊肘放在腿上,把脸埋在手掌里待了一会儿。"她在哪儿——等一下,我问一下,你是浸信会的吗?万一你是呢?"

"我家里人信教,但我比较自由,不是死板的人,了解我的人知道我是一个什么样的人。"

"好吧。"霍拉斯低着头,他的脸包在手掌里问,"那姑娘在哪儿?"

斯诺普斯说:"现在告诉你也不要紧,反正你不会不给我钱的。那姑娘在孟菲斯的一间妓院里……"

二十三

傍晚时分,霍拉斯去了瑞芭小姐的妓院。从外面看,屋子年久失修,有的地方墙皮已经剥落,屋里没有点灯,窗户在微明的夜色里反射出灰白色的光。霍拉斯刚要从隔扇门拐进去,听到身后有人叫自己,他回头一看:一个人从拐角处探头探脑地出来,先是仰起头打量了一下屋子,又警觉地往左右看了看,然后沿着篱笆边儿的那条小路朝自己这边走过来,他认出是斯诺普斯,就站住了。斯诺普斯走过来,但是不看他,目光掠过他的肩膀,看着他身后说:"男人就应该出来见见世面,做点无伤大雅的事情——"

"你来这儿干什么?等着抓我现行?然后以此要挟我?"霍拉斯说。

"我不是那样的人!到处扯闲话,和人说你来瑞芭小姐开的妓院寻欢作乐。你放心,律师大人,如果一个男人到处说别的男人的那点事情,那他甭想在杰弗生镇混下去。"

"既然你知道我来这里要干什么,那你还说什么?"

斯诺普斯冲霍拉斯眨眨眼睛说:"当然不是,我知道你的苦处,结婚了,但是和老婆又那个……你放心好了,我不会和任何人说的,只是我不想眼睁睁看着你——"不等他说完,霍拉斯已经往里屋门口走去,斯诺普斯急了,喊道:"律师,别在里面久留。"

"什么?"

"你见过她就出来,别待太久,这地方可宰人呢!专门骗乡下来的年轻人,比蒙特卡洛的价钱还贵!我在外面等着,您进去看一下就行,我可以带你去另外一个——"不等他说完,霍拉斯已经消失在那个隔扇门里。

两个小时过去了,霍拉斯一直没出来。他坐在瑞芭小姐的对面说着什么,门关着,走廊里不时有人出出进进,还有上楼下楼的声音。米妮手里拿着一张撕破的纸走了进来,把那张纸递给霍拉斯。

"你递给他什么东西?"瑞芭小姐问米妮。

"是外面一个长着大饼脸的男人让我交给他的。说让这位律师去一趟他纸条上写的这个地方。"米妮说。

"你没让他进来?"瑞芭小姐问。

"没有,他没说要进来。"

"谅他也不敢进来!"瑞芭小姐哼了一声,又问霍拉斯:"您认识他吗?"

"不瞒您说,我认识。"霍拉斯打开手中的纸条,纸是从传单角上随手撕下来的,上面用铅笔写着一个地址,每个字都写得很清楚。

"给您字条的这个人大约两个星期前来过我们这儿!"瑞芭小姐说,"说是来找他的两个朋友,他坐在客厅里,贼头贼脑地盯着进进出出的姑娘们的屁股看来看去,可是看了半天一个姑娘都没找!一分钱都没花!米妮!你说!他在我们这里点过吃的喝的吗?"

"没有。"米妮说。

"没几天他又过来了,还是傍晚来的,还是没花钱,坐在厅里和我说了半天的话,我对他说:'先生,来我这儿的人总得出点血。'等到他第三次来的时候,手里拿着半品脱的威士忌。说实话,我不介意客人自己带酒过来,只要他是花钱的主儿,可是这个人已经来了三次,后来过来三个姑娘招待他,他只是要了四杯可乐,然后拧拧姑娘们的屁股就完了……像他这样的抠门的穷鬼,我可不接待!所以我就告诉米妮下次别让他进门!有一天下午我睡午觉的时候,他又来了,也不知道他给米妮使了什么法子,米妮放他进来。米妮!你说!他给你使了什么法子你放他进来?是不是他给你看了男人那个东西,然后你——"

米妮赶忙摇头说:"我才不想看他那个东西呢!男人那东西我见的还少吗?"

米妮的丈夫是个厨子,因为不喜欢米妮在妓院做事,他偷了米妮几年攒下的衣服和珠宝跟着一个女招待跑了。

瑞芭小姐说:"那家伙前三次来的时候,一直在绕来绕去地问我谭波儿的事情。我叫他直接去问金鱼眼,别的什么都没说。他第四次来的时候是下午,两点钟左右,那个时间我正在午睡,不知道当时发生了什么,据米妮说他进来后问米妮谁在这儿,米妮说没人,他就直接上了楼。米妮说他刚上楼,金鱼眼就来了,米妮吓得不知道如何是好,又不敢告诉我,怕两个人打起来我解雇她,因为那时候她男人刚和人跑了,她可需要这份工作呢!"

"米妮说当时金鱼眼像只猫一样悄无声息地上了楼梯,站在你打听的这位朋友身后。当时他正跪着从门上的锁眼里偷看着房间里的动静。米妮说她看见金鱼眼歪戴着帽子站在他身后看了一会儿，然后掏出一根火柴，在大拇指上擦着，点着一根烟叼在嘴里，另一只手举着还在燃烧的火柴去燎那人的后脖子。米妮说她当时站在楼梯口偷看，说跪在地上的那个人脸都吓紫了，像是从烤炉里拿出来的饼子，金鱼眼嘴里叼着烟，一把抓住地上那个人的头发，把他的脸扭过来看着自己，把米妮吓得！赶紧噔噔噔跑下楼，过了10秒钟那人像拉大车的牲口似的啊欧啊欧地叫着，两手抱头冲下楼，跑到门口，一边用手抓门一边疼得嘶嘶叫（那声音和风倒灌进烟囱似的），米妮赶紧打开大门放他走了。那是最后一次我们看见他，然后就是今天晚上……给我看看他给你写了什么？"霍拉斯把手里的纸条递给他，瑞芭小姐看了后说："这是一个专门招待黑人的妓院。米妮！你去告诉那个人，就说他的朋友不在这儿，我们也不知道他去哪儿了。"

米妮出去了，瑞芭小姐对霍拉斯说："我这里啥人都来啥人都有，所以我得立好规矩。也有干你们这一行的到我这里找乐子的，这会儿客厅里就有一位，他是孟菲斯做得最大的律师，正在那儿和姑娘们玩儿呢！这人有钱，百万富翁，因为人胖，280磅重，所以他自己做了张床送到我这里来，那张床现在就在楼上放着。生意是我开的，不是旁人开的，所以这里我说了算。没有充分的理由，我才不会让律师来打扰我的姑娘们。"

"我来是想和您说，我代理的一个客户被警察抓了，有可能会被判死刑，可是他没有干过那件坏事，我是他的律师，来找这个姑娘是为了我的客户，这理由充分吗？可以让她见我吗？您想过没有，也许您现在已经触犯了窝藏罪犯的法律。"

"那让警察来我这儿抓人！可我和这事儿有什么关系？再说警察也有到我这儿找乐子的，我不怕他们！"瑞芭举起杯子喝了口酒，用手背擦擦嘴说，"我什么都不知道，这事儿和我没关系，是金鱼眼在外面做下的事情，如果这事儿是在我这儿做的，那我可以负责。"

她看着霍拉斯说："您有孩子吗？我可不是要打听您的私事儿。"霍拉斯说："你的话让我想起那个女人，她没有地方住，她的孩子怎么办？只有上帝能帮忙了。"

瑞芭说："我明白，我也养了四个孩子，放在阿肯色州的一户人家里。只不过这些孩子不是我生的。①"瑞芭小姐举起手里的杯子，往里看了看，轻轻晃了晃杯子，把杯子放下。"其实他们真的不应该被生出来，没有一个应该来到这个世界上。"她站起身朝霍拉斯走来，脚步沉重，走到霍拉斯跟前，嘴里喘着气，居高临下地看着霍拉斯，把霍拉斯的脸抬起来看着她说："您不是在骗我，是吧？"霍拉斯没说话，看着瑞芭小姐那略显忧伤的表情。"你应该没有骗我。"瑞芭小姐放下手说："你在这儿等一会儿，我上楼查看一下。"瑞芭小姐走了。霍拉斯听见走廊里瑞芭小姐对米妮说了几句什么，然后上楼去了。

瑞芭小姐走后，霍拉斯没起身，他打量了一眼房间：房间里摆着一张木床，一架彩绘屏风，三张沙发，一个保险柜，大床旁边的梳妆台上乱七八糟地摆放着些用粉色缎子蝴蝶结系着的盥洗用品。壁炉台子上摆着一座钟型的玻璃罩，里面放着一枝蜡做的百合。壁

---

① 指的是瑞芭小姐开的妓院里的妓女生的。

炉上方的墙上挂着一幅照片,照片里是一个眼神温柔、留着大胡子的男人。墙上挂着几幅赝品,是希腊风景的石版画,还有一幅梭织画。霍拉斯站起来,走到门口,大厅里的光线很暗,他对坐在椅子上的米妮说:"米妮!给我一杯酒,再拿个大点的杯子来。"

他刚刚喝完酒,米妮走了进来,说:"夫人说让你上楼一趟。"

霍拉斯来到楼上,瑞芭小姐站在楼梯口等着他。瑞芭小姐在前面带路,领着他一直走到走廊最顶头的一个房间门口停下,然后打开房间的门,站在门口说:"你得黑着灯和她说话,因为她不愿意见光。"房间里黑乎乎的,走廊里的光从门口照进屋子,映出里面的一张床。瑞芭小姐说道:"她本来不住这个房间。她的房间更黑,黑到她待在里面你根本看不到她。你如果真想从这姑娘那里知道点啥,你得先把她哄开心了。"两个人走进房间,走廊里的灯光从门口泄进来,照到床上,可以看出床上躺着人,被子被拱出一块,躺在被子底下的人一动不动,身上的被子十分平整。"她这样会闷死的。"霍拉斯想。瑞芭小姐对着床上的人叫了一声"宝贝!"床上的人没有动。瑞芭小姐又说:"我给你带人来了,我先打开灯,把门关上。反正你盖着被子,不用起来,再关上门。"

"她这样躺着怎么呼吸?"霍拉斯说。

"坐起来就好了。"瑞芭小姐说,"你问你的,告诉她你想知道什么。我就待在旁边,你们谈你们的,别管我,我做这个生意第一就得学会装聋作哑,好奇心早就被磨没了,椅子呢?"不等她找,霍拉斯已经拖过来两把椅子,自己坐了一把,对着床说:

"我想让您告诉我当时的真实情况。我知道您没有杀人,但是我需要您告诉我真相,我可以保证不让您出庭作证,除非万不得已,比如说您不作证他们就绞死他。我知道让您回忆不好受,可是如果不是我的客户面临着被处死的风险,我也不会过来为这件事打扰您。"

床上的人一动不动。

"那些人要为了他没有做过的一些事情吊死他。"瑞芭小姐说,"那女人什么都没有,还带着孩子,她和你不一样,明白我的话吗?宝贝。"

床上的人还是没有动。

"我知道你怕出庭。你可以用假名出庭,你也可以化个装,让别人认不出你,比如戴副眼镜什么的。"

"他们抓不到金鱼眼的。"瑞芭小姐说,"他精着呢!如果你非得要出庭作证的话,你知道他的名字吗?你不知道!不是吗?如果他们非要你出庭的话,我找人告诉他,让他找个地方躲起来,过一阵子再来接你,不过这样你和他在孟菲斯就待不住了,你在庭上该说什么就说什么,律师会保护你的。"谭波儿呼啦一下扯开被子坐起来,她的脸颊浮肿,头发蓬着,脸蛋上洇着两坨红红的胭脂,口红把一张嘴涂得像是丘比特手中的弯弓。她敌视地看了霍拉斯一眼,然后转过头,往上揪揪睡袍说:"给我点喝的。"

"快躺下,不然会感冒的。"瑞芭小姐说。

"给我两杯喝的。"谭波儿说。

"快躺下!别着凉了。"瑞芭小姐从椅子上站起来,"吃完晚饭这么点工夫,你已经喝了三杯了。"

谭波儿继续往上拉着自己的睡袍,她看了一眼霍拉斯说:"你去给我拿杯酒来!"

"好了,宝贝。躺下,盖上被子,和他说说发生了什么,我去给你拿酒。"瑞芭小姐走上前,扶着谭波儿让她躺下。

"别碰我。"谭波儿不让瑞芭小姐碰她,瑞芭小姐把被子拉到她肩膀那里。

"有烟吗?给我根烟抽!"谭波儿看着霍拉斯说。

"我去给你拿烟,你先回答他的问题。"瑞芭小姐说。

"什么问题?"谭波儿看着霍拉斯,黑色的眼睛里流露出准备战斗的神色。

"你不用告诉我他是怎么——"

"我不害怕,我随时可以讲出来那件事,别以为我会因为害怕而不敢讲,给我一杯酒。"

"讲吧,讲出来给你酒喝。"瑞芭小姐说。

谭波儿坐在床上,把被子拉到肩膀上,说了她在那间破屋子里度过的那晚,从她走进房间试图用椅子顶住门的那一刻起,直到那女人进来把她领了出去那一段时间的经历。那天晚上似乎是唯一给她留下印象的部分,也是她在相对不受侵犯的情况下度过的一晚。霍拉斯想引导她回忆其他的一些事情,但是她似乎只对第一天晚上发生在那个房间里的事情印象深刻,她记得自己坐在床上,听着门廊上的人说话,然后躺在黑暗中,一直到那些人进入房间,在她的床跟前站着。

"当时就是那样!"谭波儿说,"从去了那儿以后我就一直在害怕,我不敢动,坐在棉花籽堆上,看着他。然后我看见了老鼠,两只老鼠,一只在我正对着的角落里看着我,另外一只躲在另一个角落里,我不知道它们为什么待在谷仓里,那里只有已经脱了粒的玉米棒子和棉花籽。如果它们去大屋子里，还能找到点吃的东西，但是我从来没有在其他屋子里见到过老鼠，也没有听到过老鼠的动静，所以当我听到动静时我第一个反应是老鼠。① 如果有人在房间里，即使你看不见他，你也能感觉得到，对吗？这就像你坐在车上，当司机打算找个地方停下时，虽然他没和你说，但你也知道他是在找地方停车。"② 谭波儿自顾自说着，像是聊天，像是站在舞台中心的女演员的独白戏。突然霍拉斯意识到这女孩儿似乎对这段经历很骄傲，她平静的语气里有一种天真的虚荣，好像她是在编故事，她看看霍拉斯，又看看瑞芭小姐，语气里带着戏弄人的味道，像是一只狗在驱赶巷子里的两头牛。

"只要我稍微吸口气，身子底下就发出簌簌的声音，真不知道在那样的床上人是怎么睡着的。也许习惯就好了，也许他们也不适应，反正我哪怕呼吸那床也要响，哪怕坐在床上一动不动，还是能听见那种声音，我也不能不呼吸，我坐在地上一动不动，但是我还是可以听见声音，那是因为呼吸是朝下走的。可能你以为呼吸是往上走的，不，它是往下的，在你身体里往下走。我听见那几个人在阳台上喝酒，我似乎看见了他们仰着头靠在墙上，我对自己说，现在是这个人从杯子里喝酒，然后换了那个人喝，就像人起床后枕头上还留着脑袋压过的坑儿一样。

"我突然觉得这事儿有点滑稽。你知道，人害怕的时候会胡思乱想，当时我坐在床上，看着我的两条腿，心想这两条腿要是男孩子的腿多好，于是我就努力把它们想象成一双男孩子的腿。就像上

---

① 这里原文语焉不详，谭波儿似乎在讲自己后来在谷仓里被金鱼眼强奸前的一幕。
② 这段话似乎说明谭波儿回忆时思维有些混乱。

课时老师出了个问题,你知道答案,你看着老师,心里说:'叫我!叫我,我来回答!'

"我想起我还是小孩儿时大人告诉我亲自己的胳膊肘会变成男孩儿,[①]于是我使劲儿亲了亲我的胳膊肘。我太害怕了,我不知道那件事要什么时候落在我身上了,我甚至想不如现在走出房间走到他们跟前,然后划着一根火柴,说:'让我一个人待着好不好?'然后我回到房间里,放心地上床睡觉。因为我感觉自己已经困得不行了,困得连眼皮也睁不开了。我就想倒头就睡。

"所以我紧紧闭上眼睛,说我现在不是睡着呢嘛。我看着我自己的双腿,想着我曾经用这双腿跳舞,很疯狂地跳舞。我想我是不是对它们不够好,所以它们现在让我落到这种境地。我想,如果我现在祷告自己成为一个男孩儿,那我会不会马上变成一个男孩儿?于是我坐起来,开始祷告,然后我等着,我又想自己是不是不应该把这个念头说出来,我应该看看自己会不会变成男孩儿,可是我害怕如果我太早睁开眼睛,魔法就不灵了,我开始数数,我一开始数到50,但马上觉得太少了,于是我就和自己说再数50,可是我又担心数得太多,时间又错过去了,看不到自己变成男孩儿了。

"然后我想要不要把自己裹住,裹得紧紧的。我想起以前认识的一个女孩儿,有一年夏天她出去旅游,回来后告诉我说她在一个博物馆里看见过一条贞洁带,带子是铁打的,过去国王出征前给王后戴上,我想如果我有那个东西多好。可是我没有。我当时从墙上取下雨衣穿在身上,又把那个行军水壶取下来放在床边。"

[①] 西方有一个传说:亲自己的胳膊肘会变性。

"行军水壶?"霍拉斯说,"为什么你要拿行军水壶?"

"我也不知道,我只是害怕它挂在墙上。但是我脑子当时在想那个贞洁带,我想也许那条铁带子上面还有一些又长又尖的铁蒺藜,男人做那种事儿的时候不知道,那些铁刺扎进他的那个东西里。要是我戴了那个贞洁带,铁蒺藜越多越好,把那个人捅穿了才好,他的血流了我一身,我对他说:就得好好教训教训你!这下你离我远点了吧!我说,我不知道还有另外一种办法……我想喝点酒。"

"我去拿,"瑞芭小姐说,"你接着说。"

"哦,对了,还有一件有意思的事情。"谭波儿开始讲她躺在格温身边,格温一直在打呼,她听着玉米秆子发出的声音,听着黑暗中的各种动静,感到金鱼眼在走近,甚至可以听见自己身体里血液流动的声音。她的眼睛睁得很大,睁得眼睛两边的肌肉似乎都撑开了,她可以感觉到她的鼻孔里的气息一会儿热一会儿冷。然后她感觉一个人站在床边,她心里说:"快点,摸我!摸我!你不摸我你就是胆小鬼!懦夫!"

"我想睡觉,可是他一直站在床边。我都想,快点干吧,这样就结束了,我也可以睡觉了。我心里甚至说,胆小鬼,你不敢上来。我甚至感觉到自己已经准备尖叫,只要他拿他那个东西碰我我就尖叫。可是我感到的是一只手伸了过来,伸进我的大衣里,开始摸我的身体,我全身赤裸缩在大衣里,那只手冷得像是冰块,我不由自主地缩紧身体躲避着它,像是那种躲避航行的船只的小飞鱼,好像我的身体知道它下一步要碰哪儿,不等碰就开始躲,我越缩越紧,越躲越快。

"最后那只手来到我两腿之间的上方，停住了。我从昨天起就没有吃饭，我感觉自己那里开始变得湿润，然后床就开始响，响得很厉害，像是有人在大笑，像是在笑话我，那只手后来就一直放在那里，再也没动，我也没有变成男孩儿。

"事情甚至有点奇怪，因为我一直没有喘气，很长很长时间都没有喘气。我以为自己死了。然后我又开始想，我看见我自己躺在棺材里，我看上去很美，你知道我的意思，就是全身穿着白色的衣服，像新娘那样戴着面纱。我抽抽噎噎地哭起来，也许我以为自己死了，或者因为自己看上去是那么美才哭的。不，是因为他们在我的棺材里放了玉米叶子我才哭的，是的，是因为他们在我死的地方铺了干玉米叶子，我感觉自己的鼻子一会儿热一会儿冷，我看见所有的人都围在我躺着的棺材边儿上说：她真美！她真美！

"我心里开始不停地说：胆小鬼，你摸我呀，摸我呀。我甚至有点生气，因为这么长时间过去了，他一点行动也没有。我甚至想叫出声来，我想说：你以为我会在这儿不睡觉躺上一晚上等你吗？让我告诉你我会怎么做，我想躺在那里，玉米叶子唰唰响个不停，我躲开他的手，我会教训他，像学校里的老师教训学生一样，然后我就真成了老师，对着一个黑黑的小人、一个黑孩子训个不停。我会问他我多大？然后我告诉他我45了，我的头发是铁灰色的，还戴着眼镜，我的胸脯也变得很大。我穿了一件灰色的剪裁漂亮的制服，我还从来没有穿过灰色的衣服。我正在和那个小黑孩子说我要惩罚他。

"然后我又对自己说这个办法不行，我应该成为一个男人，然后我就成了一个男人，一个上了年纪的男人，留着长长的白胡子。

那个小黑男人变得越来越小，我对自己说：看，我是个男人了，然后我就让自己变成一个男人，我果然变成了一个男人。然后那东西就进去了，'扑哧'一声就进去了，像是把一个小橡胶管翻过来发出的声音。我感觉那里有股冷气进来，像是你张嘴吸气时冷气进来那种冷。我能感觉到那根手指进到我的身体，我躺在床上，不让自己笑出声，因为我觉得这事儿和我想的不一样。那根手指在我那里进进出出，可是我却直想笑，然后我就睡着了，就什么都记不得了，但我能感觉自己的身体在摇动，摇得玉米叶子唰唰直响，可是我还是睡着了，再也没有醒来，一直到第二天早晨那个女人进来我才醒来，她叫醒我，带着我去了谷仓里……"

霍拉斯离开妓院时，瑞芭小姐对他说："我希望你能说服她出庭作证，而且再也不回来。如果有机会，我也会找人帮着打听她的家人的……这姑娘干不了这种营生！不出一年不是死就得得神经病！她得离开那个男人，因为她和他不对付，至于因为什么不对付，我不知道，也许原因在她，因为她不是做这种生意的姑娘。你知道，做这种生意也得有天分，就像有些人天生是干屠夫或者理发师的，有些姑娘干这种营生是为了钱，有些就是为了玩儿，觉得干这行有意思。"

霍拉斯走在路上时想，对于那个女孩儿来说，也许今天晚上就死了是件好事。他甚至觉得自己死了也行，他仿佛看见女孩儿、金鱼眼、那个女人和她的婴儿，还有古德温坐在同一个房间里，房间里空空荡荡，什么都没有，但是进去的人必死无疑，时间短到人还没明白过来就已经死了，他们甚至来不及愤怒和惊讶，就已经葬送在死神之手。他想，我也在他们里面，在这些将会被从这个世界抹掉的人群里,被灼烧被腐蚀,被不留一点痕迹地抹掉。他仿佛看到一条长长的空无一人的走廊,阴风在低低的廊顶下方盘旋,从屋檐处落下的滴滴答答的雨水仿佛人语,似乎在说:邪恶,不公正,泪水。在走廊尽头面对面站着一男一女。男的似乎在吐露衷肠,说着无法示人的爱抚的话语,女人一动不动地站着,仿佛沉浸在情欲的情绪中。① 霍拉斯想到一句话:也许当我们认识到邪恶合理存在的那一瞬间,死神已经降临。想到自己曾经在一个死去孩子(他在其他死去的人眼里也见到过)的眼里看到过的东西:愤怒逐渐冷却,震惊和绝望正在慢慢散去,最后在那双空洞的眼睛里留下的只是一幅周围世界的微观景象。

他没有回酒店,而是去了火车站,并赶在午夜之前坐上了去杰弗生镇的火车。上车后他买了一杯咖啡,可是喝完就后悔了,因为胃里像是有一个皮球在翻滚,搅得腹部火辣辣地难受。三个小时后火车到了杰弗生镇,下车时他感觉那杯咖啡似乎还待在胃里没有被消化。广场上空空荡荡,他想起那天早晨广场也是这样空荡,就连广场上大钟的指针的位置还是那天早晨的位置,门口的阴影还是像一只巨大的鸟的形状,这让他感觉时光似乎凝滞了,中间的这段时光消失了,他还是待在那天那个清晨,他只不过穿过广场,转了身,又重新走回来。又或者中间夹了一个梦,这梦里像是凝聚了43年来一切不好的东西,然后又化成他胃里那一团滚烫的坚硬的东西,像是石头不停翻来滚去。他忍着难受快步往家走去……

走到家门口的小路时他闻到了植物的香味——那是攀附在篱笆

---

① 这里指霍拉斯想到继女小贝也可能处在男人的诱惑当中。

上的忍冬花散发出的香味。黑乎乎的屋子像是一处被海水包围的孤岛，昆虫低低的鸣叫声在夜色里回响，连绵不断，但你又找不到出处，就好像它们是一群被遗弃在一座孤零零的荒岛上的生物，在用这种方式表达愤怒。悬在夜空的月亮看似暗淡，但大地并不显得黑暗，他打开门，摸索着去找开关。刚才的声音——不管它是虫子发出的声音还是其他什么东西的声音——也随着他进到屋子里。他突然觉得这股声音也许是沿着轴心转动的地球在决定是开始转动还是保持静止的那一刻发出的摩擦声，他仿佛看到一个球体被散发着忍冬花香味的一股青烟包围在半空中。

他找到开关，打开灯，从五斗橱上拿起小贝的一张照片，照片是从相框里取出来的，边缘仍能看出原来相框的窄窄压痕，小贝的脸处在一种明暗有致的光线中，也许因为霍拉斯的手微微抖了一下，又也许是因为光线的变化，那张脸突然好像活了似的，随后霍拉斯闻到了一股忍冬花的香味，那张脸上的神情突然变了，变得慵懒和性感，香味愈来愈浓郁，直到整个屋子都被这股香味包围，小贝的脸在散发着忍冬香味的青烟中渐渐模糊，直到消失，但是她脸上那种挑逗的神情，暧昧的眼神，似乎有什么不可告人的神情留在了霍拉斯的脑海里。

霍拉斯感到胃部一阵痉挛，放下手里的相框，冲到卫生间，来不及打开灯，冲到洗脸池边狂吐起来。他的脑海里闪过谭波儿躺在床上的样子：玉米叶在那女孩儿身下发出咔啦咔啦的声音，谭波儿的头耷拉着，像是被钉在十字架上的人物，眼睛似乎在看着她的身体,在她的两腿之间,有一股黑色的东西① 正在往外流。然后又是另外一幅画面:谭波儿全身赤裸躺在一辆汽车上,车正在穿过一座黑色的向上倾斜的隧道,她的头上流淌着一团黑色的东西,汽车轮子发出粗粝的声音……当汽车开出隧道,那股黑色的东西被一团喷薄而出的火焰打散,谭波儿的身体在白光中摇晃着,从她身下传来玉米叶唰啦唰啦的声音……

---

① 见第一章作者提到金鱼眼身上有一种黑色的东西。

二十四

谭波儿打开门,走到楼梯口,这是她第一次出来。米妮站在楼下离瑞芭小姐房间门口不远的地方,冲她翻了翻白眼儿。谭波儿立刻回到屋里,插上门闩,靠在门口听着外面的动静,很快,从楼梯传来瑞芭小姐上楼的声音,不一会儿,敲门声响起,中间夹杂着瑞芭小姐带着哨音的喘气声,谭波儿不出声,也不开门,瑞芭小姐在门外哄劝了一会儿,见谭波儿还是不开门,只得下楼离开了。

谭波儿瞪着一双黑黑的眼睛回到房间里,她脸色苍白,两只手攥成拳头互相打了几下,又呆呆地站了一会儿,然后摘下头上的帽子往房间角落里一扔,身子往床上一倒。床上很乱,没有收拾,枕头上都是被烟头烧过的小洞,床头柜上散落着烟蒂,地板上散落着烟灰。谭波儿就睡在这张床上,半夜里她常常被烟味儿呛醒,看见一个红色的烟头一闪一闪,她知道那是金鱼眼。

天已经亮了一阵了。一缕阳光从南边的窗户透进来,照亮了窗棂和一小块地板。屋子里有一种清晨活力过后的安静,从街道传来汽车驶过的声音。

谭波儿躺在床上,翻了个身,盯着椅子上搭着的金鱼眼的西服看了一会儿,从床上起来,走到衣服跟前,拿起来往角落里一扔,然后走到房间角落用帘子挡出的一个用来挂衣服的格子间前,把里面的衣服(各种各样的款式,全是新的)扔到角落里,又把格子上放的一排帽子也扔到角落里。看到墙上挂着一件金鱼眼的衣服,她也一把扯下来扔到地上,露出赫然挂在后墙钉子上的一把插在涂过油的丝绸枪套里的手枪。谭波儿小心地取下,从枪套里抽出手枪,看了一会儿,走到床前,把枪塞到自己枕头底下。

梳妆台上有很多化妆品——吊着法文标签的瓶瓶罐罐和几把崭新的梳子和镜子乱七八糟地堆在桌面上。谭波儿走到桌前,把那些瓶瓶罐罐一件一件扔进角落里,瓶子落到地上,砰砰的撞击声夹杂着玻璃碎裂的声音。谭波儿又把梳妆台上的一个白金丝钱包——上面的金属丝线闪着类似于金券那样的橘黄色漂亮光芒——也扔到角落里,然后回到床边,脸朝下趴在床上。香水的味道在房间里弥漫,越来越浓。

中午时分米妮在外面敲门,说午饭好了。谭波儿仍旧趴在床上,米妮在外面说:"我把饭放在门口,你什么时候想吃自己拿进去好了。"然后就走了。

屋里,落在地板上的阳光在慢慢挪动着位置;窗户西面的窗棂落在阴影里。谭波儿坐起身,歪着脑袋听了下动静,然后用手拢了拢头发,从床上下来走到门口。她在门口又听了一会儿动静才打开门:外面的地上放着一个托盘,上面放着食物,谭波儿没有去端托盘,迈腿从上面过去,走到楼梯口,倚在栏杆上看着楼下。米妮可能听到了动静,从楼下的一个房间里出来,来到走廊,在一把椅子上坐下。

"给我拿杯酒来!"谭波儿对米妮说。米妮翻了个白眼,脑袋往旁边偏了一下,谭波儿径直回了房间。15分钟过去了,米妮并没有上来。谭波儿从房间里出来,顺着楼梯噌噌跑到楼下。米妮看见谭波儿下来,说:"我听见了,可是瑞芭小姐说我们这里没有酒——"她话音刚落,瑞芭小姐从房间走出来,没看谭波儿,只是和米妮说了一句什么,米妮立刻提高声音对谭波儿说:"知道了,女士,我这就给您端到房间去!"

"快一点!"谭波儿重新上楼回到房间,关上房门,在门口等着。听到米妮上来后,谭波儿打开门,让出一条门缝。

"您不先吃点饭再喝酒吗?"米妮想进来,用膝盖顶着门板说。谭波儿没有让米妮进来,在门里说:"让你端的酒在哪儿?"

"我今天早晨还没有打扫您的房间呢!"米妮说。

"给我!"谭波儿从门缝伸出手去拿放在托盘上的饮料。

"瑞芭小姐说就这一杯酒了,所以您省着点喝……您干吗要那样对他?他那么舍得给你花钱,你还这样对他?我看他不错,是个挺好的人,就是个头低了些,不如约翰·吉尔伯特①那么英俊,可是他肯给你花钱……"不等米妮说完,谭波儿已经把酒拿了过去、锁上了门。她三口两口喝完了那点杜松子酒,然后拉过来一把椅子坐下,把脚放在床上,点上一根香烟抽了起来,抽完烟她站起来,把椅子挪到窗户跟前,把窗帘掀开一条缝,往下打量着外面的街道,重新点了一根香烟衔在嘴里……

5点钟的时候她看见瑞芭小姐穿一身黑色丝绸衣服,头戴一顶花边帽子出现在街道上。等瑞芭小姐的身影消失后,谭波儿快速走

---

① 约翰·吉尔伯特(John Gilbert, 1897—1936),美国著名男影星,是好莱坞默片时代片酬最高的男影星之一。

到角落里,从刚才那堆衣服里翻出一顶帽子,戴上往门口跑去,刚跑到门口她又返回来,从堆着瓶瓶罐罐的角落里翻出一个白色的丝线荷包,把荷包拿在手里往楼下跑去,刚一下楼,又看见米妮守在走廊门口,谭波儿对她说:"我给你10块钱!就10分钟,10分钟后我就回来!"

"不行,如果让瑞芭小姐知道这事儿,她会赶我走的!如果让金鱼眼先生知道了,我这条命也没了!"

"就10分钟!我发誓!我给你20块钱!"谭波儿把20块钱放在米妮的手里。

米妮同意了,打开门,说:"你可得回来啊,如果你10分钟之内不回来,我就没命了!"

谭波儿打开隔扇门向外张望:大街上没有行人,只有一辆出租车停在街道对面,一个戴帽子的男人站在离汽车不远的一扇大门跟前。她出了隔扇门,沿着街道疾步往前走去,刚走到拐角,一辆出租车从后面跟了上来,司机放慢车速,从车窗里看着她,似乎在问她要不要坐车,谭波儿一扭身进了位于街角的杂货店,出来后又去了一趟电话亭[①],然后往来路走去,就在她转过街角的时候,正和刚才那个站在门口戴帽子的男人打了个照面,谭波儿走进隔扇门,米妮赶紧给她开门,让她进来。

"感谢上帝,我看见那辆出租车跟上你后,我当时第一个想法就是卷铺盖走人!感谢上帝你回来了!你千千万万别和人讲我放你出去,我这就给你端杯酒来。"

---

① 谭波儿打电话给瑞德,准备离开妓院去岩洞俱乐部找瑞德。

谭波儿站在门口,一边慢啜饮米妮送过来的酒,一边听着外面的动静,她的手一直在抖,脸上挂着兴奋的神色。我一会儿再喝,她对自己说,喝酒误事,她用一个小碟子盖在酒杯上面,小心地把酒杯放好,然后走到堆着那堆衣服的角落跟前,从里面翻出一件跳舞穿的长裙,打开后把它挂到衣橱里,这才回到床上躺下,可是马上又站起来,拉了一把椅子到床跟前,自己坐到椅子上,把两只脚放在凌乱的床上,一支接一支地抽烟,耳朵里却一直听着楼下的动静,一直等到天色将晚。

下午6点半,米妮把晚饭送上来,托盘上还放着一杯杜松子酒。"酒是瑞芭小姐给的,她问你好点了没有?"米妮说。

"和她说我好了。我要洗个澡,然后上床睡觉。"

米妮走后,谭波儿把这杯酒和自己下午放好的那杯酒倒在一个平底玻璃杯里,慢慢摇晃着玻璃杯里的酒,看着,然后把玻璃杯放到一个稳妥的地方,盖上玻璃杯的盖子,坐到床边吃完了晚饭。她吃得很快,吃完了又点了根烟,抽着烟来到窗户跟前,撩开窗帘朝楼下的街道打量了一会儿,然后放下窗帘回到房间里,站在镜子跟前,打量着镜子里的自己,又转了个身,看着自己的身影,吐出一口烟圈儿……

烟抽完了,她把掐灭的烟头扔进壁炉里,又走到镜子前,梳了梳头发,打开角落里隔扇的帘子,从墙上的钉子挂钩上取下一条裙子放在床上,然后走到五斗橱跟前,拉开其中的一个抽屉从里面拿出一件内衣。她拿着那件内衣发了会儿呆,然后又放回去,关上抽屉,又把刚才放到床上的那件裙子重新挂到隔扇里。她手里夹着点燃的香烟不安地在房间走动着,走了一会儿后她扔掉香烟,走到桌前，摘下手表，把它靠着香烟盒放好，以便躺在床上就能看到几点，然后躺在床上，可能是枕头底下的手枪硌到了她，她从枕头底下抽出枪，看了一眼，放到自己身体一侧，然后重新仰躺好，身体一动不动，头枕在两只手上，听着外面的动静。每当楼上传来脚步声，眼睛就警觉地瞪得老大，瞳仁仿佛两个黑色的针头。

9点钟的时候，她拿起手枪看了一眼，把枪塞进床垫下面，起来给自己换了一件绣着龙和青红两色花朵的中国式睡袍，去外面的洗手间洗澡。洗完后她披散着湿漉漉打着小卷儿的头发回到房间。从镜台上拿起酒杯，刚要喝，又放下了。

她从早晨扔掉的那堆瓶瓶罐罐里找到几个化妆用的小瓶子，开始梳妆打扮。打扮好后她走到镜台前，重新端起酒杯，刚要喝又放下了，走到角落里，找到自己的大衣穿上，再把白金丝钱包放进大衣口袋里，把脸靠近镜子照了照，做完这些后她端起酒杯一饮而尽，然后推开门，出了房间。

楼道里空无一人，只有一盏灯亮着。除了瑞芭小姐的房间里有说话声，整个楼道安静无比，楼下的门廊也没有人把守。谭波儿悄悄下了楼，来到大门口，想到自己也许会被在门外的人拦住，她突然有点后悔自己应该刚才把枪带上，她想回去，又马上放弃了这个念头，因为她害怕自己会开枪打死任何一个上来拦她的人，而且她一定会这样做的。想到这儿，她没有掉头回去，而是快速走到门口，用手拨开门闩，回头看了一眼，然后打开了门。

门开后她一个箭步冲出隔扇门，向院子大门跑去。就在此时，停在妓院门口的一辆汽车已经发动着，缓缓地停在门口。金鱼眼坐在驾驶座上，似乎没见他有什么动作，车门已经开了。坐在车里的金鱼眼歪戴着帽子坐在驾驶座上,不说话,也不下车。

"我不干了!"谭波儿说,"我不干了!"

金鱼眼还是没什么表示,谭波儿走到汽车跟前怒气冲冲地喊道:"我告诉你,我不干了!我知道你怕他!你怕他把你——"

"我给过他机会。"金鱼眼说,"你回去还是坐上来?"

"你怕他把你——"

"我给过他机会,"金鱼眼压低声音冷冷地说,"回去还是跟我走?"

谭波儿走到汽车跟前,俯下身子,把手伸进车窗里,放在金鱼眼的胳膊上,说:"金鱼眼,不!爹地!"金鱼眼的胳膊很细,不比一个儿童的胳膊粗多少,那胳膊摸着冷冰冰的,坚硬而轻,像一根细棍子。

"你想干什么?"金鱼眼说,"想干就干,我对付得了。"

谭波儿往前凑了凑,但没有再做什么,过了一会儿,她走到车身另一侧,坐了进去。"你不敢杀他!你害怕他,因为他比你好!"

金鱼眼伸出手替谭波儿关上车门,说:"去哪儿?岩洞俱乐部?①"

"他比你好,你连男人都不是!"汽车往前开去,谭波儿突然喊道,"你这个秃头!坏蛋!你连干那种事都不行!你带来一个能干事儿的男人,你站在床边,流着口水,哼哼唧唧地看我和他干那事儿,你还想骗我多少次?难怪我那里一直流血,伤一直好不了——"她的嘴巴被金鱼眼捂住了。金鱼眼用一只手开着车,另一

---

① 谭波儿给瑞德打电话约好在岩洞俱乐部见面。

只手捂在谭波儿的嘴上，他的指甲抠进了她的皮肤里，谭波儿反抗着，不停地扭着脑袋，想掰开金鱼眼捂在自己嘴上的那只手，路灯下她看见金鱼眼不停地看着自己。

谭波儿的反抗弱了下来，但是她还是把头扭来扭去，同时用手去掰金鱼眼捂住自己的嘴的那只手。可是那只手更用力了，戴着粗大戒指的手指头抠进她嘴里，指甲弄破了她的腮帮子，金鱼眼只用一只手开车，他们的车速度飞快，不住地逼近前面的车辆，在车流中穿梭绕行，穿过路口时也不减缓车速，空气里传来其他车辆猛踩刹车的声音。偶尔从路边传来警察喊他们停车的声音。

谭波儿哭了起来，涎水落在金鱼眼的手上，那只戒指像是牙医手里的器械，坚硬无比，她没法合上嘴。当金鱼眼终于把那只手从她嘴上拿开，她感觉到嘴里像是被那只手指打了冰冷的印记。她抬起手擦嘴，带着哭腔说："我的嘴被你弄破了！"

他们的车现在已经穿过城市，驶到了郊区，车速是 50 英里，金鱼眼歪戴着帽子，谭波儿小心地碰了碰自己的嘴。路两边屋子渐渐变少，取而代之的是被分割成一小块一小块的土地，地边儿上矗立着地产经纪人的广告牌，这些广告牌在夜色里隐约可见，显得鬼魅，广告牌上的文字让人想到某些被遗忘的承诺，在地与地之间排列着低低的路灯，和萤火虫的光一起给这寒冷空旷的夜色带来一点可怜的亮色。谭波儿默默地哭着，嘴巴里的酒味儿还没褪去，凉凉的。"我的嘴被你抓破了。"她嘟嘟囔囔地说，话音里带着自我怜惜的味道。她用手一点一点小心地按着自己的下巴，按得疼了才松手，嘴里说着："你快倒霉了！我要告诉瑞德你打我的事情！我知道，你巴不得自己是他，是不是？像他那样，做个男人，做男人做的事情，你是不是希望他是那个看着你和我干那事儿的人？"

车驶进岩洞俱乐部所在的街道，两边墙上的窗户上挂着窗帘，从里面传出软绵绵的歌声。不等金鱼眼停稳车，谭波儿已经从车上下来，往屋子里跑去。"我给过你机会了，"她说，"是你要带我到这儿的！不是我！"

洗手间里，谭波儿侧脸打量着镜子里自己的脸。"呸！没有留下印子！"她揪了揪自己的脸颊，嘟囔道："小矮子！"又打量着镜中的自己，嘴里鹦鹉学舌似的冒出一句脏话，然后掏出口红涂了起来，一个女人从外面走进来，扫了一眼谭波儿身上的衣服，谭波儿冷冷地回盯了对方一眼。

谭波儿从洗手间出来，看见金鱼眼抽着烟站在舞厅门口。

"我给过你机会。"谭波儿说，"我没让你带我来这儿。"

"我不要机会。"金鱼眼说。

"不害臊，你没少要机会。"

"进去！"金鱼眼推着谭波儿，谭波儿迈过门槛儿时转过身，看着金鱼眼，一只手往后一挥，金鱼眼一把抓住谭波儿的手腕，谭波儿抬起另一只手又是一挥，这只手也被金鱼眼抓住了，两个人眼睛盯着对方，谭波儿嘴巴张着，脸都憋紫了。

"我在镇子里给你机会了，你拿了！"金鱼眼说。

从谭波儿身后的屋子里传来音乐声，节奏跳动，闷骚，充满了诱惑的意味，音乐声中夹杂着人的脚步声，可以想见里面的人是跳得多么热血沸腾，"哦，上帝！上帝！"谭波儿颤抖着声音嚷道，"回去！我要回去！"

"你答应要来的！现在只能进去！"金鱼眼说。

谭波儿想打金鱼眼，但双手被对方抓得紧紧的，根本使不上力气，最后她被迫着转过身，面对着舞厅大门的方向，不甘心地扭着头喊道："你敢——你敢——"金鱼眼松开一只手，抓住谭波儿的后脖颈，那双手轻飘飘像是铝做的，却比钢铁还有力量，谭波儿似乎听到了自己的脊椎骨被挤压后发出的摩擦声。金鱼眼冷冷地威胁说："你进不进去？"

谭波儿点点头。进去后两个人开始跳舞，但谭波儿仍感觉自己的脖子后面被一只手紧紧抓着。她的目光越过金鱼眼的肩头，又穿过把舞厅和另一个房间隔开的拱门，看向拱门里的一张赌桌。那里围站着一群人。谭波儿的目光在那群人里逡巡着，似乎在找人。

在找人过程中她还看到靠近舞厅门口的一张桌子旁坐着四个男人，一个男人嘴里夸张地嚼着口香糖，露出一口白牙，让人感觉他的下半张脸似乎被一口白牙占领了。谭波儿带着金鱼眼迅速转了个圈儿，让金鱼眼的后背对着那四个男人，然后转着圈儿带着金鱼眼朝舞厅门口的方向滑过去，与此同时她的眼睛不停地打量着跳舞的人群，似乎在找人。

等到她的目光再一次扫过桌子的那四个人时，发现其中的两个人站起来往舞池这边走过来，谭波儿迅速一转身，让金鱼眼的后背背对着来人。两个男人停顿了一下，往边儿上走去，谭波儿再一次用金鱼眼挡着自己，她想告诉金鱼眼什么，但是感觉张不开嘴，就好像人用麻木的手指去捏一根大头针，根本无法做到，突然她发现自己被金鱼眼那两只轻得像是铝做的小胳膊又控制住了，她被那两只手的力气带到了墙边儿上，她蹭着舞厅的墙，看着那两个男人离开了舞厅。谭波儿突然尖声尖气地笑了起来，一边笑一边说："带我回去！带我回去！"

"闭嘴！"金鱼眼说，"你给我闭嘴！"

"给我买杯酒。"谭波儿说。她感觉自己手冷脚冷，就好像它们不属于她似的，她看见刚才那两个人重新找了张桌子坐下来，他们的桌子和刚才坐过的桌子相隔有两张桌子。嘴里嚼口香糖的男人两只胳膊肘架在桌子上，嘴巴一直在动，另外一个大衣扣子系得紧紧的男人靠着椅子背坐着，嘴里抽着烟。

谭波儿低下头，黑人侍者过来给他们倒酒，谭波儿盯着黑人那从白色袖子里伸出来的黑乎乎的大手，和金鱼眼那只从肮脏的袖口下伸出的脏兮兮的白手。酒倒好后她立刻端起来仰头喝了一大口，却看见瑞德穿了一件灰色西服，打着一个有小圆点的领结，打扮得像个大学生似的站在舞池房间门口四下张望着。瑞德显然也看见了她。

她让金鱼眼的后背对着瑞德。瑞德还在看她，他站在舞池外，个头比周围的人高一个脑袋。谭波儿贴着金鱼眼的耳朵说："走吧，我们跳舞吧。"

她又要了一杯酒，喝完后重新步入舞场，瑞德不见了。音乐停下后，谭波儿从舞场下来，又要了一杯酒。酒精没有让她舒服点，只是让她感觉身体发热发烫。"走！跳舞去！"她对金鱼眼说，可是金鱼眼坐在椅子上不肯起来，谭波儿感觉自己浑身发软，但嘴里仍旧奚落着金鱼眼。"有个男人样行吗？秃头！连跳舞都不行！"她的脸拉得老长，最后她像是一个孩子恳求似的说："跳嘛！"金鱼眼还是手里捏着香烟不肯起来，他面前的酒里面的冰已经融化了，但还是满的。谭波儿把手放在金鱼眼的肩膀上，说："爹地！"看见金鱼眼没反应，她把手渐渐往金鱼眼的腋下摸去，她摸到了一把手枪，紧紧地贴在金鱼眼腋下的地方。谭波儿小声说："你把它给我，爹地，求你了！爹地！"她把身体贴紧金鱼眼，嘴里不停地小声说着："把它给我吧！爹地！"突然她的手往金鱼眼的下身摸去，很快又想起什么似的缩了回来，嘴里小声说："我忘了，我不是那个意思，我……"

旁边桌子的一个男人看见了谭波儿的举动，嘴里嘘了一声。"坐下。"金鱼眼说。谭波儿坐下了，她给自己的酒杯倒满，眼睛看着眼前的酒。瑞德走了过来，谭波儿看见了，心里想，他的一颗大衣扣子掉了。金鱼眼一直没有动。

"跳吗？"瑞德说。

瑞德的头歪了一下，但是眼睛并没有看着谭波儿，而是看着旁边桌子的那两个男人。金鱼眼还是没有起来，他的手指搓着香烟的末端，然后把烟放在嘴里。

"不跳。"谭波儿从冰冷的嘴里挤出一句。

"不跳？"瑞德说。然后转向金鱼眼，说："你那些手下不会找事儿吧？"

"不会。"金鱼眼划着火柴，往嘴边送去，谭波儿也端起酒杯，透过手中的酒杯看着从金鱼眼手里升起一团扭曲的火焰。金鱼眼抬手夺过谭波儿手里的酒杯，把杯里的酒倒在桌子上的酒碗里，说："你喝得太多了，别喝了。"音乐声重新响起，谭波儿看了一眼房间，突然叫了一声。她看见金鱼眼拿起酒碗给她杯子里倒酒，说："不许喊！"谭波儿似乎并不知道自己在喊，她只是听到一声微弱的声音从自己嘴里发出，然后她被金鱼眼抓着手腕，摇了一下她的身体,她感觉自己的嘴巴张开,她想自己一定是发出了什么声音。

"我没醉!"谭波儿说,金鱼眼把杯子递给她,谭波儿一口喝干,把杯子放在桌子上,她意识到自己早就醉了,也许早就人事不省,然后被那两个人已经那个了,可是她似乎又听见自己在心里说:发生吧。然后她就真以为那件事已经发生了,很快一股浓浓的失落感和肉体上的欲望重新席卷了她。她想,再也不会这样了,她坐在那里,手里握着酒杯,想着瑞德的身体,心里既痛苦又渴望。

"你喝多了!"金鱼眼说,"起来!跳舞!"谭波儿被他拉起来进了舞池,她感到困倦,脚步僵硬,眼睛虽然睁着但似乎什么也看不见,她虽然在跳舞,但有一阵子似乎根本听不到音乐,过了一会儿她突然意识到乐队正在演奏瑞德刚才邀请她跳舞的曲子,现在还不晚,瑞德还活着。

他们站在骰桌旁掷骰子,谭波儿和周围的人一起一边看着骰子翻滚一边喊着骰子的点数。她自己也掷,她赢了!金鱼眼站在谭波儿旁边,帮着她抓牌,赌场的人教她该怎么下赌注,声音虽然小,但透着不耐烦。

轮到金鱼眼下注了,他抓着骰子筒,谭波儿站在旁边,在音乐的冲击和身上香味的刺激下,她感觉自己身体里涌动着一股情欲,像是海浪起起伏伏不肯停歇,她从人群中悄悄退出来,在音乐声中快步穿过大厅穿过几个跳舞的人群往赌场门口走去,这中间她瞥见刚才坐在桌子旁边的那两个人已经不见了,她没有多想,快步走出舞池房间的大门,来到走廊上,一个侍者迎上来。

"带我去房间。"谭波儿说,"快点!"

房间里有一张桌子和四把椅子,侍者帮谭波儿打开灯,站在门口等着谭波儿吩咐。谭波儿冲侍者摆了摆手,侍者走了。谭波儿背靠着桌子站着,看着门口,瑞德出现了,进门后直接朝谭波儿走来,谭波儿一动不动,眼睛里的东西却越来越黑,她仰着脸,开始撒娇似的嗯嗯啊啊,身体往后仰,好像被什么人撩得兴起似的。当瑞德开始抚摸她,她立刻瘫倒在他身上,扭动着身体往瑞德身上黏去,嘴巴像死鱼一样张着。

瑞德伸出手去摸谭波儿,瑞德掰过谭波儿的脸,谭波儿把嘴巴伸过去索吻,她的髋部蹭着瑞德,嘴里嘟囔着:"快点!在哪儿干都行!我再也不让他对我做那种事!我刚才已经和他说了,这不是我的错!你以后不需要通过他来见我,我也不需要他来见你,他说来这儿要杀了你!我告诉他我给过他机会,是他自己不行我才要离开他的!我没做错什么,我就应该离开他,现在只是我们俩了,我们干事儿的时候没有他在旁边看着了,快点呀!你还在等什么?"谭波儿把嘴巴伸过去,她搂着瑞德的头,嘴里呻吟着。瑞德努力挣脱开,仰着脸说:"你给我打电话的时候脑子清醒吗?"

"什么?他说我不可以再见你!他说他要杀了你,我给你打电话时他跟踪我,我看见他了,但我知道你不怕他!他不是男人,可你是!你是男人!"谭波儿开始蹭瑞德,往他的脸跟前凑,嘴里嘟嘟囔囔鹦鹉学舌似的叫着瑞德的昵称,她没有血色的嘴唇沾着唾沫。"你怕吗?"

"怕那个嗑药的混蛋?!"瑞德转过身去,闪开谭波儿,右手挣脱出来,只是谭波儿似乎并没有意识到瑞德已经脱离了她的纠缠。

"快点!快点啊!我好热!快来啊!别让我等……"

"你先回去,等我给你信号,现在先回去。"

"可是我想要，快来呀，我身上像着火似的。"谭波儿又往瑞德跟前凑去，瑞德抓着谭波儿的身体带着她往门口走去，谭波儿似乎被内心的情欲折磨得不行了似的，身体不自觉地向瑞德靠着蹭着。瑞德把谭波儿拉到走廊，让她靠墙站好，自己抽身出来，对她说："你先去，我马上过去。"

"你要多久才过来？我好热！我要死了！不行了！"

"很快，我很快就过去，快去吧！"

谭波儿跌跌撞撞地沿着走廊向舞厅走去，她似乎已经没有了思维和意识。舞池里的音乐声很大，谭波儿感觉自己还靠在走廊的墙上，但实际上她已经进了舞池，刚才那两个男人（其中一个男人嘴里嚼着口香糖，另一个男人穿一件扣子扣得很紧的大衣）走过来，一左一右把她夹在中间向门口走去。谭波儿想停下，但是被那两个男人一左一右抓着胳膊，谭波儿绝望地看着周围，想喊。

"喊吧。"上衣扣着纽扣的男人说，"喊一声试试。"

瑞德手里抓着骰子筒站在赌桌旁，他的头往这边扭了一下，看见谭波儿，做了一个行礼的动作，他看着谭波儿被那两个男人架着出了赌场的大门，然后回过头扫了一眼房间，一脸无所谓的神态，他的鼻孔底下有两道白色的印记，他的额头也是汗涔涔的。他摇了摇手里的骰子筒，把骰子掷了出去……

"11点！"赌场发牌的人说。

"就押这个！"瑞德说，"今天我赢了。"

谭波儿被那两人①扶进车里，大衣扣子的那个男人坐到驾驶座

---

① 这两人是金鱼眼的同伙。

上，发动了汽车……当汽车开上一条连接大路的小路时，谭波儿看见路边停了一辆加长的旅行车，金鱼眼坐在车里，正在低头点烟，他的帽子压得很低，只能看见侧脸，随着一根火柴像一颗小流星一样被扔出车外，那张脸和火花一起隐入无边的黑暗中。

二十五

舞厅所有的桌子都被移到一侧墙边。每张桌子上都换上了黑色的桌布。窗帘全部放下来,阳光给厚厚的窗帘蒙上了一层银灰色。一具边角包着银边看上去价格不菲的棺材摆放在乐台下面,棺材支架周围摆放着鲜花、十字架和其他象征死亡的东西,悲伤而沉闷的弥撒曲旋律在房间里回荡,让人感到压抑。

舞厅老板不时和坐在桌子旁边的客人们寒暄几句,或者和刚进来的客人打招呼,安排他们坐下。客人刚一落座,便有穿着浆洗过的外套和黑色衬衫,走路姿势灵巧而不失庄重的黑人侍者为他们端上姜汁汽水,随着人越来越多,舞厅里的气氛变得不再那么沉闷。

通向赌场的拱门被黑布遮了起来。掷骰子的赌桌上被一块黑色的罩布盖着,桌子上堆着鲜花扎成的花圈。越来越多的人进到舞厅里。男人们有的穿着黑色的西服,有的穿着和葬礼不符合的浅色春装。女人们——特别是年轻女人们——很多穿着颜色鲜艳的衣服,头上戴着帽子或裹着头巾,岁数大一点的穿着稍显庄重的灰色、黑色或者海军蓝的衣服。后者手上的钻石戒指熠熠发光,让人想到星期天下午跟着全家外出游玩时仪态端庄的家庭主妇。

房间里越来越吵,不时传来小孩子的尖叫声和大人制止孩子吵闹的嘘声。穿着白色外套和黑色衬衫的侍者高高举着盘子穿插在桌子之间,像是黑白照片里的人物。舞场老板领口上系着三角围巾,围巾上别着镶钻石的领针,明晃晃的领针和他的秃头一样惹人注目,他身后跟着一个保镖壮汉,身上的肌肉结实得好像皮里藏了好些圆滚滚的随时可以破茧而出的蚕蛹似的。

在大厅旁边的私人间里,一张铺着黑布的桌子上放着酒碗,酒里有冰块和水果。一个身穿青灰色西服、身材臃肿、看上去邋里邋遢的男人站在桌子旁,他的袖子长得盖住了大半个手,两只手的指甲里嵌满了黑泥,脏乎乎的领子在脖子上耷拉着,脖子上系着一根油腻腻的黑色领带,领带上别着一枚仿制的红宝石领针。他叫金恩。他甩开粗哑的嗓子不停地邀请旁边的人品尝桌上的酒,嘴里说着:"大家别客气哈!多尝尝这酒,我请客,这么好的酒不用付一分钱就能喝到!快过来尝尝!再没有比他更好的小伙子啦![①]"很多人走过来,拿了酒后又退下去,后面的人继续把杯子伸过来,有侍者走过来给酒里添加水果和冰块,金恩见状从桌子底下拉出来一箱子酒,打开后倒进酒碗里,然后抬起胳膊用袖子擦擦汗涔涔的脸,像个大方的主人似的诚心诚意地大着嗓门说:"乡亲们多喝点啊!我请客!我就是做这个的,瑞德是我最好的朋友。多喝点,乡亲们,我那儿库存多着呢!"

从旁边的舞厅传来音乐声。人们往舞厅走去,找到位子后坐下来。表演台上站着几个穿得很正式的乐手,他们是从城里一家酒店请来的。舞厅老板和他的助手走上前,和乐队领头的商量演什么

---

① 这里指被金鱼眼杀死的瑞德。

节目。

"不如奏点爵士音乐，瑞德最喜欢听爵士舞曲。"助手说。

"不要爵士乐！"舞厅老板说，"这帮人都喝了酒，一听这种音乐难保不跳舞，可是那边棺材里还躺着瑞德呢！面上不太好看！"

"那《蓝色多瑙河》的曲子怎么样？"乐队头儿说。

"不，不要布鲁斯！我刚才不是说了吗？棺材里还躺着一个呢！"

"《蓝色多瑙河》不是布鲁斯！"乐队的头儿说。

"那是哪种音乐？"

"华尔兹，施特劳斯作曲的。"

"这么说作这曲子的是个意大利佬？！"助手说，"那还是算了，瑞德是美国人。你也许不是美国人，可他是地地道道的美国人。你知道美国人作曲的音乐吗？不行的话你们就演奏那首《除了爱我什么都给不了你》的曲子得了，那是瑞德喜欢的曲子。"

"你想让这里的人都跳起舞来？"酒吧老板打量了一眼人群说，"我觉得你还是先从那首《靠近上帝》开始。别把气氛搞得太欢乐！本来我的意思是等我们回到镇子时再给客人上酒。我和金恩说，别太早供应酒，可他就是不听，早早把酒端上来，现在看来一会儿不是举行葬礼，倒要举办嘉年华了，所以你们最好先演奏些低沉严肃的音乐，然后再看我眼色行事。"

"瑞德不喜欢严肃音乐，这你也知道。"助手说。

"那就把他的尸体搬到别处去！"舞厅老板说，"我只是提供场地，又不是开殡仪馆！"

乐队开始演奏《靠近上帝》那首曲子，客人们安静了不少。一个穿红衣服的妇女摇摇晃晃冲进来说:"噢,再见啦,瑞德,我想我还没走到小石城①,你就已经在地狱里待着啦!"

"嘘!"有人制止她说下去,红衣女人找到个座位坐下来。金恩走到门口站下,等那首曲子演奏完了,他摆着手大声招呼厅里的人道:"来吧,乡亲们!我请客,在这个地方我才不想让自己的喉咙渴着!"坐在后排的客人有人站起来往门口走,舞厅老板赶忙从座位上站起来,冲着乐队摆了摆手,乐队里的短号手立刻站起来,开始独奏《在那安息之港》的曲子,坐在大厅后面的人在金恩的招呼下已经走了一大半,其中两个中年妇女一边流泪一边往外走。

另一个房间里,人群重新向酒碗围过去。从舞厅里传来浑厚响亮的短号,号声中两个穿得脏兮兮的年轻人手里拎着箱子向桌子挤去,嘴里喊着:"让一下,让一下!"他们把箱子放在桌子上,打开,从里面拿出几瓶酒放在桌子上,金恩脸上挂着泪水打开酒瓶,往酒碗里倒酒,嘴里说着:"喝吧!乡亲们!他就像我亲儿子一样!"他大声说着,一边用袖子擦着脸上的泪水。

一名侍者端着放着冰块和切好的水果的容器挤到桌前,往碗里添冰块和水果。金恩看见了,喊道:"你们这是干什么?!放下那些东西,给我滚远点!"

人们开始起哄,一边碰杯一边喊着,金恩打掉侍者手里的容器,重新往酒碗里倒酒,酒溅在伸过来的手上和杯子上。刚才那两个年轻人"砰!砰!"地开着酒瓶。

随着一阵响亮的号声,舞厅老板出现在门口,他摆着手喊道:

---

① 小石城是美国阿肯色州州府所在地。

"乡亲们,回来听会儿音乐,请乐队花了不少钱呢!"

"谁听你的!"有人喊道。

"谁花钱请的乐队啊?"

"爱谁请谁请!"

"谁花钱请的乐队啊?"

"这点钱还放在心上?我付钱,我出钱给瑞德办两个葬礼!"

"伙计们!伙计们!"舞厅老板喊道,"你们难道不考虑旁边房间里还放着一具棺材吗?!"

"谁花钱啊?"

"啤酒?"金恩说,"在哪儿呢?啤酒!"他不连贯地说,"有人想侮辱我?"

"他不舍得给瑞德花钱!"

"谁不舍得给瑞德花钱?"

"乔那家伙不舍得给瑞德花钱!"

"这儿谁想侮辱我?"

"那咱们换个地方!城里又不是只有这一个地方可以办葬礼!"

"我看先把乔那家伙换掉!"

"把那个兔崽子装进棺材里,然后咱们自己办葬礼!"

"啤酒?啤酒?是谁敢侮辱——"

"把那个王八蛋装进棺材里,没准儿他也喜欢待在里面!"

"把那个王八蛋装进棺材里!"穿红衣服的女人突然尖着嗓子喊了一声。站在门口的舞厅老板连连摆手,大声为自己辩解,可是当他看到人群向自己冲过来时连忙转身溜掉了。

在放棺材的那个房间里,从剧团请来的歌唱演员们正在演唱一首表达母爱的四重唱,四名演员配合得很好,唱完了他们开始唱《小乖乖》那首曲子,岁数大一点的女人开始哭泣,侍者们在桌子之间穿梭,把托盘里的酒递给客人,人们手里端着酒杯,一边听一边哭。

演员唱完歌后乐队开始演奏。穿红衣服的女人突然踉踉跄跄从旁边房间冲进来,嘴里喊着:"乔!我们要玩牌!把棺材搬出去!我们要玩牌!"一个男人见状过来拉她,她转过身骂了一句,然后冲到盖着罩布的赌桌前,拿起上面的一个花圈,扔到地上。舞厅老板见状立刻冲过去,保镖也跟了过去。女人正要扔第二个花圈时,被舞厅老板抓住双手,刚才过来拉女人的那个男人上前阻止,女人嘴里骂着脏话,把手里的花圈朝舞厅老板扔去。保镖也过来了,拽了一把保护那个女人的男人的胳膊,男人被拽得转了个圈儿,他回手要打保镖却被保镖一拳打得跌倒在几米开外。房间里又冲进来三个男人,被打的男人从地上爬起,和那三个男人一起向保镖冲过去。

保镖一拳把冲到他跟前的第一个人打倒在地,转身向大厅跑去。很快,从大厅里传来椅子倒地的声音和人们的尖叫声,声音淹没了乐队的演奏声。保镖和四个男人打在了一起,很快,一个男人被保镖打倒在地,后背着地滑出几米开外,那保镖跳开另外三个人的围堵,抓住其中一个人,朝棺材上扔去,然后是第二个,第三个。乐队已经顾不上演奏,抱着乐器站到椅子上。地上一片狼藉,花圈都散了架,棺材晃了晃似乎要倒下,有人赶紧喊:"扶住棺材!"不等人冲上去,那棺材已经轰的一声砸在地上,棺材盖子开了,瑞德的尸体从里面掉出来,脸正好砸在一个花圈上。

"继续演奏！"舞厅老板挥舞着胳膊喊道，"快点！演奏啊！"

人们抬起尸体时花圈也跟着起来，挂在尸体脸上，原来是花圈上的一根铁丝扎进了尸体的脸颊。尸体本来戴着一顶帽子，现在也掉了，露出位于前额正中的蓝色枪眼，原本枪眼被蜡堵住了，还上了颜色，但是现在蜡掉了出来，人们找了半天也没找到，只好解开帽子上的摁扣，松开帽子，然后往下拉，遮住前额的枪眼。

随着车队接近市中心，更多的汽车加入了进来。灵车后面跟着六辆帕卡德旅行车，车顶向后，由穿着制服的司机驾驶，车上堆满了鲜花。这六辆车看起来一模一样，一看就是正规的出租公司按小时租的那种车，六辆车后面跟着一长队伍的出租车、敞篷车和轿车。车队跟在游行队伍后面缓慢地穿过限制区，人群的面孔从低垂的阴影下，朝着通往交通要道的主干道张望。

灵车行驶到大街上后明显加快了速度，车与车之间拉开了距离，私家车和出租车开始放慢速度，每到一个十字路口，都有私家车或者出租车离开队伍，往旁路上驶去，到最后整个车队只剩下那辆只有司机没有乘客的灵车和那六辆帕卡德车。大街宽而平坦，中间有一条白线，在前方延伸到光滑的沥青空地上。很快灵车的时速就达到了40英里，然后是45英里，然后是50英里，飞速向前驶去……

从那辆车队中出来的一辆出租车停在了瑞芭小姐的家门口。瑞芭小姐和两个女人先后从车里出来，跟在瑞芭小姐后面的其中一个女人看上去比较瘦弱，穿着普通，鼻梁上架着金边眼镜；另外一个矮矮胖胖，头上戴了顶插着羽毛的帽子，用手帕遮着脸。最后从车里出来的是一个脑袋尖尖的五六岁男孩儿。拿着手帕的胖女人一直在哭,边哭边擦眼泪,三个人往瑞芭小姐的屋子走去,米妮刚把大门打开,两只狗就冲到瑞芭小姐的脚边,瑞芭抬腿一脚把两只狗踢到一边,被踢的两只狗重新冲了过来,又被瑞芭"砰"地一脚踢到角落里。

瑞芭小姐手放在胸口上说:"进屋,快进屋……"几个人刚走进大门就嚎啕大哭起来。

"即便他去另一个世界了,看上去还是那么和善……还是那么和善……"拿手帕擦泪的胖女人抽泣着说。

"好了,好了。"瑞芭小姐往她自己的房间走去,"进来喝杯酒,会让你感觉好些,米妮!去拿酒!"她们走进那个放着衣橱、保险箱、屏风和肖像的房间。瑞芭小姐气喘吁吁地说:"快坐下!坐下休息休息!"她替两个女人把椅子拉出来,自己在一张椅子上坐下来,然后俯下身体去够拖鞋。

哭泣的妇女看见了,一边用手擦眼睛一边对那个男孩儿说:"巴德宝贝,你去帮瑞芭小姐脱一下鞋子。"

男孩儿跪着替瑞芭小姐脱下鞋子。"亲爱的,请帮我把床底下的拖鞋够出来。"瑞芭小姐说。男孩儿立刻帮她把拖鞋拿出来。米妮进来了,后面跟着那两只狗。它们冲向瑞芭小姐,但看到瑞芭小姐脚下的鞋时又退缩了。

"走开!"男孩儿用手拍了一下其中一只狗。那只狗甩了下脑袋,牙齿咬得咯咯响,睁了一半的眼睛露出凶光。男孩儿往后退了一步,说:"你敢咬我?小王八蛋!"

"巴德!怎么说话呢?!"胖女人抬起满是泪水的胖脸制止他

道,由于着急,她头上帽子的羽毛摇晃着。巴德的脸是圆的,鼻子两边的雀斑让人想到夏天下暴雨时,雨点掉到地上溅起的泥点子。另外一个女人身体笔直地坐着,金色的夹鼻眼镜,金色的链子和梳得整整齐齐的铁灰色头发,气质像学校里的老师。胖女人解释说:"谁知道这孩子在阿肯色州农场只待了几天就学会说这种话?"

瑞芭小姐说:"学脏话容易着呢!"米妮把托盘放在桌子上,托盘里放着三个啤酒杯。三个女人各自端了一个杯子,喝了起来,巴德在旁边看着。胖女人又开始抽抽噎噎地哭了起来,一边哭一边说:"他看上去是那么乖……"

"人终有一死,"瑞芭小姐举起杯子说,"我们早晚也有这一天,希望这一天晚点到来。"另外两个女人欠了欠身体表示感谢,喝了各自杯里的酒。胖女人擦干眼泪,擦擦嘴,瘦女人也擦擦嘴,用手掩住嘴巴,礼貌地扭过头咳嗽了一声说:"这酒味道不错。"

"可不是嘛!"胖女人说,"我就喜欢来瑞芭小姐这里做客。"

三个女人礼貌地拉着家常,话说得适可而止,那个叫巴德的男孩无所事事地走到窗前,从百叶窗的合页缝隙间看着窗外。

"玛塔小姐,这孩子这次来待到什么时候?"

"待到这个星期六他就回去了。"胖胖的玛塔小姐说,"他每次来我这里住一两个星期,换换心情,我也喜欢他来我这里住。"

"孩子们过来和我们这些上岁数的人住对我们来说是个宽慰。"瘦女人说。

"可不是嘛!"玛塔小姐说,"对了,瑞芭小姐,那两个年轻人[①]

[①] 指第二十一章中提到的方索和维吉尔。

还和你住在一起吗？"

"嗯！"瑞芭小姐说，"早晚我得把他们赶出去！虽说我不是个心软的人，但是总觉得年轻人早晚都得知道这个世界的凉薄，所以能让他们晚知道一天就晚知道一天。我现在已经不允许姑娘们赤着身子在屋子里到处乱跑了，虽然她们不喜欢我立的这个规矩。"

几个人继续喝酒，瑞芭小姐喝酒的姿势比较豪放，端杯子的姿势像是端着一杆枪，另外两个女人稍微斯文点。瑞芭小姐几口喝完了杯子里的酒，说："我还想喝，你们要再来一杯吗？"两个女人拘谨地点点头，瑞芭小姐喊道："米妮！拿酒来！"

米妮过来了，给每个人的杯子里倒上酒。"这也太糟糕了！"玛塔小姐说，"瑞芭这里有这么好喝的啤酒，可是我们这个下午却高兴不起来。"

"金恩让大家随便喝酒，还没出什么乱子，这倒让人挺诧异的。"瑞芭小姐说。

"那些酒值不少钱呢！"瘦瘦的洛兰小姐说。

"是的，可是有什么用？！除了让那个鬼地方挤满了不肯花一分钱的人啥用没有！"瑞芭小姐把手里的酒杯放在旁边的桌子上，突然转过头看了自己的酒杯一眼，又看看站在她椅子后面的巴德，喊道："你没喝我的酒吧？"

一旁的玛塔小姐立刻说："你羞不羞，巴德？我从来没见过一个孩子像你这样，到处偷酒喝！我现在都不敢带你去别人家！过来！来我这儿待着！"

"噢。"巴德答应着。瑞芭小姐举起桌子上的酒杯喝得一干二净，然后把酒杯放在桌子上，站起身。

"既然我们都感觉到累,不如再喝点杜松子酒解解乏。"

"还是不喝了。"玛塔小姐说。

"玛塔小姐,你就听瑞芭小姐的吧!瑞芭小姐一向很大方!"瘦瘦的洛兰小姐说。

"那就恭敬不如从命。"玛塔小姐说。

瑞芭小姐去了屏风后面。

玛塔小姐对洛兰小姐说:"从来没有哪一年6月就这么热的!"

"就是!"瘦瘦的洛兰小姐说。玛塔小姐像想起来什么似的,脸开始起皱,似乎又要掉眼泪,手伸到口袋里去摸手绢。

"一想起他们唱的那首《小乖乖》,我就又难受起来,瑞德他看上去是那么惹人心疼。"

洛兰小姐似乎有点不耐烦,劝她说:"怎么又哭了呢?来!喝两口酒去去心里的难受。"

"谁让我心肠太软呢?"玛塔小姐一只手用手绢擦着眼睛里的泪水,另一只手去端桌子上的酒杯,却发现酒杯不在原来的位置上,她立刻抬起头喊道:"巴德,你怎么又偷酒喝?我刚才不是告诉你不要站在椅子后面,到外面玩儿去吗?!你难道忘了?有一天下午你在这里偷酒喝,后来我带你离开这里,走在大街上我都不好意思让别人看到你那副醉醺醺的样儿!"

瑞芭小姐手里端了三杯杜松子酒从屏风后面出来,"喝这个带劲!要不我们三个坐在这里像三只上了年纪的病猫!"玛塔小姐和洛兰小姐欠身从瑞芭小姐手里接过酒,喝了两口,咂咂嘴,继续聊天。

玛塔小姐说:"做女人可真够可怜的!男人离不开我们,可是又不让我们做自己,他们只想让女人成为他们想要的样子,可是又希望我们和他们想的不一样。他们可以想干什么干什么,可是如果他的女人对其他男人多看一眼他都不干。"

瑞芭小姐说:"一个女人如果想同时摆布几个男人,那她就是个傻瓜!男人没一个好东西!女人和男人搅和在一起就是给自己惹麻烦,反过来女人自己也是,当她找到一个花钱大方,对她好,连句重话都不会对她说的老实爷儿们时,她又不安分了……"说完她看着另外两个女人,脸上的神色变得悲伤起来。

玛塔小姐说:"你瞧你!又来了!"她伸出手拍了拍瑞芭小姐的肥手以示安慰。洛兰小姐说:"你又要伤心了?"

瑞芭小姐说:"他是个好人,能让你快乐,我们在一起11年,快乐得就像两只野鸽子。"

玛塔小姐说:"好了,亲爱的,别难过了。"

瑞芭小姐说:"我想起他躺在花丛里的样子,心里就难过得不行。"

"瑞德可没有本福先生那么有福气,好了,别难过了,喝吧!"

瑞芭小姐抬起胳膊,用袖子擦擦眼泪,擦完喝了两口酒。

洛兰小姐说:"他不应该去勾搭金鱼眼的姑娘!"

玛塔小姐说:"男人才不会那么想!你觉得金鱼眼会躲到哪儿去?瑞芭小姐。"

"不知道,也不想知道!什么能不能抓到金鱼眼那家伙,抓到了是不是会把他烧死,我统统不关心!"

玛塔小姐说:"据说他每年夏天都要去彭萨科拉去看他母亲,一个还能记得他母亲的男人应该不算太坏。"

"那你告诉我,一个人要坏到什么程度才算坏人?"瑞芭小姐说,"我不过是想正儿八经做点生意,这打靶场①的生意我经营了20年都平安无事,可是他来后这地方天天出事,比戏院还热闹!"

玛塔小姐说:"可怜了你那些姑娘,麻烦一来她们最倒霉!"

洛兰小姐说:"两年前我听人说他那个东西不行!干不了男人那事儿!"

瑞芭小姐说:"我早就看出来了!一个正当年的男人在姑娘身上花钱如流水,可就是从来不和她们睡觉,这事儿肯定不对劲!姑娘们都以为他是在城外养了个女人,所以不找她们,可我不这么看,你们俩记住我的话,就看他那样子,指不定在哪里干过坏事!"

"嗨,管它呢!只要他在我们这里花钱大方就行!"洛兰小姐说。

"可惜了那姑娘的衣服和珠宝!"瑞芭小姐说,"她身上那件中国长袍可是进口货,怎么说也得要100块钱!一盎司小瓶的香水要10块钱一瓶,她跑后的第二天早晨,我去她房间,看见所有的衣服被她扔在角落里,香水瓶全碎了,撒得哪儿都是!房间里乱七八糟,像是刚刚刮过一场龙卷风。他肯定是打了她,她生气,所以那样糟蹋东西,后来他把她关起来,不让她出去,还叫人在我家门前盯着,好像我这里是个……"瑞芭小姐拿起桌子上的酒杯,往嘴边送,突然又停住了,眼睛眨巴着说:"我的酒哪儿去了——"

"巴德!"玛塔小姐突然喊道,随后她抓着巴德的胳膊,把他从瑞芭小姐的椅子后面拽了出来。玛塔小姐摇晃着巴德说:"你不

---

① 指妓院。

臊得慌吗？！嗯？看见我们喝酒你就过来偷！你再这样我就把刚才给你的一块钱要回来，用那钱给瑞芭小姐买罐啤酒赔罪，我说到做到！现在，你给我到窗子那儿去！待在那儿别动！听见了吗？"男孩儿被她摇得晃来晃去，脸上还是一副傻呆呆的表情。

"算了，别说他了，本来杯子里也没剩多少酒了，你们俩杯里的酒也差不多喝完了吧？"瑞芭小姐说。

洛兰小姐用手绢擦擦嘴，一只手放在她平平的老处女的胸脯上，眼镜后面的眼珠转了转，对洛兰小姐说："宝贝儿，我们差点忘了，你心脏不好，是不是最好喝点杜松子酒？"

"也是，我——"洛兰小姐话没说完，瑞芭小姐已经从椅子上站起来，说："我这里有杜松子酒。"说完去了屏风后面，端了几杯杜松子酒出来。米妮走了进来，把她们刚才喝啤酒的杯子倒满啤酒，三个女人喳喳嘴又喝了起来。

洛兰小姐说："他怎么不让她出门呢？还专门找人看着她。"

"这事儿还是米妮告诉我的！"瑞芭小姐说，"米妮说他很少在那姑娘房间过夜，几乎每隔一天晚上都要出去。就算晚上是在那姑娘房间睡的，第二天米妮整理床铺时却发现床上根本没有两个人睡过的痕迹，而且，两个人常吵架，姑娘一直吵着要走，可金鱼眼就是不让她走。他给她买衣服很大方，却从来不让她离开这里，姑娘一生气就锁上门，不让他进屋。"

"也许他去做了手术，用猴子的腺体治好了毛病，可是用了一段时间又不行了。"

"有一天他一大早就和瑞德过来，去了那姑娘的房间，在里面待了一个小时后离开了。第二天早晨他们又来了，还是在那姑娘的房间待了一个小时，他们走后，米妮跑来告诉我他们在房间里干的好事。我第二天早晨没出门，专门等着他们过来，两个人过来后我把金鱼眼单独叫到我房间里，对他说：'听着，你这个狗杂种——'"瑞芭小姐突然打住，玛塔小姐和洛兰小姐正听得起劲，看见瑞芭小姐不说了，似乎意识到了什么，转过头看着巴德。

"巴德，心肝宝贝，你去院子里和小狗儿玩一会儿去！"玛塔小姐说。

"好的，太太。"男孩答应着向门口走去，三个女人一直看着小男孩儿消失在门口，才重新开始刚才的话头。

瑞芭小姐继续说道："——我对他说：'我开这生意有20年了，可还是第一次有人在这里干这样的事情，你要是想给你相好的带匹种马来，请你上别处去！我可不想让人把我这儿变成一座胡作非为的法国妓院！'"

"这兔崽子！"洛兰小姐说。

"他要是有脑子，就找个又丑又老的男人来，"玛塔小姐说，"他怎么会用长得那么俊的小伙子勾引这姑娘。"

"男人喜欢女人能抵抗住诱惑。"洛兰小姐说完像学校老师似的坐直身体，嘴里冒出一句："真是个王八蛋！"

"那是他请来的人！"瑞芭小姐说："他们就这样连着干了4天，然后就不来了！金鱼眼也不来了，一个星期过去了，那姑娘竟然变得跟小母马似的烦躁，我以为金鱼眼去外地办事去了，可米妮告诉我说他就在杰弗生镇里。他给米妮钱，5块钱一天，让她帮着看着这姑娘，不让那姑娘出门，也不许她打电话，我一直想托人给他带个信，让他来把这姑娘接走，因为我不喜欢这种事发生在我这里。

米妮说那姑娘和金鱼眼带来的那个男人脱得赤条条的,像两条蛇缠在一起,金鱼眼就站在床脚,连帽子都戴得好好的,嘴里哼哼唧唧地发出怪声。"

"也许他那是给他们加油呢!"洛兰小姐说,"心地肮脏的王八蛋!"

从大厅里传来脚步声,中间夹杂着米妮的恳求声。门开了。米妮架着巴德走了进来,巴德晃来晃去,脸上的表情呆呆的。"瑞芭小姐,这孩子打破放冰块的盒子,从里面偷了一瓶啤酒!你,站好了!给我站好了!"米妮使劲架着巴德,巴德被甩得晃来晃去,站不直,咧着嘴笑着,突然,他脸色一变,哇的一声吐了一地,米妮迅速一甩手,闪到一边。

二十六

霍拉斯几乎一夜没睡,太阳升起的时候,他刚刚写完一封给妻子的信,信里要求离婚,信上的地址写的是贝尔父亲在肯塔基州的家的住址。他坐在桌旁,低头看着那一页看似整整齐齐但难以辨认的文字,这是四周前他和金鱼眼在泉眼边相遇以来,第一次感到内心平静。他闻到了咖啡的味道,心说:"我会完成这件事,然后去欧洲。我讨厌这里的一切。我太老了,我现在只想安静,哪怕死了都行。"

他刮了胡子,自己做了咖啡,喝完后又吃了些面包,然后离开了家。当他经过酒店门口时,看见路边停着去火车站接站的巴士,几个旅行经销商正在排队上车。斯诺普斯手里拎着行李箱也排在队伍里。

"我去杰克逊市待了几天,忙点生意上的事情。"斯诺普斯对他说,"真可惜,昨天晚上和您错过了,我也是昨天晚上回来的,坐汽车回来的,我猜昨天有人帮您安排住宿了,是吧?"上车后他从车里探出脑袋自上而下看着霍拉斯说。霍拉斯看着那张松弛的像面团似的脸,察觉到对方的意图。"我可以带您去个地方,那儿很少有人知道。在那里男人想做什么做什么,只要他成人了,这次去不成，就等下次吧，反正咱们也不是外人。"又往外下探了探身子，降低声音说，"您放心，我不是那种传闲话的人。我在杰弗生镇行得正，至于我去北边后和一群好朋友找乐子，那谁也管不了，是我们自己的事，您说是不是？"

那天早晨他在大街上看见了纳西莎，不等他走上去，纳西莎的背影已经消失在一扇门后。他追过去，纳西莎的影儿也不见，他在附近的几家商店里找了半天也没看见纳西莎，他又去问店员，店员说他们也没看见纳西莎。他注意到两个挨着的商店之间有一处直通二楼的楼梯，他知道二楼上有好几间办公室，其中一间是地区检察官尤斯塔斯·格莱姆的办公室，但他没有上去。

杰弗生镇的地区检察官格莱姆患有先天性足畸形，但这并不影响他通过努力进入州立大学学习，顺利完成学业。杰弗生镇的人到现在都记得他年轻时为镇上的各个小卖部赶着马车或者驾驶卡车进货送货的样子。他上大学第一年就因为勤工俭学而出名，不仅在学校食堂端盘子，还拿到为邮局派送接收邮件的政府合同（每班火车到杰弗生镇时送邮局发出的邮件，顺便取回火车带来的邮件）。人们常常看见他背着邮袋一瘸一拐走在路上，见人就打招呼，一副嘻嘻哈哈大咧咧的样子，只有从眼神里可以看出此人是个有野心的人。大学第二年的时候，他辞掉了给学校端盘子的工作，也不再接给邮局送信收信的活儿，他给自己买了套新西装。人们都为他高兴，觉得他靠勤工俭学赚到了钱，现在可以把心思放在学习上。那时候他已经开始在法学院上课，法学教授们特别看好他，尽管成绩不是名列前茅，但毕业成绩也还不错。教授们这样评价他："因为他一开始勤工俭学影响了学习，如果他和别人一样不需要勤工俭学,那他的成绩肯定要比现在好很多。"

直到他毕业后大家才知道他在马车行窗帘紧闭的办公室里打了三年的扑克。毕业两年后他被选到了州参议院,有人开始传发生在马车行办公室里一则关于他的轶事。

"你手里有多少本金,哈里斯先生?"他说。

"42美金,尤斯塔斯。"马车行老板说。尤斯塔斯把筹码扫进自己的口袋里。"那些是多少?"马车行老板问他。

"42美金,哈里斯先生。"他回答。

"嗯,"马车行老板看着自己的手说,"你抽了多少张牌,尤斯塔斯?"

"三张,哈里斯先生。"

"嗯,刚才是谁先发的牌,尤斯塔斯?"

"我先发的。哈里斯先生。"

"我不跟。"①

他当地区检察官的时间虽然不长,但谁都看出他想凭着自己办案的数量赢得进众议院的机会。当纳西莎走进他的办公室时,他脸上的表情跟当年往赌注堆里放42美金筹码的表情一样。

"真希望为他辩护的不是您哥哥。"尤斯塔斯对纳西莎说。

"你确定霍拉斯打不赢这场官司吗?"

"应该是这样,我——"

"你有证明他打不赢这场官司的证据还是你知道一些他不知道的事情?"

---

① 这段对话表明老板知道尤斯塔斯发牌动了手脚,自己已没有赢牌的可能,所以不跟。

尤斯塔斯看了纳西莎一眼，从桌子上拿起一把裁纸刀，削起铅笔来。"这个我不能告诉你，因为这是机密，告诉你就违反了我的就职誓言。但是如果你知道他连一点赢的机会没有也许会让你省去不少烦恼。我知道他如果知道这点肯定会失望，但这也是没办法的事。我们已经掌握了古德温犯罪的证据，如果你认为你可以说服你哥哥放弃这个案子，我建议你试试！一个律师如果输了官司，那就和球员、商人、医生一样，会影响到他的事业。"

"也就是说他越早放手对他越好是吗？最好是他们快点绞死那个犯人，让这件事尽快过去，是吗？"纳西莎说，她的口气冷淡，毫无感情，尤斯塔斯愣怔了一下，停下了削铅笔的动作，但是他没有抬头。纳西莎继续说道："我想让霍拉斯尽快从这个案子里出来，可以说越快越好，三天前一个叫斯诺普斯的参议员给我家打电话找霍拉斯，霍拉斯接了，第二天他就去了孟菲斯，我不知道他去那里干什么，我想您可以去发现霍拉斯去那里究竟是为什么事，我只想让他尽快从这件案子中脱身出来。"

纳西莎站起身往门口走去。尤斯塔斯赶紧站起来去开门，纳西莎看他的眼光就好像他是一条狗或者牛，而她等着这只狗或这头牛给自己让道似的。纳西莎走后尤斯塔斯关上门立刻激动地走了几个舞步，手里打了个榧子，正当他激动的时候，房门突然开了，纳西莎站在门口，尤斯塔斯赶紧假装去摸领带。纳西莎问："您觉得这个案子什么时候会结束？"

"噢，我只知道20日开始开庭审理此案。第一个审的就是这个案子，现在有了您的支持，可能两三天之内就会结案。对您的支持，我肯定会保密的。"尤斯塔斯走向纳西莎，但是被对方冷冷的目光阻住了,纳西莎的眼神里似乎在考虑什么,那目光像是墙,把尤斯塔斯包围在墙里。

"24日吧。"尤斯塔斯说。纳西莎看着他说了一句"谢谢你"就走了,门在她身后关上了。

当天晚上纳西莎给贝尔写信,说霍拉斯24日回家。然后她给霍拉斯打了个电话,在电话里问霍拉斯要贝尔现在的住址。

"你要她的住址干什么?"霍拉斯问纳西莎。

"我要给她写封信。"纳西莎平静地说,没有威胁的口吻。该死!挂断电话后霍拉斯手里抓着听筒想,她连找个借口都懒得找,我怎么能斗得过她?但他很快就忘了刚才的不愉快,忘了她电话里说的事。兄妹俩那几天再没有见面,一直等到开庭的日子。

还有两天法庭就要开庭了。这天,克拉伦斯·斯诺普斯从一间牙医诊所出来,站在门口的马路牙子上吐着唾沫。他从口袋里掏出一根包着金箔的雪茄,小心地揭掉金箔,把烟放进嘴里用牙齿咬着。他的眼睛四周有一圈乌青,鼻梁上贴着胶带。"我在杰克逊市被车撞了一下。"刚才他这样和理发馆的人解释,"但是我让那个王八蛋赔了我一大笔钱!"说完从口袋里掏出一沓黄色钞票,在其他人眼前晃了晃,然后把钞票放进钱夹子里,再放进口袋里。"我是美国人,这一点不是吹牛,我骨子里就是个美国人。还有,我虽然不是牧师,也不是德高望重的修士,但是绝对不比那些在教堂里大唱赞美诗的家伙坏到哪儿去!要我说这个世界上最贱的东西不是黑鬼,而是犹太人!我们得设严法防备这些犹太人!不能允许一个穷鬼犹太人来我们这个国家,取得法律学位后就可以开门营业。犹太人是人类中的贱民，他们当中最贱的家伙是犹太律师，而犹太律师中最坏的是孟菲斯的犹太律师！一个犹太律师居然敢涮我这个美国人？！当初那两个人，一个是住在杰克逊市的法官，一个是大律师的儿子而且有朝一日会是大有作为的律师，给我手里的东西出的价钱是这个犹太律师的十倍！可是这个犹太律师居然连法官和律师给我出价的十分之一的价钱都不肯出！真应该出台法律管管这些犹太律师！我一向对人大方，朋友想要我手里的情报我就卖给他们，可居然碰上这么一个臭犹太佬！"

"那你为什么卖给他呢？"理发师问他。

"什么？"斯诺普斯说。理发师看着他，没有继续再问。

"你是想卖给他什么他要开车碾你？"理发师说。

"抽根烟！"斯诺普斯说。

二十七

霍拉斯给瑞芭小姐打去电话,他在电话里说:"不知道谭波儿是否还在你那里,我想见她一面。"

"她在这儿。"瑞芭小姐说,"但是我不赞成你过来见她。我可不想让你带着警察在我这里绕来绕去,除非他们是我认识的警察。"

"我只带一个送信人,他是法庭工作人员,负责给案件当事人送法庭文件。"

"告诉他找个邮局寄过来!邮递员常来我们这里送信,也穿着制服,看上去和全副武装的警察差不多,让邮递员送过来!"

"我去不会给你惹麻烦的!不会的!"霍拉斯说。

"我知道你不会。"瑞芭小姐声音不高,但口气强硬,"但我不会让你进屋的。米妮刚刚哭了一场,因为那个骗她的老公!我和玛塔小姐现在正在这儿喝酒,也没少哭,我们三个喝了一大瓶子松子酒,我可不能让人打扰我!你如果叫警察,我就把他们轰到大街上去,让那些警察在大街上逮人,少在我这儿闹事!"

19日晚上他再一次打给瑞芭小姐。这一次好不容易才接通电话。

"他们走了!"瑞芭小姐说,"两个人都走了,难道你没看报纸吗？"

"什么报纸？"霍拉斯说，"等一下！喂！"

"我说过了，他们不在这儿！"瑞芭小姐说，"我什么都不知道！我只想知道谁会付给我他们在这儿住了一个星期的房租——"

"你能告诉我他们去了哪儿了吗？我需要知道他们的消息。"

"我什么都不知道，也不想知道！"瑞芭小姐说。霍拉斯随后听到那边座机的压簧被按了一下，但是电话没有挂断，接着是话筒被人重重地扔到了桌子上的声音，电话里传来瑞芭小姐喊米妮的声音："米妮！米妮！"然后有人拾起话筒，压在压簧上。电话里的声音消失了。过了一会儿，从电话那端传来一个冷漠的德尔萨特式[①]的声音："去松树崖……谢谢！"

第二天庭审。法官的桌子上放着地区检察官提供给法庭的物证；从汤米头颅里取出来的子弹以及盛着玉米酒的石罐。轮到霍拉斯发言时，他请求法庭传唤古德温的女人上庭。女人进来后霍拉斯引着她到椅子上坐下，古德温一直看着，女人抱着孩子宣过誓，开始对法庭陈述，内容和以前她告诉霍拉斯的一样，中间有两次古德温试图打断她，但被法庭制止了。从始至终霍拉斯一直没有看古德温。

陈述完后女人回到给她安排的椅子上坐下，她戴着帽子，脸躲在面纱后面，身上还是穿着那件洗得干干净净肩膀上有紫色装饰的

[①] 法国音乐和戏剧教师弗朗索瓦·德尔萨特（1811—1871）曾制定一整套结合形体动作的发音、演讲、歌唱训练体系，于1872年被引进美国，此处是反话，指该电话接线员的发音似乎受过这种训练，但发音并不对头。

灰衣服，孩子躺在她怀里，像是刚吃过药，昏沉沉地睡着。女人的手一直爱抚地在孩子脸上摸着。

霍拉斯走到辩护席上坐下，这是他今天出庭后第一次看到古德温，古德温略微低着脑袋，安静地坐在椅子上，似乎没什么反应，但是从古德温那蜡白的鼻孔上霍拉斯看出他在生气。他走过去，弯下腰低声和古德温说了句什么，古德温没有说话。

地区检察官走到女人面前看着她说："古德温夫人，你什么时候和古德温先生结的婚？"①

"我反对！"霍拉斯立刻站起来说。

"控方可以解释一下这个问题和本案有关吗？"法官问。

"我可以不问，法官大人。"地区检察官看了一眼陪审团说。

中间休庭的时候古德温用讽刺的口吻对霍拉斯说："以前你曾经和我说过，说总有一天你要杀了我，当时我还不信，现在我信了。"

"别傻了！"霍拉斯说，"你还看不出吗？这场官司你赢定了！控方黔驴技穷，所以开始拿咱们这边证人的品格②说事儿。"庭审结束后，古德温被押回牢房。霍拉斯发现女人一直在看古德温，仿佛有什么不祥预感似的。他安慰女人说："别担心，不会有事的，你可能懂如何酿出威士忌，或者爱情方面比我老到，但是说到法律方面的事，还是我在行。"

"我没有在法庭上说错话吧？"

---

① 控方检察官意思是古德温和鲁比是非法同居，以此来加深陪审团成员对鲁比不好的印象。
② 指鲁比以前是个妓女。

"没有。难道你没看出来吗？你在法庭上的证词让检方措手不及，这个案子走到现在要不宣告他无罪，要不就是陪审团成员意见分歧很难达成一致，最后只能又发回重审，但后者可能性很小，我敢肯定明天他们就会放了他。"

"那明天我是不是该付给你律师费了？"

"是的。"霍拉斯说，"今天晚上我还要去你那儿一趟。"

"今天晚上？"

"今天晚上，因为明天法庭也许还会传唤你出庭作证，我们最好做些准备。"

晚上8点钟霍拉斯去找女人，他走进疯女人的院子，黑暗里只有房子深处的某个旮旯里亮着一盏灯，像是困在荆棘丛里的一只萤火虫的光。他喊女人的名字，女人没有出来。他敲门，从屋里传来一个女人的尖叫声，他等了一会儿，还是没有人出来，他正准备再敲门，又听到了刚才的尖叫声，声音似乎是从远处发出来，虽然一点都不响亮，但透着粗鲁的劲儿，好像一根被吹响的芦笛突然被雪崩埋住后发出的声音，他穿过齐腰深臭烘烘的野草丛绕到后院，看见后院的厨房门敞开着，他走到门口：里面点着一盏油灯，也许是因为外面的灯罩烟熏火燎，房间里黑乎乎的，一股老年人的身上的臭味直冲霍拉斯的鼻子，黑影中隐约可见疯女人站在开着的碗橱前面，抬起胳膊正在把不多的几根头发往后捋，再仔细看里面还有一个穿着破旧的汗衫和工装裤的黑人，身体结实，脑袋尖尖的像是子弹头，眼睛翻翻着。

"那个婊子去监狱了！"疯女人说，"你去那里找她吧！"

"监狱？"霍拉斯说。

"那是好人住的地方,谁要是不想要丈夫了,就让他在监狱里待着,他就没法打扰她了!"疯女人手里多了一个酒瓶,她转过身对着黑人说:"亲爱的,给我一块钱,这瓶酒就归你了,反正你有的是钱。"

霍拉斯离开那座屋子,回到镇子,直奔监狱。牢头放他进去后把门锁好。

他走到二楼,女人出来了,领着他进到关古德温的牢房里。孩子躺在里面的小床上,古德温抱着两只胳膊靠着墙坐在孩子旁边,两条腿往前伸着,仿佛经受剧烈运动的人到了最后的冲刺关头却因为太累了而不得不坐下来休息一会儿。

"为什么你要坐在那个裂缝前面?①"霍拉斯说,"为什么不藏在角落里?我们甚至可以用垫子把你蒙上。"

"你来就是看我如何被他杀死的吗?②"古德温说,"也对,你答应过我说会赢了这个官司,我不会被他们吊死。不是吗?"

"他一个小时之内还杀不了你。"霍拉斯说,"从孟菲斯来的火车8点半到,而且,他一定不会开车过来,所以只能坐火车。"霍拉斯扭头对女人说:"我们两个是傻子,可是你要比我们聪明啊,你怎么能让他坐在正对窗户的位置呢?"

"我死了对她有好处!"古德温说,"要不她得一直跟着我,等到她不想跟时已经老了,再也勾引不上其他男人了,我死了她现在找男人还来得及。我唯一放心不下的是孩子,如果他长到会算账的年纪你能给他找个卖报纸的活儿,我也心安了。"

---

① 这里霍拉斯讽刺古德温怕金鱼眼会从窗户里开枪暗杀他。
② 这里指古德温担心金鱼眼会来杀自己。

女人走到床边坐下来，把孩子抱在怀里。霍拉斯对女人说："你放宽心，古德温他不会有事的，你现在回家睡会儿觉，明天你还得过来，陪他去法庭。走吧。"

"我想留下来。"

"你怎么就不听话呢？！你要是总想着不好的事情，那这事情真的会发生。你过去的经验还没告诉你这个道理吗？李，你让她别这样，让她回去休息。"

"回去吧，鲁比。"古德温说，"回家睡一觉。"

"我不回。"女人说。

霍拉斯站在床边。女人看着孩子，一声不吭，没有起来的意思。古德温重新靠回到墙上，双手抱在胸前，衬衫袖子遮住了他的大半个手腕。"你还是不是个男人？！"霍拉斯说，"真希望审你案子的法官看到你现在这副模样！躲在牢房里，一副5年级的小孩听了鬼故事后疑神疑鬼的模样！让女人和孩子跟着你一起害怕！我想如果法官看到你这样子也许倒容易相信你这么胆小的人怎么会去杀人？！"

"你也回家睡觉去吧！"古德温说，"没人在这儿聒噪，我们还能好好睡上一觉。"

"我可不回去！现在不是不理智的时候。"霍拉斯说。他离开古德温的牢房，看守帮他打开监狱大门，他走了出去。10分钟后他手里拎着一个袋子回来了，古德温没有站起来，女人也没有，默默地看着霍拉斯打开袋子，从里面拿出一瓶牛奶、一盒糖和一盒雪茄，他给了古德温一根，然后自己拿了一根，问女人："你带酒了吗？"

女人没说话，从床底下的一堆东西里拿出一瓶酒。"只有这些了。"她说。她把酒倒在碗里，霍拉斯点着自己手里的雪茄，又帮古德温也点上，等到他再去找酒瓶时，发现酒瓶已经被女人重新藏起来了。

古德温对女人说："还没给孩子喝奶粉吧？"

女人说："正热着呢！"

霍拉斯把椅子拖到小床对面的墙跟前，坐下。

女人说："床上坐着舒服点，还有地方。"

霍拉斯说："不了，你一会儿还要给孩子换尿布。"

"回家去吧！"古德温说，"你待在这里也没什么用。"

"她待在这儿也行，我一会儿还得要帮她准备一下上庭时该说什么。对方律师明天早晨就会提问她，对于那位律师来说，这是他唯一的机会，他肯定会想尽各种办法驳倒鲁比的证词。不如你趁我和鲁比核对证词的时候赶紧睡一觉休息一会儿。"

"好的。"古德温说。

霍拉斯开始模拟检方律师可能提出的问题盘问女人。古德温抽完雪茄后背靠墙胳膊交叉在胸前低着脑袋打起了盹儿。广场上的钟响了10下，孩子醒了，嘴里哼哼着，动了动。女人赶紧给孩子换了尿布，从腋下拿出奶瓶，给孩子喝了，然后她凑过去看了一眼古德温的脸，小声说："他睡着了。"

"我们扶他躺下，让他躺着睡一会儿？"

"不用，就让他坐着睡吧。"女人把孩子放在床上，自己挪到床尾坐下，霍拉斯把椅子拖过去，挨着女人，两个人压低声音，霍拉斯把自己能想到的可能出现的情况都告诉女人，并教她遇到什么样的情况该怎么说。

两个人一直演练到11点钟，霍拉斯终于觉得差不多了，他对女人说："我觉得差不多了，你能记住我们今天排练的这些话吗？如果对方问你别的我们没有想到的问题，你不知道怎么回答，那就不说话，让我来对付，记住了吗？"

"记住了。"女人说，霍拉斯拿起刚才自己买来放在床上的那一盒糖，打开，拿了一颗，剥糖纸时发出窸窸窣窣的声音，女人也拿了一颗。古德温似乎睡着了，女人看了一眼古德温，然后把目光转向牢房的小窗。

"别看了！"霍拉斯说，"那扇窗户小得他连大头针都扔不进来，更别说子弹了。"

"也是。"女人手里攥着糖，不看他，小声说："我知道你在想什么。"

"什么？"

"你去我住的地方了是吗？因为我知道你心里想什么，所以我早早离开了。"霍拉斯看着女人，女人转过脸，不看他，说："你说今天晚上就可以付你钱了。"

霍拉斯看着女人，过了好一会儿小声说："噢！这是什么样的时代！什么样的习俗！① 噢！愚蠢的哺乳动物！难道你们永远都不会相信男人？你真的认为我去找你是为了和你睡觉？！如果真是那样，我为什么要等这么长时间？"

女人看了他一眼，说："如果不是这么长时间，我也不会同意。"

"什么？噢，这么说你现在同意和我做那件事？"

---

① 这是古罗马政治家、律师、演说家、作家西塞罗（前106—前43）的名言。

"我当时就是那么想的。"

"你现在同意吗?"霍拉斯追问女人。女人扭头看了古德温一眼,古德温已经睡着了,嘴里发出轻微的鼾声。

霍拉斯说:"我不是说现在在这儿你和我做那种事,但是如果我需要你时你要——"

"我对你的猜想没错,因为我以前就告诉过你我没钱,如果你觉得你付你的钱不够的话,我不介意和你睡觉,我也不觉得你提出这样的要求有错。"

"我为你们打这个官司不是为了钱,也不是为了和你睡觉,我打这个官司是为了追求正义,为了世道平等待人。"

女人转着手里的糖纸。"可是我觉得你不想和我睡觉是因为他。"

"谁?古德温吗?"

"不是,是孩子。"女人摸了下婴儿说,"因为我不得不带着他。"

"你的意思是,你和我睡觉时也要带着他,我们能做那事儿的时候你还要抓着他的腿,生怕他从床上掉下去?!"

女人看着霍拉斯,眼睛里露出茫然的神色,似乎在想什么。这时外面的钟敲了12下。

"上帝!"霍拉斯说,"你这辈子遇见的都是些什么样的男人?"

"我上一次就是和律师睡觉把他从监狱里救出来的,从莱文沃思的监狱里把他救出来,那次他被判有罪。"

"是吗?"霍拉斯说,"给,再吃一块。你嘴里那块快吃完了吧?"女人看着自己的手指,指头上有刚才剥糖纸沾上的巧克力,她把已被揉搓成一团的糖纸扔到床下,霍拉斯把自己的手绢递给女人。

"会弄脏手绢的。"女人走到孩子的包裹前,找出一件已经脏了的衣服,在上面擦擦手指,然后回来重新坐到床上。房间里回响着古德温规律的鼾声。"我们在旧金山的时候他离开我去了菲律宾,我不知道他这一去要什么时候回来,但是我答应他我会等他,他知道我是认真的。我在旧金山找了一份工作,住在租来的一间小房子里,用煤气炉子做饭,每天规规矩矩上班。后来他在菲律宾为了一个黑女人杀了一个士兵,我一直蒙在鼓里,那时候我已经五个月没接到他的信了,直到有一天我在工作的地方,用旧报纸往橱柜隔板上铺时突然在报纸上看见他那个团要回来的新闻,我一查日历正好是那天。我一直表现很好,我以为他们会让我去码头接他,可是老板不准我假,没办法我只能辞了那份工作。到码头后,船上的人不让我见他,甚至拦着我上船,我站在码头上,见人就问他们认不认识古德温,那些人和我开玩笑,说我如果今天晚上和他们出去就告诉我他在哪儿,后来他们终于告诉我说他们从来没听说过李·古德温这个名字,还说也许他已经死了,也许他拐走了某位上校的老婆,跑到日本去了。我想上船,他们就是不让,那天晚上我打扮了一下自己,然后去了夜总会找他们那个团的士兵,跑了几家夜总会后我终于找到了一个。我上去和他搭讪,他告诉了我古德温的事情。我听了后恨不能死掉。我呆呆地坐在那里,连周围的音乐也听不见,任由那个士兵在我身上乱摸,心里想着干脆就和这个人出去,或者喝得烂醉,最好再也醒不过来,心想古德温这个畜生做了这种事情,可是我还苦苦等着他。可是我最终没有和那个士兵出去。"

"我回到住的地方，第二天我又去找他，我一连这样做好几天，那些人一直骗我，直到最后我发现他被送到莱文沃思，为了买船票去看他，我打两份工，两个月后我用存的钱买了一张去莱文沃思的票。到了之后我在一个叫'孩子'的酒吧找到一份夜班的工作，夜班工作是我主动要的，因为这样我可以每隔一个星期去看他，通常都是星期天下午。他要我帮他找一名律师辩护，那时候我们不知道一个触犯了联邦法律的人，律师的辩护于事无补，但是我找的那个律师并没有和我说这些，我也没有告诉古德温我是怎么找到这名律师的，他以为我用存的钱付给律师办案费，但其实是我和那个律师住了两个月，两个月后我发现律师帮不了他的案子就离开了。

"然后战争来了，他们把他从监狱里放出来，押着他去法国参加战争。他去法国参战以后我去了纽约，在一个兵工厂里上班，我清清白白地生活。那时候城市里都是士兵，他们手里有钱，愿意花在女人身上，甚至连很丑的妓女都从士兵那里搞到了钱，穿上了绸缎衣服。但是我一直清清白白地生活，后来他回来了。我去码头接他，他是被押着从船上下来的，下船后他们直接把他送到莱文沃思的监狱里关了起来，让他继续服三年前杀死士兵的刑期。我找到一名律师，那律师找到一名议员，为他说了几句话，他们就把他放了出来。我把这几年攒下的所有的钱都给了律师，等到古德温被放出来的时候，我已经身无分文。他说要和我结婚，但是我们没钱。后来我告诉了他我和律师睡觉的事，他打了我。"

女人朝床下扔了一块糖，糖被她揉搓得已经不能吃了。她在自己的衣服上蹭了蹭手，然后从盒子里拿出一块糖放进嘴里嚼着，她看着霍拉斯，眼睛里似乎很茫然，好像在思索什么。窗外是死一般沉寂的夜色。

鼾声突然停止了，古德温醒了，他坐起来，问霍拉斯："几点了？"

霍拉斯看了下自己的手表说："两点半。"

"那家伙的车也许爆胎了。"古德温说。

快天亮的时候霍拉斯坐在椅子上睡着了，等到他再睁开眼时，看见一缕玫瑰色的朝霞从窗户里照进来，古德温和女人在小床上说着话。古德温见霍拉斯醒了，冷淡地对他说："早晨好。"

"希望你没做噩梦。"霍拉斯说。

"做了就做了，怎么说也是这辈子做的最后一个梦，听人说去了那个世界就不做梦了。"

"你肯定能赢这场官司！"霍拉斯说，"你是不是非得等到他们放了你你才相信我救了你。"

"相信你个屁！"古德温说。他安静地坐在床上，表情平静，眼神忧郁，身上穿着工作服和那件蓝色的衬衫。"你想过没有，经过昨天那一场，那家伙会让人活着走出牢房门，走上街头，走进法院大门吗？你这辈子都跟什么样的人打交道来着？你是一直被人照顾着生活吗？可是我不是！"

"如果他来杀你，那就是自投罗网。"霍拉斯说。

"那和我没关系！我告诉你下次你如果——"

"李！"女人制止古德温道。

"——你如果想拿一个男人的性命开玩笑，你——"

"李！"女人不让古德温说下去了。她抬起手，轻轻地捋了捋古德温的头发，把他的头发拢到一块儿，用手整了整他的衬衫。霍拉斯在一旁看着。

过了一会儿他说:"你想让鲁比今天留在这里陪你吗?我可以和他们说。"

"不用了,"古德温说,"我懒得去求那些人,我自己一个人待着吧,你只需告诉那个混账警官离我牢房门口远点就行,你们俩现在去吃早饭吧。"

"我不饿。"女人说。

"听话,照我说的去做。"古德温对女人说。

"李!"

"走吧!"霍拉斯说,"吃完饭我们再回来。"

两个人从监狱里出来,早晨的空气清新,霍拉斯深深地吸了口气。"空气真好,在那个地方过一晚上真是要命,三个成年人……上帝,有的时候我觉得我们三个就像孩子,今天是他待在监狱里的最后一天,中午他就可以被释放了,知道吗?"

天空高远,太阳耀眼,从西南方向飘过来几朵云,微风摇着已经过了花期的刺槐的枝叶,树叶闪着碎光。

"我该怎么付你钱。"女人说。

"不用了,我已经有收获了。我今年43岁,这43年我一直浑浑噩噩地生活。43年,已经是你一倍的年纪,所以你明白吧,蠢人或者穷人,他们只能解决自己的问题,管不了别人的问题。"

"你知道他就是那样——"

"别说了,我们都想让他出来。你知道吗?有的时候上帝会做蠢事,但是至少还算仁慈,是个绅士。"

"可我一直觉得上帝是个男人。"女人说。

当霍拉斯穿过广场，踏上法院大楼的楼梯时，开庭的铃声已经响了。广场上停着很多马车和汽车，穿着工装裤和卡其布的人群挤在法院大楼哥特式入口的下面。当霍拉斯踏上法院大楼前的楼梯时，头顶上的钟响了9下。

楼梯上挤满了人，楼梯尽头的听证室的两扇门敞开着。可以看到房间里坐满了人（有的人在找座位坐下，制造出不小的动静），从门口望过去，房间里人头攒动，但大部分都是男人，只有几个女人零零散散夹在中间，女人头上的太阳帽和装饰着假花的帽子在一群男人的脑袋中特别明显。从乡下上来的男人们大多没戴帽子，露出光秃秃的头顶或者花白的头发，即便有的刚刚剪过头发，但黑黢黢的脖子和剪得刺刺拉拉的头发暴露了他们的身份。房间里也有穿着时髦衣服头发上打着发蜡的城里人。

房间里充斥着嗡嗡声音，声音在门外都能听到。从听证室开着的窗户吹进来的风拂过坐在座位上的人群的头顶，霍拉斯站在门口，闻到一股混杂着烟草味、乡下人身上的泥土味，充斥着庄严的法庭气息，除此之外还有一股欲望满足后的疲惫、贪婪、口角以及冲突的霉味。拱形廊柱下的阳台窗户打开了，停在屋檐底下的麻雀和鸽子的叫声从窗外传来，中间夹杂着偶尔驶过广场的汽车声，声音压过了站在走廊和外面台阶上的人群的脚步声。

法官席没有人。法官席一侧的那张长桌子后面坐着古德温，霍拉斯只能看见他的后脑勺和一部分脸，女人戴着一顶灰色的帽子挨着古德温坐着。桌子的另一侧坐着一个叼着牙签的男人。这人头上顶着稀疏的打着小卷儿的黑色头发，有些地方已经秃了，他的鼻子苍白而长，身上穿了一件印着棕榈树的沙滩服，他面前的桌子上放着一个光洁的皮质公文包和一顶带着红褐相间的带子的草帽，这男人懒懒地坐在那里，一边剔牙一边目光越过其他人的头顶看着窗户外面。霍拉斯没有往里走，而是站在门口靠里的地方。"看来那人是这个案子的律师。"他对自己说，"可能就是那个从孟菲斯请来的犹太律师。"他看着那几个坐在长桌后面的背影还有证人席上的几个人，心里说："她肯定会来，肯定戴着黑帽子。"

他沿着通道走进去。这时候从窗外传来钟声和鸽子从喉咙里发出的咕咕声，随后他听到法警宣布开庭的声音：

"约克纳帕塔法县巡回法庭正式开庭，根据第——"

谭波儿头戴一顶黑色的帽子坐在后面。当传唤到她时，书记员喊了两遍她的名字她才走到前面，站在证人席上。

"这位是你的证人吗，霍拉斯·班鲍先生？"

"是的，法官大人。"

"需要她宣誓并且让人记录她的证词吗？"

"是的，法官大人。"

法庭外面，鸽子还在房顶上不急不忙地踱步，广场上的那口大钟的声音已经停止了震动，但是法庭书记员的声音还在空气中回响着……

二十八

地区检察官看着陪审团说:"我们在现场发现了这个东西,现呈上作为物证。"众人看过去,检察官手里拿着的是一个玉米棒子,上面有一些棕黑色的污迹。"至于我为什么刚才没有呈上来此物证是因为在被告的妻子作证以前我一直不明白这件物证和案件的关系,至于被告妻子的证词,我想我刚才已经让书记员给各位宣读过——"

"各位刚才听了那位药剂师和妇科专家的证词了吧,正如大家了解的,那位妇科专家是关于妇女身体方面的权威,他说这件事已经令人发指到把那罪犯交给刽子手都是便宜了他,应该用汽油直接烧死那作恶的人——"

"反对!"霍拉斯说,"控方试图转移话题——"

"反对有效!"法官说,"书记员,请在记录时把刚才检察官提到的妇科专家说的那句话划掉。班鲍先生,你可以要求陪审团对这句话不予理会。检察官先生,请继续你的发言。"

检察官鞠了个躬,向证人席走去。一身黑衣黑帽的谭波儿坐在证人席上,帽子上有莱茵石做的装饰物,几缕红色的、带着光泽的卷发从帽子里露出来,她下身穿一条黑色缎裙,大腿上放着一个女士包，浅黑色的外套没有系扣子，锁骨的地方打着一个紫色的领结。她的手放在膝盖上，两条白皙的长腿并在一起，微微向一侧偏着，两只高跟鞋的侧面装饰着亮晶晶的纽扣，在房间里一群惨白的面孔（宛如漂浮在水里的死鱼）中间，她显得特别醒目。她给人的感觉好像很胆怯，不时扭头看看后面，好像在找人。苍白的脸上涂了胭脂，圆圆的像是贴在颧骨上的两个圆纸片，口红涂得很夸张，和脸蛋上的胭脂一样，让人想到是从一张紫色的纸上剪下来贴在嘴巴上，这样的妆容让她显得神秘而独特。

检察官站到谭波儿面前。

"你叫什么名字？"谭波儿没有马上回答，她微微往后扭了下头看了一眼法庭后面，好像在找人，但是视线被人挡住了。检察官重复道："你叫什么名字？"谭波儿又扭头看了一眼后面，嘴巴动了动，没出声。检察官见状说道："请大点声。大点声说！这里没有人会伤害你。让这里这些正直、既为人父也为人夫的人听到你将要说的话，替你伸冤。"

法官看了一眼霍拉斯。霍拉斯的眉毛往上挑了一下，除此之外没有任何表示。他坐在椅子上，头微微低着，两只手交叉着放在大腿上。

"谭波儿·德雷克。"谭波儿说。

"年纪？"

"18岁。"

"你住在哪里？"

"孟菲斯。"谭波儿用刚刚能听到的声音说。

"大点声说！这里没有人会伤害你。他们在这里是为你伸冤的。

去孟菲斯之前你住在哪里?"

"杰克逊市。"

"你在那里有亲人吗?"

"有。"

"他是你的什么人——"

"我父亲。"

"母亲去世了?"

"是的。"

"你有姐妹吗?"

"没有。"

"你父亲只有你一个女儿?"

法官又看了霍拉斯一眼,对方没有任何表示。

"是的。"

"今年5月12日以后你住在哪里?"谭波儿微微地扭了下头,仿佛想看身后的某个地方。地区检察官站在谭波儿跟前,谭波儿看着地区检察官,木讷得像是鹦鹉学舌似的简短地说了一句。

"你父亲知道你住在那儿吗?"

"不知道。"

"他以为你住在哪里?"

"在学校里。"

"你躲了起来,因为发生了一些事情,你害怕——"

"反对!"霍拉斯说,"检方是在转移话题——"

"反对有效!"法官说。

地区检察官向法官鞠了一躬。然后转向谭波儿看着她说:"5月

20日星期天早晨你在哪里?"

"在一间谷仓的隔间。"

充斥着霉味的房间重新骚动起来,很多人长出一口气。还有一些人刚刚到,站在法庭门口听着。门口站了一堆人,挨挨挤挤,这时候谭波儿重新扭过头看着门口。地区检察官手指着古德温,示意谭波儿看过去。

"你以前见过这个人吗?请朝着我指的方向看。"

"好。"

"你在哪里见过他?"

"在谷仓里。"

"你在谷仓里做什么?"

"我藏在谷仓里,躲人。"

"躲什么人?"

"躲他。"

"是我手指的那个人吗?"

"是的。"

"但是他找到了你。"

"是的。"

"谷仓里还有谁?"

"汤米。他说——"

"他在谷仓里还是外面?"

"他站在谷仓门口,他在帮我看着,说他不会让他——"

"等等,是你告诉汤米,不让任何人进谷仓里?"

"是的。"

"于是汤米就从外面锁上了谷仓的门?"

"是的。"

"但是古德温进来了。"

"是的。"

"他进来的时候手里拿着东西吗?"

"拿着手枪。"

"汤米有阻拦他吗?"

"拦了,他说他——"

"打断一下,他对汤米干了什么?"

谭波儿看着检察官。

"他手里拿着手枪,你觉得他会做什么?"

"这么说古德温杀了汤米。"地区检察官往旁边走了几步,谭波儿立刻朝身后望去,地区检察官走回来,谭波儿转过头,地区检察官迎着她的目光,迫使谭波儿看着自己,然后把手里一根玉米棒子举到谭波儿眼前。房间里传来长长的叹气声。

"你见过这个东西吗?"

"见过。"

地区检察官转过身说:"法官大人,陪审团的大人们,你们听到了这起骇人听闻的案件了吧。你们已经看到了证据,听到了医生的证词;我就不再说什么了,因为我不想让这个失去贞洁、手无缚鸡之力的年轻姑娘再——"检察官突然打住了,他注意到房间里的人都转过头望向门口,房间里响起一阵衬衫领子和皮肤摩擦发出的簌簌声。不知道什么时候一个老人悄无声息地从门口进来,在众人的注视下,老人沿着过道儿向听证席一步步走来,他穿着一套剪裁得体的亚麻衣服，略微有点小肚子，一只手拿着一顶巴拿马帽子，另一只手拿着一根黑色的较细的拐杖。他的白发梳得整整齐齐，嘴唇上的胡子也修剪得整整齐齐，白色的胡子在晒黑的皮肤的衬托下，像一小段用锤子敲打的银条。也许是因为没有休息好，两个眼袋很明显。

老人走到听证席前，问："法官大人，证人作完证了吗？"

法官赶紧站起来说："作完了。法官。"又改口道，"作完了，先生。"然后对霍拉斯说："被告律师，你准备撤销——"

在嗡嗡的声音里和众人的注视中，老人慢慢转过身，自上朝下看着坐着六个人的那张桌子。谭波儿坐在证人席上，在老人身后，她没有站起来，眼神不知看着哪里，像个乖乖的小孩。老人向她走了两步，把手伸向她。法庭里又开始躁动，但很快安静下来，像是有人出了一口气，又马上憋住。老人碰了碰谭波儿的胳膊，谭波儿转头望向他，她的眼睛里还是没有神采，黑黑的瞳仁和脸蛋上的两坨胭脂和红色的嘴唇对比明显。她抓着老人的手站起来，原来搁在她腿上的那个女士包滑落到地上，发出啪的一声。谭波儿站起来往后面看去，老人伸出穿着皮鞋的脚把那个女士包踢到陪审席和法官席之间的角落里，角落里放着一个痰盂，然后领着谭波儿从台子上走下来，走到走廊中间，往门口走去，房间里重新躁动起来。

走到一半时，谭波儿停了一下，剪裁得体的衣服裹着她苗条的身体，她的脸上几乎没什么表情，肌肉僵硬，她把手放在老人的手里，继续往门口走去。老人站在她身边，两眼哪里都不看，在领子的簌簌声中慢慢地向前踱步。女孩又停了下来。她开始往后缩，身体慢慢地拱起，手臂在老人的手中绷紧。他向她弯下腰，说了一句什么,她又动了动,带着那种退缩和极度的屈辱。法庭出口站着四个年轻人,他们像士兵似的笔直地站在出口附近,目不转睛地盯着前方。老人和女孩走到他们跟前。那四个人把老人和女孩儿夹在中间向门口走去。快到门口的时候,女孩儿退缩了一下,身体微微驼了一下,靠在墙上,似乎不愿意往前走,看她这样,四个年轻人和那个老人贴紧她,保护着她穿过门口,消失在人们的视线中。房间里的人似乎松了口气,人群重新骚动起来,房间里充斥着嗡嗡声,像是一声长长的叹气起来落下。只有坐在前排的古德温,抱着孩子的女人,霍拉斯,地区检察官以及那个从孟菲斯请来的律师,陪审团,还有法官的区域是安静的。从孟菲斯来的律师身体往后靠在椅子上,眼睛看着窗户的方向,女人怀里的孩子醒了,抽抽噎噎地哭了起来。

"嘘!"女人哄着孩子,"嘘……"

二十九

陪审团出去了8分钟。这工夫霍拉斯离开了法庭,天这时候已经快黑了,也有人早出来,解开拴在路边的牲口,因为还要赶十几英里土路才能到家。纳西莎的车等在路边,她看着霍拉斯耷拉着脸夹在一群穿着工装裤的人中从法庭缓缓出来,来到车旁停下,然后动作缓慢地上了车,像个老人。"回家?"纳西莎问霍拉斯。

"回家。"

"哪个家?镇上的屋子还是我的家?"

霍拉斯不置可否地应了一声,没说话。

开了一会儿后纳西莎又问:"哪个家?"

"随便,只要是家就行。"

车经过监狱门口,铁丝网外面站着一些看热闹的人,他们是一路从法院跟着被押解的古德温过来的一群人,里面大多数是些流浪汉或者游手好闲的年轻人。班鲍看见女人也在监狱大门口站着,她手里抱着孩子,脸躲在灰色帽子的面纱里。霍拉斯眼里噙着泪说:"她站在古德温从窗户里能看到她的地方。我闻到了火腿的味道。

也许在我们回家之前他已经吃完火腿了①。"纳西莎不说话，只是开车。驶出镇子后道路两旁出现了大片的棉花地，车缓缓往前走，成行的棉株在向后移动。有些上坡的道路上散落着刺槐的花。"春天还没有过去，还在。"霍拉斯说，"这让你觉得有意义。"

晚饭霍拉斯吃了不少。吃完晚饭纳西莎语气温柔地说："我去给你收拾一下房间。"

"谢谢。"霍拉斯说。

纳西莎出去了，霍拉斯对坐在阳台上的詹尼小姐说："纳西莎还能想着我，我出去抽会儿烟。"

詹尼小姐坐在轮椅上，轮椅的轮子卡在阳台的槽子上，她说："就在这儿抽吧。"

"还是出去抽吧！不想惹纳西莎不高兴。"霍拉斯走到阳台上，没有停留，而是往大门走去，地上散落着不少雪白的槐花，他想："本来是到阳台上抽口烟的。"

他从大铁门出来，上了那条石子小路。走了一英里左右，一辆卡车经过，停了下来，司机问他要不要搭车，霍拉斯拒绝了，说："我只是饭后散散步，一会儿就回去。"他接着往前走，很快就看见了灯光。快到镇子了，灯光很低，一开始模糊，然后越来越清晰，不等他走近，已经听到了嘈杂声，镇子街道上站满了人，他从人群中挤过去，还没走到广场，远远地已经能看到监狱的影子，还隐约看到监狱院子站了一群人，一个穿着衬衣的男人站在他们面前声嘶力竭地劝阻着。关着古德温的那间牢房已经空了。

---

① 指犯人临刑之前的加餐。

霍拉斯来到广场,看见酒店门口聚集了一帮旅行推销商围着镇子上的警官在说着什么。警官是个胖子,脸很宽,神色呆滞,但是眼睛里满是担忧之色。"他们不会做什么的,"霍拉斯说,"他们一直在说,吵得厉害,再说现在行动也太早,当一群乌合之众打算做点什么时,他们不会像这些人这样吵吵嚷嚷的,再说这么多人都看着呢!"

人群在街道上待到很晚还不散去,但是人群似乎很有秩序。好像大部分人是来看热闹的,他们要不看着监狱窗户,要不听那个穿衬衫的人说话。过了一会儿他站出来,人群散开了,重新往广场走去,还有一些人回家了,只剩一小撮人站在广场入口的路灯底下,这一小群人里还有两个临时警员和一个头上戴着浅色宽檐帽子,手里拿着手电筒、定时器和手枪的值夜班的警官。"回家去!"他说,"已经完了,你们也看够了,现在,回家睡觉去!"

旅行推销商们没有走,依旧坐在酒店前的马路牙子上。霍拉斯走到他们中间,问:"他们今晚送他上火车是吗?"他知道向南开的火车一点钟经过镇子。一个旅行推销商回答他说:"用一根玉米棒子?你们这儿都是些什么人?都做下这种事了你们还不收拾他?!"

另外一个人说:"这样的人在我们那里都不用审就杀了。"

"可是你们还要把他送进监狱?"第三个人说,"那姑娘是哪儿的?"

"听说是一名大学生,长得很漂亮,你看见了吗?"

"看见了,确实漂亮,要是我,肯定不用玉米棒子。"

广场上的大钟敲了11下,人群散去,广场上安静下来。旅行推销商们都回酒店了,车站的黑人服务员出来收椅子,看见霍拉斯还站在路边，问他道："您是在等车吗？"

"是的，你们有没有列车停靠的时间表？"

"车会正点到达，但是你还得等两个小时，还来得及去车站里的商品陈列室里睡一觉。"

"那里可以睡觉吗？"

"当然可以，我带你去。"黑人说。

商品陈列室里摆着一张沙发，其他就是旅行推销商们的物品。霍拉斯关了灯，在沙发上躺下。从这个角度他可以看到法院周围的树木和大楼本身的一角，空荡荡的广场很安静，但是给人的感觉还是有很多人没有睡觉，在大街上晃悠着。"一下子怎么睡得着？"他对自己说。

广场上的大钟敲了12下。过了半个小时或者更长的时间，他听见有人在窗户底下跑过。跑步人的脚步声很大，似乎比马蹄声都大，在夜深人静空荡荡的广场上回响，那逐渐消失的脚步声中似乎隐含着什么不祥的东西。

他起来，沿着走廊走到楼梯口，听到楼下门口有一个声音在惊慌失措地喊"着火了！着火了！是那个……"经过那个人时他想，"我吓着他了，他也许是从圣路易斯来的，对这种事还不习惯。"他冲出旅馆，来到大街上，看见旅馆老板在他前面跑着……

"着火了！"霍拉斯说。他看得见火光，火光照亮了监狱，在夜色里带着一股鬼魅的气氛。

"就在那块空地上！"旅馆老板说，他抓紧了长裤不放，"我去不了！因为没有人值班……"

霍拉斯跟着人群朝着火的地方——监狱旁边的那条小巷跑去。

很快，他听到了噼噼啪啪的燃烧声和汽油的爆炸声。拐进那条小巷时他看到了一团火焰出现在市集拴马车的空地上，火光里出现了一个黑色的人影，中间还有喊声和喘气声，从人群中他看到一个人身上着着火在奔跑，那人手里居然拎着一个 5 加仑煤油罐，就在他跑的时候，煤油罐爆炸了，发出火箭升空时刺眼的光。

他跑进人群中，进入了一个围绕着一堆火堆的圆圈。从圆圈的一边传来了煤油罐爆炸的声音和人的尖叫声，但从火堆的中央却没有传来任何声音。现在已经看不清了，旋转的火焰从一团白热的火堆中发出长长的、雷鸣般的声音，几根柱子和木板的末端隐约可见。霍拉斯跑在他们中间；他们拉着他，但他并不知道；他们在谈话，但他听不到声音。

"这人是他的律师。"

"就是那个为他辩护巴不得让他逃脱法律制裁的家伙！"

"把这家伙也推进去！剩下这点火足够烧死一个律师！"

"让律师和他享受一样的待遇，他是怎么对那姑娘的，即使不用玉米棒子，我们也可以让他好好尝尝比玉米棒子还厉害的滋味。"

霍拉斯似乎失聪了，他不忍心听那个燃烧的身影发出的尖叫声，也听不到火燃烧的声音，火势仍然在不停地向上旋转，好像它在自生自灭，而且没有声音。一个愤怒的声音在霍拉斯内心无声地咆哮着。

三十

在金斯顿火车站接车的是一个开一辆能载七个人的轿车的老头。老头很瘦，灰色眼睛，花白的胡子两端用蜡精心地搓成尖儿。在这座城市还没有成为一个靠木材业蓬勃发展的地方之前，他已经是个庄园主，拥有好多土地，原因是他的父母是第一批在这里落脚的人之一，可是父母的那点财产没几年就被他挥霍得一干二净，家业丢失后他租了一辆马车干接站的活儿，每天拉着客人往返于镇子和车站之间，他经常穿一件阿尔伯特王子风格的旧大衣，头戴一顶高帽子，留着打着蜡的两撇小胡子，一边开车一边告诉搭他车的客人自己当年在金斯顿上流社会里是多么风光，现在却落得靠拉客为生的命运。

后来马车不时兴了，他把马车换成了汽车，用来载人拉客。他还是给自己的胡子打蜡修饰，只是帽子换了，不再是高帽子，而是鸭舌帽，燕尾服也换成了一套纽约经济公寓区犹太人缝制的灰色带红线的西服。"可等到你了！"他对刚从火车上下来的霍拉斯说，"把行李放进车里吧！"然后他坐进车里，霍拉斯放好行李后坐在副驾驶的位置上。老头对霍拉斯说："你晚了一班火车。"

"晚了？"霍拉斯说。

"你老婆回来了,今天早晨到的,我送她回的家。"

"噢,"霍拉斯说,"这么说她在家?"

那人发动着车,从泊车位退出来,掉了个头往镇子开去,车子马力很大,跑起来很轻。"你原来以为她什么时候到家?……"车在马路上飞驰,"我听说他们在杰弗生把那家伙烧死了,你看到了吗?"

"我听说了。"霍拉斯说。

"烧得好!我们就得这样保护自己的姑娘!留着自己用不是?!"

汽车转了个弯儿,开上一条街道。经过一个有路灯的街角时,霍拉斯说:"把我放在这儿吧。"

"我送你到门口!"

"就在这儿吧。"霍拉斯说,"省得转弯了。"

"随你!谁给钱听谁的!"

霍拉斯从车里出来,走到车后把行李箱拿出来。那人坐在车上,没有下来帮他。车开走后,霍拉斯拿起行李箱,想到这件行李箱曾经在纳西莎屋子里放了十多年,想到那天女人找到他让他替自己男人辩护时,他从妹妹家里拿了这个行李箱,带着它去了镇上的老屋。

他和贝尔的房子是新房,门前有大草坪,草坪上种了些杨树和枫树,都还没有长成大树,从窗户里透出来玫瑰色的灯光。霍拉斯从后门进去,来到妻子房间门口:贝尔躺在床上,正在看一本封面颜色花哨的杂志,房间里的灯散发着玫瑰色的光泽,桌子上放着一盒已经打开了的巧克力。

"我回来了。"霍拉斯说。

贝尔挪开手里的杂志,抬起头看着霍拉斯,问:"锁上后门了吗?"

"我就知道她会这么问。"霍拉斯想。他没说出来,只是问道:"你今天晚上给……"

"给什么?"

"给小贝打电话了吗……"

"为什么要给她打电话?她现在正在和她的朋友一起玩呢!她去参加朋友聚会了,是人家约她的,她没理由不去。"

"哦,"霍拉斯说,"去也对,你和她谈我们离婚的事儿了吗?"

"谈了,前天晚上和她谈的,你去锁后门吧。"

"好的,她不会有事儿的,肯定不会有事的,我只是……"电话放在客厅桌子上,客厅里黑乎乎的。他家的号码是乡间同线电话的一个分号,打电话通常要等,霍拉斯来到桌子旁坐下,夏夜的凉风从开着的屋门进来,吹得人有点不舒服。他抓起电话筒自言自语似的说:"人一上了年纪晚上都不敢吹风,可夏天的夜晚不能吹风简直就是受罪,应该做点什么?制定条法律。"

贝尔在自己房间里喊霍拉斯,不让霍拉斯给小贝打电话,说:"我前天晚上刚给她打过电话。你这会儿给她打电话干什么?"

霍拉斯说:"我就和她聊几句。"

霍拉斯手里抓着听筒,看着门口,感觉不停有风进来,让他不舒服。他想起自己在书本上读到的一句话:"安宁难求,安宁难求。"

有人在那边接起了电话。霍拉斯对着话筒说:"喂!喂!是小贝吗?"

"是我……"话筒里传来的声音很细。"怎么了?发生了什么事儿了吗?"

"没有没有,我只是想和你说几句话,道晚安……"

"和我说什么?您是哪位?"那边似乎听不清。霍拉斯抓着听筒,坐在黑乎乎的厅里。

"是我,我是霍拉斯,我只是想——"

他听到电话线那边似乎还有一个人,似乎在旁边干扰小贝,小贝的呼吸声很重,一个男人的声音在那边说:"你好,霍拉斯,你想不想见那个谁——"

"闭嘴!"他听见小贝小声制止对方说下去,然后又是一阵男女纠缠的声音,那边好长时间没有说话。"别碰我!"他听见小贝说,"是霍拉斯,他和我们住在一起!"霍拉斯赶紧把听筒贴近耳朵,小贝的嘴好像是被堵住了,好像是在控制自己不让话筒这边的人听到什么,过了一会儿小贝的声音重新响起:"你好,霍拉斯,我妈没事儿吧?"声音疏远,礼貌。

"哦,她挺好的,我们都挺好的,我只是想告诉你——"

不等他说完,那边已经说道:"晚安。"

"晚安,你在那边生活得开心吗?"

"开心,我明天就写信给你们,妈妈今天没收到我的信吗?"

"我还没来得及问她,我今天刚刚到家——"

"也许我忘了寄了,所以她才没收到,我明天一定给你们写信,一定寄。你就想问信的事吗?"

"是的,我还想告诉你……"

不等他说完，电话已经挂断了，霍拉斯把听筒放到电话上，从妻子房间里透出灯光照在走廊上。他听见贝尔在房间里说："你去锁上后门吧。"

三十一

8月份的时候,金鱼眼在伯明翰被抓获,罪名是他6月17日在亚拉巴马州的一座小镇上杀死了一名警察①。当时他正去彭萨科拉探望他母亲的路上。6月17日晚上,谭波儿曾经看到过他,他坐在路边的一辆车里,就在那天晚上,他杀死了瑞德。

被捕之前每年夏天金鱼眼都要回家一趟看望自己的母亲。他母亲一直以为他在孟菲斯的一间酒店里做夜班工作。他母亲曾是一家寄宿公寓的老板的女儿,年轻时在市中心的百货公司工作。1900年那年,遇到了他的父亲,当时他父亲在一家电车公司当司机,但实际上电车公司雇他是让他做专门破坏工人罢工的工作。有一天晚上女孩儿下班坐上了那个年轻人开的电车,一连三天她都坐在驾驶座旁边的座位上,于是两个人认识了。有一天晚上,年轻人送她回家。

"你这么做不会被开除吗?"女孩儿说。

"谁?"年轻人说。他穿得很好。女孩儿和他并肩走在街道上,年轻人又说:"那些人倒是巴不得我滚蛋呢!因为他们知道我是干啥的。"

---

① 指瑞德。

"那些人是谁?"

"罢工分子。不过我一点都不在乎,明白吗?我去哪儿都能找到开车的活儿,要是每天晚上都能开这条线路就更好了。"

女孩儿挨着男孩儿更近了些。"你不开玩笑吗?"

"当然不开玩笑。"男孩儿挽起女孩儿的胳膊。

"我猜你和谁都能结婚。"

"谁告诉你的?"男孩儿说,"是哪些王八蛋这么说我?"

过了一个月,女孩儿对男孩儿说想结婚。

"你这是什么意思?结婚?"男孩儿说。

"我不敢告诉家里的人,我必须离开家,我不敢告诉他们。"

"好了,别心烦了,我也乐意和你结婚。反正每天晚上开车都要经过这里。"

两个人结婚了,他每天晚上开车经过她家的窗口时,总要踩一下脚铃。有时候他会回家。他会给她钱。她母亲挺喜欢他。星期天晚上他来女孩儿家吃饭,咋咋呼呼地进来,见谁都打招呼,见了年纪大的人也是直呼其名。只是有一天起他再没出现,从那以后她也再没听见每次他经过街口时踩响的电车铃声。那时罢工已经结束了,后来她收到一封他寄来的圣诞贺卡,上面画着一个铃铛和一个金色的花环,铃铛被花环围在中间。贺卡是从佐治亚州某个小镇寄来的,上面还写了一行字:"大伙儿想在这里搞场罢工,但这儿的人行动慢得可怕,也许我还得上别处去,一直到我们遇上一个好点的镇子。哈哈!""罢工"和"遇上"那个单词下面有一条下划线。①

---

① 在英语里,"罢工"拼写为 strike。在这句话里"遇上"这个词也拼写为"strike"。

结婚三周后她开始生病,当时她已经怀孕,她没有去看医生,因为一个上了年纪的黑女人告诉了她生的是什么病[①]。金鱼眼是圣诞节出生的,她收到了他的贺卡。一开始他们以为这孩子是个瞎子,后来证实他不瞎,他长到4岁才学会走路和说话。在此期间,她母亲又嫁了个人,第二个丈夫个子矮小,脾气暴躁,留着小胡子,喜欢修理家,比如坏了的楼梯和漏水的水龙头,只是一天下午他离开家,身上带着一张签了名的空白支票,打算去付12美元的肉账,但再也没有回来。他从银行里取了妻子的1400美元存款,一走了之。

女儿还在市区工作,金鱼眼交给外祖母照顾。一天下午,一位房客回来,发现他的房间着火了。他把它熄灭了;一周后,他在废纸篓里发现了一块驱蚊子用的熏烟,他认出是金鱼眼的外祖母的,因为她走哪儿都带着这东西。一天晚上,她不见了,随后一位邻居发现屋子里有烟味,赶紧报了火警,救火员在阁楼里发现了金鱼眼的外祖母,她正在用脚踩地板中央的一堆已经燃烧的刨花碎末。金鱼眼被放在旁边的一张垫子上,睡着了。

"那些坏蛋想抢走他!"外祖母说,"他们临走前放的火,想烧房子。"第二天,所有的房客都退了房。

于是女儿辞掉了工作,一门心思待在家里。她母亲对她说:"你得常出去走走,呼吸些新鲜空气。"

"家里空气挺新鲜。"女儿说。

"你应该出去买点家里吃的用的东西回来。你买会便宜点。"

"你买的就很便宜。"

---

① 这里指姑娘从金鱼眼父亲那里传染了性病。

做女儿的特别小心，不在屋子里放一根火柴，只在墙角的一块砖头后面藏了几根。金鱼眼3岁了，虽然他吃得很好，但看上去只有一岁孩子大小。一位医生告诉他的母亲喂他用橄榄油煮的鸡蛋。一天下午，杂货店送货的小伙子骑自行车进入通道，打滑摔倒。有东西似乎碎了，把他送货的包裹弄脏了。"不是鸡蛋碎了，"送货小伙儿说，"看到了吗？"漏的是橄榄油。"你们应该买罐装橄榄油，而不是瓶装的，"送货小伙儿说，"罐装和瓶装质量都一样，没区别，过会儿我再给你送一瓶过来，你得修修你家的门，你不想让我有一天因为这门把脖子摔断吧？"

到了6点钟送货的小伙子还没有过来。当时是夏天，家里没有生火，连根火柴也没有。女儿对她母亲说："我出去5分钟，一会儿就回来。"

她离开了屋子后，金鱼眼的外祖母用条薄毯子把金鱼眼裹好，抱着他离开了家。他们住在一条小街上，小街旁边就是一条有很多店铺的主街道，有钱人常常在回家前来这里买东西。当金鱼眼的外祖母走到街角时，正碰上一辆车停在路边，从车上下来一个女人，往商店走去。车里坐着一个黑人司机。金鱼眼的外祖母走过去，说："能给我50美分吗？"

"给你什么？"

"50美分。这孩子打碎了他的奶瓶。"

"噢，"黑人司机把手伸进口袋里掏钱，"给了你我的账就对不上了，是她①让你问我要钱的？"

---

① 指司机的女主人。

"给我50美分,这孩子打碎了他的奶瓶。"

"我看我还是进商店问问她,"黑人说,"我看你们这地方的人很会知道外人要买什么,要知道你们这些人做生意年头不比我这些主人们短。"

"就50美分。"金鱼眼的外祖母说。司机给了女人50美分,然后往店里走去。金鱼眼的外祖母把金鱼眼放在汽车的座位上,然后跟着黑人司机进了商店。这家商店是一间自选商店,顾客们沿着一个扶手排着队走进商店。黑人司机来到刚才下车进来买东西的女主人身后排队,金鱼眼的外祖母看着那个白种女人把手里的瓶瓶罐罐和番茄酱包递给黑人司机,说:"一个奶瓶要1美元25美分。"黑人司机又给了她。金鱼眼的外祖母接过钱后离开那两个人往商店里面走去,她走到卖进口意大利橄榄油的货架前,看着一瓶橄榄油上面的价格说:"我多要了28美分。"她拿了那瓶橄榄油,放进袋子里继续往前走,当她看到装着7块、价格为28美分的一包香皂后,也取下来放进袋子里,然后提着两个袋子离开了商店。商店外面的拐弯处站着一名警察。金鱼眼的外祖母对警察说:"能借根火柴吗?"

警察把手伸进口袋里摸火柴,说:"你刚才在商店里干吗不买?"

"我忘了,带着孩子买东西老是丢三落四。"

"孩子呢?"警察说。

"我把他卖了。"女人说。

"你真会开玩笑,你应该去演戏。"警察说,"你要几根火柴,我也就剩不多的几根。"

"一根。"女人说,"我从来只用一根就够了。"

"你应该去演戏,"警察说,"大伙儿会给你鼓掌的,掌声能把杂技团的剧院震塌。"

"我会的,"女人说,"把屋子震塌。"

"什么屋子?"警察看着她,"贫民窟?"

"我会让它塌的,"女人说,"你等着明天看报纸吧。只是他们千万别把我名字登错了。"

"你叫什么名字?加尔文·柯立芝[①]?"

"不,先生,那是我孩子。"

"哦,这就是你不会买东西的原因,是吗?你真应该去杂技团工作……两根火柴够吗?"

那天警察并没有着急赶来,因为那个地址已经报过三次火警。金鱼眼的母亲是第一个赶到的人,当时大门是锁着的,等到救火员赶到,劈开门,屋子已经烧得差不多了,人群看见金鱼眼的外祖母从楼上的一个冒着滚滚浓烟的窗户里探出身。"那些王八蛋!"她说,"他们以为他们可以抓住他,我告诉他们我要给他们颜色看看,我就是这么对他们说的。"

女儿以为金鱼眼也在里面,尖叫着向房子里冲去,但被众人拦住了,只能眼睁睁地看着自己的母亲被浓烟淹没,直到房屋倒掉。那个女人和她的黑人司机抱着金鱼眼找到她时,发现她已经疯了:嘴巴张着,面无表情地看着递过来的孩子,两只手揪着两鬓稀疏的头发。从那以后她变得不正常,日子也过得更加艰难、沉闷,没有人帮她分担这一切,再加上她的病(那个曾经做过她的短暂伴侣的

[①] 加尔文·柯立芝(1872—1933),1923—1929期间任美国第三十任总统。

人带给她的），她再也经不起任何惊吓，有时候即使她抱着孩子哄着，脑子里却感觉这孩子消失了似的。

金鱼眼好像也在那场大火中丢了魂，直到5岁才开始长头发且身体瘦弱，看着比托儿所里的同龄孩子要小很多，肠胃虚弱到如果稍稍不按医生制订的饮食吃饭就会晕厥。"酒精对他来说就是马钱子碱那样的毒药，"医生对把他送来的那个女人（他的外祖母烧房子那天把金鱼眼放到了这个女人的车上，在她的活动下，金鱼眼可以享受到政府派来的专门的医生的照料）说，"他能不能长大都难说，好好被照顾的话，也许可以活得长点，而且，很可能就长到这儿就不长了。"每天下午以及节假日女人会把他接到自己家里，但是通常都是丢下他一个人在那儿玩。有一次女人决定在家里给他开一个聚会，并为此给他买了一套新衣服，并把这件事告诉了他，到了那天，客人们都来了，金鱼眼却不见了。后来仆人发现浴室的门锁着，他们在门外喊金鱼眼的名字，但是里面没有动静，因为害怕会出什么事儿，不等锁匠到来，女主人让人用斧子劈开浴室的门。浴室里空无一人，窗户大开着，窗外有一条排水管直达地面。金鱼眼显然是从这里跑了。浴室地面上放着一个鸟笼，鸟笼边儿上放着一把血淋淋的剪刀和两只鸟的尸体，显然，金鱼眼用这把剪刀戳死了两只鸟。

三个月后在他目前的邻居的协助下，警察找到了金鱼眼，他们把他送到了少儿管教所，在那里他又用同样的办法杀死了一只还没有长大的小猫。

因为神经变得不正常，他母亲基本不能养活自己。那个曾经救过金鱼眼的女人一直关照他母亲，给她一些针线活做，以此赚点钱生活。金鱼眼从管教所放出来以后——他在管教所里学得规矩了许多，在里面待了五年后，他被放了出来——每年会给母亲写两三封信，信一开始从莫比尔发出来，后来是新奥尔良，再以后是孟菲斯。每年夏天他都回家探望母亲，每次回去都穿一身紧巴巴的黑色西服。他看上去似乎是发达了，但很少说话，人也又瘦又黑，个子又矮，很少和外人交往。他告诉母亲说他是做旅馆前台的，上夜班，由于职业关系，和医生、律师一样，他要常常从一个城市搬到另一个城市。

那年夏天，警察逮捕了他，罪名是在一个小镇上杀死了一个男人，一个小时后他在另外一个镇子又杀死了一个男人——金鱼眼赚了钱，但不会花钱，因为他不想用钱买醉。对他来说，酒和毒药差不多，他没有朋友，也没有女人，可能一辈子也不会搭上一个女人——他说："耶稣基督！"他被关进镇子的监狱里后，看着监狱的墙壁说了一句："耶稣基督！"然后用一只手伸进口袋里去摸香烟，他的另一只手和抓他的那个警察的手铐在一起，警察就是用这种办法把他从伯明翰一路带过来。

"让他找个律师替自己脱罪。"警察说，然后又问他："你要打电报通知家里人吗？"

"不用。"金鱼眼打量着牢房里的小床、铁窗和带铁栅栏的牢门说。他们给他脱去手铐，金鱼眼活动了一下手，然后给自己点了根香烟，把火柴朝牢房门口扔去。"我要律师做什么？我从来没有在——对了，这个破地方叫什么名字？"

警察说了镇子的名字，又说："你竟然忘了这个？"

"他才不会忘呢！"另外一个警察说。

"但愿他明天早晨起来还记得他要请的律师的名字。"

警察走了,门关上后金鱼眼躺在床上抽了一会儿烟。从其他牢房里传出说话声和走廊那头一个黑人唱歌的声音。金鱼眼两条腿交叉着躺在床上,嘴里嘟囔出一句:"耶稣基督!"

第二天上午,法官问他是否要个律师。

"要律师干吗?"他说,"我昨天晚上和警察说过了不请律师,我从来没有来过这个镇子,去哪儿找律师?我不喜欢这镇子,所以我也不想聘一个外地的律师来这里。"

法官和法警商量了几句说:"你最好找个律师为你自己进行脱罪辩护!"

"没问题!"金鱼眼转过头看着房间里的人说,"你们谁想做我的律师?不过只是一天的活儿。"

法官用法槌敲了一下桌子。金鱼眼转过头,耸了耸肩膀,手伸进口袋里,似乎要掏香烟,法官不再问他,当庭给他指派了一个刚从法学院毕业的年轻律师。

"我是不会要求保释出狱的,"金鱼眼说,"尽快审讯就行。"

"即便你递交了保释出狱的申请,我也不会通过。"法官说。

"是吗?"金鱼眼转头对刚才指派给他的律师说,"没有这事儿我这时候应该到彭萨科拉了。那还等什么?"

法官说:"现在把犯人带回牢房。"

牢房里,那个长得不怎么样的青年律师询问金鱼眼一些事情,他脸上的神情好像是急不可待,说话滔滔不绝。金鱼眼躺在床上,不说话只是抽烟,帽子盖在眼睛上,一动不动的样子像是躺在太阳底下的蛇,偶尔伸出手去摸口袋里的香烟。最后他说:"这样,我不是法官,你就告诉法庭这一句就行。"

"可是我——"

"就这么告诉他们,我对他们起诉我的事一无所知,我都不在事发地点,现在,你走吧。"

审判持续了一天。法庭传唤了死去警察的同事、一位在雪茄店工作的店员、一个打电话的女孩上庭作证,当金鱼眼的律师在法庭上反驳对金鱼眼的指控时,金鱼眼打着哈欠坐在椅子上,目光越过陪审团那几个人的头顶,看着窗外,偶尔他的手伸进口袋里,好像在找烟,又忍住了,他的手像玩偶的手一样小,形状也像,仿佛蜡做的。

陪审团出去,8分钟后他们回到法庭,判定金鱼眼有罪。金鱼眼坐在椅子上,一动不动,一直保持着最初的姿势,眼睛看着陪审团成员。过了一会儿他说:"随便吧。"

法官正要敲手里法槌,旁边的法警碰了一下他的手臂。

牢房里,律师对金鱼眼说:"我们会上诉,我要和他们把这个官司打到底。"

"好吧。"金鱼眼躺在小床上,点着一根香烟,"但是不是在这里,走吧,回去吃颗药好好休息休息。"

地区检察官本来已经做好了金鱼眼上诉的准备,得知金鱼眼不准备上诉的消息后说:"这官司打得也太容易。"他说,"他直接就接受了,你有没有看见当时他的样子?就像他正在听歌,这歌谈不上喜欢,也谈不上不喜欢,他只是听着,法庭告诉他什么时候会执行死刑,也许法庭早就在孟菲斯指派了一个律师,等在州最高法院外面,等着电报。我知道那些人的德行,就是他们让法律成了笑柄,所以在我们没接到正式宣判之前,千万别当真。"

金鱼眼把看守找来,给了看守一张100美金的票子,让对方用这些钱给自己买一套刮脸的用具和几包香烟回来。他对看守说:"找的钱你自己留着买烟抽,花完了和我说。"

"我看咱俩在一块儿抽烟的时间不多,"看守说,"听说他们这一次找了个大律师。"

"别忘了给我买剃须膏,艾德·平诺德牌的。"说那个牌子的时候,他发成了皮纳德牌。

那年夏天不算热,日头不强,牢房里几乎很少见到阳光,走廊里一直亮着灯,灯光从牢房门口透进来,在地上形成一小块亮色,也照到他那张小床床脚的部分。狱卒给了他一把椅子,被金鱼眼当桌子用了:椅子上放着他那块不值钱的手表、一盒香烟和一个用来放香烟头的破碗,他躺在帆布床上,一边抽烟,一边看着自己的脚,他的鞋子一天天变脏,衣服也皱巴巴的,因为牢房里很凉爽,他进来后就没有脱过鞋和衣服。

有一天,狱卒对他说:"我听人说那个警察也该死,他没少做坏事,这些事大伙儿都知道。"金鱼眼没说什么,只是抽着烟,帽子盖住半边脸。狱卒又说:"他们也许没有给你家里拍电报,你需要我帮你这个忙吗?"狱卒从栅栏里看着金鱼眼:那双穿着黑色裤子的双腿一动不动,帽子斜扣在他那张有点歪斜的脸上,一只小手拿着香烟。他的脚在阴影里,狱卒开门时身体在牢房里落下长长的影子。等了一会儿看他不说话,狱卒悄悄走了。

离执行死刑只有六天了,狱卒带了几本杂志和一副扑克牌到牢房里。

"带这些干什么？"金鱼眼抬起头看着狱卒说。这好像是他第一次看着狱卒说话，他脸色苍白，眼神平静，圆圆的眼睛像是小孩子射箭玩具上的橡皮箭头，说完他重新躺下。那以后每天早晨狱卒都从牢房门里塞给他一卷报纸，随着日子一天天过去，牢房里到处是报纸，它们散落在地上，越来越多。

离执行死刑还有三天，从孟菲斯来了一名律师，这律师没有收到邀请，是自己过来的。他急匆匆进了金鱼眼的牢房，整个早晨狱卒都能听见从牢房里传来那位律师的声音，里面有恳求、发火和劝告，到了中午的时候，律师声音已经嘶哑，几乎是在耳语了。

"你打算一直躺下去？"

"我感觉挺好。"金鱼眼说，"我没请你来，我的事儿不用你掺和。"

"你想被那些人吊死？是吗？还是打算在他们吊死你之前自杀？还是你赚钱赚够了……你不是一个很聪明的……"

"我说过了，我不想和你打交道。"

"你，就这么心甘情愿让一个小法官给你定了罪名？等我回到孟菲斯告诉他们这事儿，没人敢相信！"

"那就别告诉他们。"金鱼眼躺在那里，那名律师用诧异的眼神看了他一会儿。"都是些乡巴佬！"金鱼眼说，"耶稣基督……你走吧，我说了，我不需要你。"

执行死刑的前一天晚上，一位牧师来到牢房。问金鱼眼："你愿意和我向上帝祷告吗？"

"没问题。"金鱼眼说，"你祷告你的，别管我。"

牧师在金鱼眼的小床边跪下来，闭上眼睛开始祷告。中间牧师听见金鱼眼从床上起来,在房间里走了一圈,然后回到床上躺下。祷告完毕牧师站起来,发现金鱼眼还是躺在床上,嘴里抽着烟。牧师往金鱼眼刚才走的方向看过去,看到墙根底下画了十二个标记,那标记好像是用烧过的火柴杆儿画的,中间两个间隔摆满了烟头,烟头自成一排,摆放得整整齐齐,第三个间隔只有两个烟头。牧师离开的时候,看见金鱼眼又起来了,走到摆放烟头的墙根底下,把两个熄灭的烟头摆到那两个烟头旁边。

5点钟后,牧师返回来了。除了第十二个间隔,其他所有间隔已经摆满了烟头,那块墙根底下四分之三都是烟头。金鱼眼还是躺在床上,见牧师进来,他问:"这就走?"

"还没到时间。"牧师说,"赶紧祷告吧,你试一下。"

"没问题。"金鱼眼说。牧师重新跪下来祷告。他再一次听到金鱼眼从床上起来,走到那面墙那里,然后返回来。

5点30分狱卒进来了。"我给你带来了——"他站在栏杆外,把闭紧的拳头从两个栏杆之间伸进来说:"这是你那100块钱的找钱,你一直没要……总共48美金。"又说,"等一下,我再数数,我没算具体花了多少钱,不过我可以给你写个清单,还有票的事儿……"

"你自己留着吧。"金鱼眼还是一动不动躺在床上,"用这钱给你自己买副手铐。"

6点钟开始死刑仪式。牧师把手放在金鱼眼的胳膊肘底下,扶着他送到绞刑台上,然后下来。警察调整好绳子长短,然后把绳圈套在金鱼眼的脖子上,他的头发被弄乱了,由于双手被手铐铐着,他使劲晃了晃脑袋,似乎想把弄乱的头发往后甩,牧师退到边儿上开始祈祷，其他人则低着脑袋站在自己的位置上，一动不动。

甩了几下头，金鱼眼又往前抻脖子，嘴里发出不耐烦的啧啧声，声音在牧师单调的祷告声中听上去特别刺耳，警官盯了金鱼眼一眼，金鱼眼不动了，好像他头上顶着颗鸡蛋似的站得笔直。牧师祷告完后，金鱼眼对行刑的警官说："完事儿给我梳梳头发，伙计。"

"没问题。"警官按下绞刑架开关。

今年一整年似乎都是灰蒙蒙的，夏天如此，秋天也是如此。一个灰蒙蒙的天里，谭波儿父女在卢森堡公园①散步，围着披肩的妇女坐在公园的椅子上织着毛衣，已经换上大衣和披风的男人们在玩槌球。栗子树的树干看着灰突突的，仿佛只有孩子们的喊声和击球的声音才让人想到秋天的气质：灿烂转瞬即逝，留下的只是无尽的凄凉。公园里有一处喷泉池，从喷泉池的另一边传来音乐声，圆圈的希腊栏杆假象斑驳，充满了灰色的光线，颜色和质地与喷泉向池中喷水的颜色和质地相同。一位穿着破旧的棕色大衣的老人指挥着几个孩子玩着游泳池里的玩具船。父女俩走进树林里，在一座长椅上坐下来，一位老妇突然出现在他们面前，收了四个苏②的座椅费用。

公园的凉亭里，两个穿着蓝色制服的乐手在演奏马斯奈③、斯克

---

① 位于巴黎的公园。
② 法国一种铜币的名称。
③ 马斯奈（1842—1912），法国作曲家。

里亚宾①和柏辽兹②的曲子(如果把柴可夫斯基的曲子比作一块不太新鲜的面包,那马斯奈、斯克里亚宾和柏辽兹的曲子就像是面包外层涂的一层薄薄的面粉),夕阳给湿漉漉的树枝、帐篷和破旧的华盖镀上了一层金色,铜管华丽而厚重的声音仿佛绵延不断的波浪,在黄昏里回响。谭波儿掩住嘴打了个哈欠,从兜里掏出粉盒,打开看了一眼,粉盒的盖子内侧嵌着一个神情阴郁的女人的相片。法官两只手拄着拐杖,坐在女儿旁边,被雾气打湿的胡子像是挂了一层霜。谭波儿合上手里的粉盒,抬起头,看着远方,从那双眼睛里透露出来的眼神似乎很飘渺,和逐渐消失的铜管声一起,往远处飘去,那声音穿过池塘上方,穿过池塘对面那座中间坐落着几尊王后大理石像的半圆形的树林,直至消失在低垂的天空和带着雨水和死亡气息的季节里。

---

① 斯克里亚宾(1872—1915),俄罗斯钢琴家、作曲家。
② 柏辽兹(1803—1869),法国作曲家、指挥家和音乐评论家。

庇护所
BIHUSUO

图书在版编目（CIP）数据

庇护所 /（美）威廉·福克纳著；（加）斯钦译. -- 桂林：广西师范大学出版社，2024. 10. --（福克纳作品系列）. -- ISBN 978-7-5598-7125-1

Ⅰ．I712.45

中国国家版本馆 CIP 数据核字第 2024F2U008 号

广西师范大学出版社出版发行

　广西桂林市五里店路 9 号　　邮政编码：541004

　　网址：http://www.bbtpress.com

出版人：黄轩庄

全国新华书店经销

广西民族印刷包装集团有限公司印刷

　南宁市高新区高新三路 1 号　　邮政编码：530007

开本：880 mm × 1 230 mm　　1/32

印张：9.125　　插页：2　　字数：200 千

2024 年 10 月第 1 版　　2024 年 10 月第 1 次印刷

印数：0 001~5 000 册　　定价：48.00 元

如发现印装质量问题，影响阅读，请与出版社发行部门联系调换。